함므니 하부지와

혜리 이야기 ❸

"하부지! 눈사람 만들자!!"

한누리미디어

국립중앙도서관 출판시도서목록(CIP)

"하부지! 눈사람 만들자!" : 한길 다이어리 / 지은이 : 윤영섭. -- 서울 :
한누리미디어, 2014
p. ; cm, --- (함므니 하부지와 혜리 이야기 ; 3)

ISBN 978-89-7969-476-5 04810 : ₩13000
ISBN 978-89-7969-473-4 (세트) 04810

일기(기록) [日記]

816.7-KDC5
895.765-DDC21 CIP2014009989

머리말

사랑하는 우리 혜리가 며칠 뒤면 초등학교에 들어간다. 이제 그간 써 오던 '혜리일기' 를 녀석의 기억으로 넘겨야겠다. 그러고 보니 녀석의 일기를 써 온 지 어느새 7년째가 된다.

내가 녀석을 처음 본 건 녀석이 태어나던 날의 저녁 무렵이다. 퇴근 뒤에 집사람과 분당 서현동 본산부인과 병원을 찾았다가 신생아실에서 녀석을 보게 되었다. 그 때 녀석은 산실 유리창 저 너머 강보에 싸여 간호사 손에 들려 있었다. 녀석이 세상에 태어난 지 몇 시간 지나지 않았을 때다.

녀석의 첫 인상은 그렇게도 인상적이었다. 눈을 감고 입을 오물거리며 고개를 이리저리 돌리는데…, 얼른 보기에 이목구비가 뚜렷하고, 코가 유난히 오뚝한 게 천상의 미인이었다. 간호사가 손에 들고 이리저리 모습을 보여주는데, 이상하게도 가슴이 콩닥거렸다. 어쩌면 저렇게도 예쁠까! 이건 정말 아기천사가 아닌가!!

내가 옆의 집사람에게 눈길을 주며 일렀다.

"이봐! 녀석이 정말…, 정말… 너무 예쁘네…!"

내 이 말에 그 사람이 얼른 동의를 해 주었다.

"정말이네…!! 그래! 정말 너무 예뻐!! 예쁘지 않은 곳이 한 군데도 없네…!!"

잠시 뒤 혜리에미의 산실을 찾았더니…, 침대에 앉아 있는데, 얼굴이 핼쑥하고 눈이 퀭해 있었다. 산실 여기저기에는 축하 화환들이 길게 늘어서 있었다.

혜리는 생후 1주일 뒤, 퇴원해서부터 내 집 함므니 손에서 자랐다. 녀석의 에미 애비가 모두 직장엘 나가야 해서다. 제 에미 애비가 잘 키우기 어려울 거라는 함므니의 우려가 한 몫을 한 셈이다.

녀석과 함께 해 온 지난 7년 간의 나날들이다. 차라리 같이 웃고 울었다는 표현이 옳을 듯하다. 같이 자고 같이 일어나고, 종일 같이 뒹굴고 새새거리고, 나들이 여행을 같이 하고, 유치원 2년 초등학교 6년을 같이 다니고….

이런 나날들에서 기억에 남는 것들이다. 들쳐 안고 놀이터에 가 그네 목마 미끄럼을 타고, 집 뒤 산에 올라 수풀을 헤쳐 딸기 따먹고, 논밭둑 버들가지 꺾어 피리 만들어 삑삑거리고…. 그리고…, 사방치기, 연 날리기, 전국 사찰 다니기, 제주도, 미국 맨하튼, 뉴욕, 워싱턴, 나이아가라 폭포를 같이 서성거리고…, 혜리야! 우린 그 옛날 그렇게 재미있게 지냈단다.

녀석의 일기를 쓰면서 어려운 일들이 있었다. 날짜를 미뤘다가 쓰느라 정신을 쥐어짜고, 흥분해서 쓰느라 내용이 산만하고 풀어지기도 하고, 글재주 없어 아름답고 섬세한 표현을 하지 못하고…, 이런 저런 것들이다. 문학적 표현이 아니니까 뭐 그냥…, 이렇게 얼버무리기는 했지만….

녀석이 글을 깨우치면서부터 가끔 내가 쓰는 제 일기를 넘겨다 보았다. 내가 멋쩍어 "에이, 이 계집애! 뭘 봐!!" 하면 녀석이 넌지시 하는 말이다.
"할아버지! 내가 이담에 보면 아주 슬프겠네요!"

먼 훗날 녀석이 여기 담긴 글을 사랑했으면 좋겠다. 어린 날의 추억과 뒤

안길을 돌아보는 실마리가 되어도 좋을 테고…. 함므니 하부지, 제 삼촌과의 삶을 그려보는 계기가 되어도 좋을 것이다. 녀석의 심성과 인성, 정서를 다듬는 마음의 고향이 되면 더욱 좋을 것이다.

어쩌다 보니 책 출간이 늦어졌다. 일기 쓰기를 마친 지 벌써 6년째가 된다. 그간 녀석이 초등학교를 졸업하게 되었다. 그런데 매년 2월의 정규 입학시험에 앞서 지난해 10월…, 3일 간에 걸쳐 치뤄진 분당 계원예술학교 입학시험 미술과에 합격하여 지난 3월 초부터 다니고 있다. 여간 기쁜 일이 아니다. 합격 소식을 듣고 난 정말 뛸 듯이 기뻤다.

돌이켜 보니 그간 제 에미 애비의 노고가 컸다. 함므니 하부지의 뒷바라지도 적지 않았다. 무엇보다 녀석의 노력이 엄청났다. 그 어려운 과정을 피하지 않고 지침없이 묵묵히 잘 해냈으니 말이다. 우린 몇번의 가족파티를 열어 녀석의 예중 합격을 축하해 주었다. 온 집안 식구, 특히 녀석의 끈질긴 노력과 도전정신에 무한한 찬사를 보내면서….

졸고에 아름다운 색깔을 덧칠해서 멋진 책으로 만들어준 한누리미디어 출판사 사장님과 편집진에 감사를 드리고 싶다.

끝으로 하고 싶은 말이다. 혜리야! 할아버지는 우리 혜리를 정말 사랑한다. 이담에 커서 이 할아버지 두고두고 기억해 주었으면 좋겠다.

혜리야! 정말 사랑한다…!!

2014년 3월 31일

할아버지가

2010. 5. 2. 단양 방곡사(方谷寺)…, 대웅전 앞 뜰

함므니를 따라 단양 방곡사엘 갔다가…,
함므닌 묘허(妙虛) 큰 스님의 법어를 듣고,
녀석과 하부진 경내 이곳저곳을 기웃거리다가,
녀석이 수국(水菊) 한 송이를 따 들고 감상을 하는데…,
하부지가 이 순간을 잡아 셔터를 눌렀다.
함므닌 한 달에 한 번씩 이곳엘 들르고,
녀석과 하부진 가끔 법당에 들어가 절을 올리고….
수국 앞에 서 있는 녀석이 정말 예뻐 보인다.

1
2007. 3 ~
2007. 12

2007. 3. 11(일) 3~8℃ 모처럼 영상의 날씨, 햇빛 따뜻

캐네디공항에서 귀국길에 올랐다.

아침 10시, 인후애비가 서둘러 '캐네디' 공항으로 차를 몰았다. 혜리와 내가 귀국길에 올라야 하기 때문이다. 오후 1시 비행기여서 11까지는 공항에 도착해야 한다.

나는 벌써부터 비행기 공포증에 시달리고 있다. 열다섯 시간을 높은 하늘에 떠 있어야 하기 때문이다. 겉으로는 멀쩡한데 혜리 녀석도 걱정이 되는 모양이다. 비행장으로 가는 차 속에서 녀석이 내게 하는 소리이다.

"할아버지! 나 무서워요!! 겁이 나요!!"

나는 그런 소리를 하면 안 된다고 하였다. 어젯밤 11시, 녀석이 잠들기 전이다. 함므니가 녀석에게 얼른 자라며 한 마디 하였다.

"혜리야! 내일 떠나야 하잖어…. 얼른 자…!"

그러자 녀석이 마음이 아픈지 하는 소리이다.

"함므니! 나 가슴이 아퍼… 여기가…!"

녀석이 함므니 손을 끌어다 제 가슴에 대었다. 옆에서 누워 듣고 있자니 가슴이 아렸다. 저게 얼마나 마음이 허전하면 저런 소릴 할까. 함므닌 인후와 지후 때문에 함께 가지를 못한다. 속이 상하고 마음이 아프다.

혜리가 슬퍼하자 함므니가 다독였다.

"혜리야! 먼저 가서 조금만 기다려…, 함므니가 조금 있다가 인후 데리고 갈게…."

그러다 녀석이 잠이 들었다. 자는 모습을 보니 축 늘어진 게 힘이 없어

보였다. 이런 모습을 보고 있자니 공연히 속이 상하고 울화가 치밀었다. 저렇게 애가 타는 녀석을 꼭 데리고 가야 하는 건지…!!

공항에는 정확하게 11시에 도착하였다. 11시 30분, 녀석과 우동으로 점심을 먹었다. 기내에서는 점심이 늦게 나올 것 같아서였다.

오후 2시 8분, 캐네디공항을 이륙하였다. 오후 1시 대기하고 있던 대한항공 082기편을 타고서다. 비행기를 타려고 심사대를 지나는데 마음이 정말 복잡하였다. 혜리는 계속해서 뒤를 돌아보며 함므니를 걱정하였다. 함므니와 인후애미가 눈시울을 붉히며 우리를 바라보고 있었다.

함므니와 혜리가 헤어지는 게 무엇보다 마음이 아팠다. 난 녀석이 마음에 상처를 입지 않을까 정말 걱정이었다. 혜리가 눈물을 흘리고 있다. '게이트' 로 들어가려는데 걸음이 떨어지질 않는다. 곧 만날 텐데도 공연히 슬프다. '캐네디공항' 을 이륙할 때 기장의 안내 방송이 나왔다.

"이 비행기는 지금 910km로 비행 중입니다. 내일(12일) 오후 4시 50분 인천공항에 도착합니다. 기장으로서 정성을 다해 모시겠습니다."

안내방송 얼마 뒤 녀석을 보니 어느새 잠이 들어 있다.

비행기 속, 오후 4시, 혜리가 잠에서 깼다. 마침 기내식이 나왔는데, 녀석이 먹지 않겠다고 한다. '스튜어디스' 에게 나중에 달라고 하였다. 얼마 뒤 잠에서 깨어난 녀석이 하는 소리이다.

"할아버지! 왜 우리는 미국에서 금방 온 것 같지요? 다른 사람들도 그럴까요?" 한 달 이상의 미국생활이 단 며칠처럼 느껴진다는 것이다. 그간 미국에서의 생활이 재미있었던 모양이다.

잠에서 깬 녀석이 '스티커' 놀이를 하겠다고 한다. '스튜어디스' 가 녀석이 귀엽다며 책을 한 권 주고 갔다. 심심할 때 읽으라면서다. 좌석에 설치

된 폐쇄화면에는 비행기가 캐나다 상공을 날고 있었다. 서울까지는 아직도 6~7시간 이상이 남아 있다. 걱정했던 것보다 수월하게 시간을 보내고 있구나 싶었다. 이즈음 내가 혜리에게 말을 걸었다.

"혜리야! 이제 인천까지는 얼마 남지 않았데…, 조금만 더 가면 된데…!"

그러자 녀석이 눈을 크게 뜨고서 하는 소리이다.

"그래요. 잠을 안 자두요. 왜 이렇게 빨라요?"

녀석이 지가 잔 생각은 하지 않고 있었다.

내가 녀석과 무료함을 달래려고 애를 썼다. 녀석과 난, 폐쇄화면을 사정없이 돌려댔다. KBS뉴스, '프리미어리그', 세계 최고의 섬 휴양지…, 걸어서 세계 속으로, 영화천국 뉴질랜드, 비행 정보 등…. 그런데도 시간이 얼른 가 주질 않는다. 한참 이러고 있을 때, 녀석이 불쑥 하는 소리이다.

"할아버지! 함므니 언제 오시는지 알아요?"

"글쎄 한 20일 정도 더 있다가…?"

"아니예요. 난 알아요. 4월 18일 오신다구 했어요. 아무한테도 말하지 말아요. 삼촌한테만 말해요."

녀석이 함므니와 벌써 그걸 약속했던 모양이다. 답답하니까 지가 물어본 모양인데…, 나만 모르고 있었던 것이다. 이 때 내가 녀석에게 저녁 식사를 물었다. 배가 고프다며 먹겠다고 한다. 조금 전 '언니' 에게 맡겼던 밥을 주문하였다. 녀석이 배가 고픈지 생각보다 훨씬 많이 먹었다.

비행 중 녀석의 등쌀에 난 아무것도 할 수 없었다. 짜증이 나 그러지 말라고 해도 막무가내였다. 단 몇 분을 참지 못하고 다시 말을 걸어왔다. 들어 보면 모두가 대수롭지 않은 것들이다. 잠이 오지 않으니 심심해서 그러는 것 같았다.

"할아버지! 왜 큰 엄마는 나를 낳지도 않았는데, 내가 큰 엄마라고 해야 돼요?"

"네 큰 엄마가 어디 있는데…!"

"대구(大邱)에요…."

"으응…. 옛날 사람들이 그렇게 만들었어."

"왜요…?"

"네 아빠 형님의 부인이니까…."

녀석이 내 말이 이해가 되지 않는 모양이다. 모르겠다는 듯 자꾸만 고개를 갸우뚱거렸다. 녀석이 또 하는 말이다.

"할아버지! 이모를 오래 못 보게 돼서 나 슬퍼요."

"할아버지! 삼촌은 늦게 보는 거 같지가 않아요." 한 달이나 지났는데 금방 보는 것 같다는 얘기다. 녀석이 계속해서 하는 말이다.

"할아버지! 삼촌이 그리워요. 삼촌한테 어디서 기다리라고 하세요."

"비행기에선 인천으로 전화할 수가 없어…!"

"나 '쳐키치즈' 생각나면 미국에 다시 올 거예요. 이모가 보고 싶어두 요."

비행 도중 녀석이 계속해서 하는 말이다. 나는 한 잠도 잘 수 없었다.

녀석은 벌써 3시간쯤 자 두었다. 녀석이 잘 때 난 의자 한쪽에 엉덩이를 걸치고 있어야 했다. 지가 깨어 있을 땐 이렇게 말대꾸를 해야 되고…. 그러니 도대체 잠을 잘 수가 있겠는가. 비행기 창 밖 저 아래는 온통 얼음과 눈뿐이다. 가끔 구름에 가려 땅이 보이지 않을 때도 있다. 이럴 때면 엉덩이 근처가 사뭇 흠칫 흠칫한다. 오후 4시, 다시 기장의 안내 방송이 나왔다.

"40분 뒤 인천국제공항에 도착할 예정입니다. 비행 중 협조해 주셔서 대단히 고맙습니다."

'옳거니! 어느새 인천공항이구나' 기분이 참 좋다.

비행기 창으로 황해에 떠 있는 섬들이 보였다. 이것들을 보고 있자니 마치 한 폭의 동양화를 보는 듯하였다. 영종도 근처의 섬들은 천혜의 휴양지라는 생각이 들었다. 질펀히 퍼진 갯벌들이 마음을 푸근하게 해 주었다.

비행기가 활주로에 바퀴를 내릴 때의 생각이다. '아! 무사했구나!' 안도의 한숨이 길게 새어나왔다. 혜리 녀석, 밖을 보겠다며 안아 달라고 아우성이다. 짐을 찾아 '게이트' 로 나오는데, 제 삼촌이 손짓을 하였다. 녀석이 먼저 알아보고는 하는 소리이다.

"아! 삼촌이다!!"

짐을 차에 싣고 출발을 하려는데, 혜리애비가 전화를 했다.

"아버님! 잘 다녀오셨습니까? 저녁은 제 집에 오셔서 잡수시지요? 준비하겠습니다."

죽전 '누리에뜰' 혜리네 집에 도착하니 오후 7시 30분이다. 근처 식당에서 '해물탕' 으로 모처럼 입맛을 정리하였다. 그간 국적 모를 밥을 먹느라 정신이 없었는데…. 단박에 입맛이 개운한 게 배가 그득 불러왔다. 난 녀석을 제 에미에게 맡기고 10시, 집으로 돌아왔다.

무척 길고 먼 여행이었다.

2007. 3. 13(화) 5~10℃ 맑고 종일 따뜻

"나 할아버지 집에 갈래요!!"

깊은 잠에서 깨어 보니 아침 6시다. 어제 저녁 10시, 집에 돌아오자마자 잠이 들었는데…, 깨어 보니 정신이 멍한 게 뭐가 뭔지 구분이 안 된다.

여행시차에 적응하느라 그런 모양이다. 배가 고파 컵 라면을 끓여 먹고 다시 잠을 잤다. 한참을 자다 깨어 보니 어느새 오후 2시, 된장찌개를 끓여 점심을 먹었다.

저녁 7시, 혜리에미에게서 전화가 왔다. 삼겹살을 구웠는데, 와서 저녁 식사 겸 술 한잔 하라는 것이다. 혜리도 볼 겸 얼른 차를 몰았다. 저녁을 먹던 혜리가 수저를 놓으며 조르듯 하는 소리이다.

"할아버지! 나 할아버지 집에 갈래요…."

그 소리가 왜 이제 나오나 싶었다. 함므니가 없는데도 할아버지와 같이 있겠다는 것이다. 내가 녀석을 바라보며 낮은 소리로 말했다.

"혜리야! 그래…, 가고 싶으면 가! 나중에 올 거면 전화해, 할아버지가 얼른 데리러 올게…!!"

이런 말을 하고 있는데, 녀석이 갑자기 꾸벅꾸벅 존다. 그러더니 수저를 놓고 슬그머니 제 방으로 들어간다. 얼마 뒤 제 방엘 가 보니 녀석이 어느새 침대에서 코를 골고 있다. 옆에는 조그마한 핑크 빛 아름다운 인형이 하나 놓여 있다. 난 녀석의 잠자리를 고쳐주고 잠시 뒤 집으로 돌아왔다. 밤 10시가 넘은 시간이다.

2007. 3. 14(수) 5~12℃ 종일 선들바람, 한낮 따뜻

독정초 병설유치원에 첫 등교를 했다.

혜리가 지난 월요일부터 제 집에서 지내고 있다. 미국에서 돌아온 뒤로 계속해서다. 함므니가 없으니 그렇게 할 수밖에 없다. 함므니 없이도 혼자 잘 지내는 게 대견스럽다. 그간의 생각으로는 잘 견딜 것 같지 않았는데….

녀석은 오늘부터 유치원엘 나가야 한다. 제 집 '누리에뜰' 근처 독정초등학교 병설유치원이다. 시차 적응을 위해 어제 하루 쉬고 오늘 첫 등교를 했다.

유치원은 열흘 전 지난 4일, 벌써 입학식을 가졌다. 녀석은 입학식 열흘 뒤 첫 등교를 한 셈이다. 녀석이 유치원을 잘 다닐 수 있을지 걱정이다.

아침 8시, 녀석의 유치원 등교 때문에 전화를 했더니, 제 에미가 받아서는 녀석의 칭찬이 대단하였다. 새벽 6시에 일어나 세수하고, 아침 먹고, 옷 입고…, 책을 보다가 제 동생과 놀고 있다는 것이다. 이게 도대체 어찌된 일인가 싶었다. 미국에서 생각주머니를 키운다더니…!

오전 11시, 혜리에미가 왔기에 상황을 물었더니…, 녀석이 유치원에서 의젓하게 행동하더라는 것이다. 첫 등교부터 잘 적응한다니 여간 대견스럽지 않다. 어젯밤에는 "할아버지 집에 가고 싶다"고 하더니…. 그래서 집으로 데려올까 했는데, 제 에미가 말렸다. 그러다 아무데도 적응을 못하면 어떻게 하느냐는 것이다. 그도 그럴 거라는 생각에 제 에미 말을 따르기로 하였다. 녀석을 못 보니 종일 답답하였다.

2007. 3. 15(목) 5~13℃ 종일 맑고 따뜻

"혜리야! 유치원 어때…, 재미있어!!"

오후 4시, 녀석이 궁금해 전화를 했더니 제 에미가 받아서 하는 소리이다.

"유치원이 지금 막 끝났어요. 그래서 데리고 나와 맛있는 걸 사 먹이고 있어요." 단 하루를 보지 못했는데 녀석이 너무 궁금하다. 오후 6시 또 전화를 걸어서 녀석의 상황을 물어 보았다.

"혜리야! 유치원 어때…? 재미있어…?"

"네…! 재미있어요!"

내가 녀석과 함께 있고 싶어서 물었다.

"혜리야! 오늘 할아버지 집에 오지 않을래?"

그랬더니 녀석이 하는 소리이다.

"할아버지! 금요일 유치원이 끝나면 할아버지 집에 갈래요. 그리구 토요일, 일요일까지 할아버지 집에 있을 거예요."

그때까지 할아버지 집에 오는 걸 참겠다는 것이다. 밤 10시, 이번엔 녀석이 전화를 했다.

"할아버지! 나 내일 데리러 오실 거예요?"

"아! 그럼은요. 데리러 가구 말고요!!"

"와서 어디에 계실 거예요."

"먼저 너하고 갔을 때 차를 세웠던 곳, 학교주차장…."

"할아버지! 운동장에서 운동하고 계세요, 알았지요?"

녀석이 다짐을 하듯 이어서 하는 소리이다.

"할아버지! 꼭 오셔야 돼요. 와서 기다리세요. 나 토요일 일요일, 학교에 안 간단 말이에요."

말소리가 너무 또박또박하다. 옆에 있던 제 애비가 깔깔대며 웃었다. 전화를 끊으려는데, 녀석의 목소리가 또 들려 왔다.

"할아버지! 기다릴게 내일 꼭 오세요? 이제 끊을게요…!"

2007. 3. 16(금) 5～14℃ 맑고 따뜻하고 푸근

녀석을 데리러 유치원엘 갔다.

오후 3시, 유치원으로 녀석을 데리러 갔다. 제 에미가 피아노 학원엘 가봐야 한다고 해서다. 유치원엘 갔더니 녀석이 제 친구들과 놀고 있었다.

내가 제 옆에 서 있는 것도 모르고…. 담임이 일러주니 그제서야 멋쩍은 듯 내게로 다가왔다. 집으로 오면서 내가 녀석의 등굣길을 설명해 주었다. 혼자서 다닐 때 길을 잃지 않을까 걱정이 돼서다.

"혜리야! 할아버지 말 잘 들어 봐…!! 집에서 나왔지, '가드레일' 을 따라 걷다가 횡단보도를 만나면, 우회전해서 조금을 걸어 올라가…, 그러면 횡단보도가 나와…, 그 횡당보도를 건너가면 바로 학교야…, 알았지?"

그랬더니 녀석이 하는 소리이다.

"할아버지! 나도 알아요…!"

녀석의 말을 듣고 보니 공연히 혼자 떠들었구나 싶었다.

우리가 함믄네 집에 도착하자 녀석이 하는 소리이다.

"할아버지! 나 함믄네 집에 참 오래간만에 오네요."

녀석이 미국에서 온 이래 지금껏 제 엄마 집에만 있었다. 그러니까 거의 일 주일만에 함믄네 집에 온 셈이다. 녀석이 계속해서 하는 말이다.

"할아버지! 나 이제부터 함믄네 집에서 다니면 좋겠어요."

내가 엄마와 상의해 보라고 하였다.

2007. 3. 17(토) 5~12℃ 맑고 따뜻, 간간이 선들바람

율동공원에서 자전거를 탔다.

어제 제 집에서 온 녀석이 심심한 모양이다. 오전 내내 TV를 보다가 그림놀이를 하다가, 오후에는 율동공원엘 가자고 한다. 거기서 '인라인 스케이트' 를 타겠다는 것이다. 그래서 오후 1시 녀석과 율동고원엘 갔다.

공원으로 가는 도중 녀석이 또 잠을 잤다. 죽전 집을 출발한 지 얼마 되지 않아서다. 공원에 도착해서도 계속 잠을 잔다. 난 녀석이 깰 때까지 차 안에서 기다리고 있었다. 오후 3시가 다 되어서야 녀석이 잠에서 깼다. 운전석에서 졸고 있는데, 녀석이 하는 소리다.

"할아버지! 왜 '인라인 스케이트' 타러 안 가요?"

"네가 자고 있으니까 그렇지?"

"그럼…, 이제 얼른 가요. 가서 타요."

난 녀석이 자전거를 탔으면 하는데, 굳이 인라인 스케이트를 타겠단다. 토요일이라 아이들도 많고, 처음이어서 힘이 들 텐데….

대여점엘 갔더니, 아저씨가 스케이트를 타지 말라고 한다. 스케이트장이 아이들로 붐벼서 다칠 수 있다는 것이다. 노는 아이들이 없을 때 와서 타라고 한다. 듣고 있던 녀석이 아저씨 말을 순순히 따랐다. 내 말은 들을 생각을 않더니…. 우린 한참 자전거를 타다가 오후 5시 경 집으로 돌아왔다. 종일 녀석을 따라다녀서인지 허벅지가 뻐근하였다.

2007. 3. 18(일) 2~6℃ 종일 선선하고 바람

오랜만에 교회엘 갔다.

오전 11시, 제 에미에게서 전화가 왔다. 12시까지 녀석을 교회로 데려다 달라는 것이다. 혜리가 미국에 가 있는 동안 꽤 많이 빠졌다면서다.

차를 교회로 모는데, 녀석이 걱정이 되는 모양이다. 제 에미가 저를 다시 할아버지 집으로 보내주지 않을까 해서다.

"할아버지! 교회 끝날 때까지 가지 말고 기다리세요. 나 교회 끝나고 할아버지 집에 다시 갈 거예요."

내가 녀석에게 다짐을 하였다.

"알았어…. 내가 너 데려간다고 그럴게…."

녀석이 예배를 드리는 동안 난 탄천변을 산책하였다. 예배를 마쳤을 즈음 교회로 갔더니 제 에미가 와 있었다. 내가 제 에미에게 눈을 깜박이며 짐짓 큰 소리를 쳤다.

"혜리 내가 데리고 갈 거다!! 가다가 롯데백화점에서 짜장면 먹을 거야.

그동안 혜리가 네 집에만 있었잖아!!"

제 에미가 못 이기는 척 알았다고 한다. 녀석이 의기양양해서 차 있는 쪽으로 걸어갔다. 차안에서 내가 녀석에게 물었다.

"혜리야! 우리 오래간만에 점심으로 짜장면 먹을까?"

"싫어요. 난 할아버지 집에 가서 밥 먹을래요. 그게 더 맛있어요."

녀석과 난 얼른 집으로 돌아왔다. 그리고 라면을 끓여 먹었다.

그런데 그 맛이 그렇게 좋을 수 없다.

2007. 3. 19(월) 5~14℃ 봄 날씨, 종일 따뜻

녀석이 나흘째 함믄네 집에 있다.

혜리가 지난 금요일부터 나흘째 함믄네 집에 있다. 오늘은 녀석을 유치원에 보내야 한다. 월요일 첫 등교일이기 때문이다.

아침은 수프를 끓여서 먹였다. 부실하다 싶어 고기를 굽고 계란 중탕을 끓였는데, 이게 잘 먹지를 않는다. 아침부터 말썽을 부리고 있는 것이다. 성난 척을 했더니 밥을 물에 말아 장아찌로 먹겠다고 한다.

우여곡절 끝에 간신히 밥을 먹여 학교엘 데리고 갔는데, 담임이 교실에서 녀석을 반갑게 맞았다. 상냥하고 명랑한 선생님이 보기에 좋았다.

오후 6시 외출중 궁금해서 녀석의 집엘 들렀더니, 제 삼촌이 와 있었다. 피자를 한 판 사 들고서다. 궁금해서 왔다고 한다.

그런데 녀석이 피자 한 조각을 먹다가 이내 졸았다. 난 녀석을 제 방에

눕히고 얼른 집으로 돌아왔다.

2007. 3. 20(화) 5~14℃ 봄 날씨, 종일 포근

"네, 네…, 알았어요, 할아버지!"

오후 2시 혜리에미가 전화를 했다. 오늘은 혜리를 지가 볼 테니, 내일은 나더러 보라는 것이다.

유치원에서 데려다 맛있는 음식을 사 먹이고, 사우나에 들러서 기분도 풀어주고…, 그리고 내일 보내주겠다는 것이다. 그간 정리할 일이 많은데 잘 되었다 싶었다.

저녁나절, 이번엔 내가 녀석에게 전화를 걸었다. 제 에미와의 약속을 알려 주기 위해서다. 오늘은 엄마하고 지내고, 내일 할아버지와 같이 있자고 하였다. 녀석이 좋아서 어쩔 줄 몰랐다.

제 딴엔 계속 제 에미와 있을 줄 알았던 모양인데….

"네… 네…! 알았어요. 할아버지~!"

요즘 제 에미와 지내는 게 재미있는 모양이다.

2007. 3. 21(수) 6~12℃ 맑고 따뜻, 약한 황사

녀석과 하나로 마트에서 장을 보았다.

오후 3시, 유치원에서 녀석을 데리고 집으로 왔다. 어제 제 에미와 그렇게 약속을 해서다. 제 에미는 오늘 피아노 학원엘 나가야 한다.

저녁나절 녀석과 시장엘 가 반찬거리를 사왔다. 녀석의 저녁 식사를 위해서다. 백합조개, 대합, 참소라, 깐 새우, 물오징어… 그런 걸 샀다.

녀석이 잘 먹을지 걱정을 하면서 반찬을 만들었다. 백합탕, 대합조림, 새우 · 오징어 조림…. 조리를 하는데 냄새가 그럴싸하였다.

그런데 녀석이 잘 먹지를 않는다. 대합조림을 먹어 보더니 얼굴을 찡그리고, 새우조림만 하나씩 집어먹었다. 내가 부아가 나 소릴 질렀다.

"너 이 계집애! 대합이 얼마나 맛있는 건지 알어…!! 잔소리하지 말고 어여 먹어!! 안 먹으면 나 도망갈 거야!!"

녀석과 함께 있으면 늘 고민거리가 있다. 무슨 반찬을 해서, 어떻게 밥을 먹이느냐 하는 것이다. 잘 먹으면 좋은데, 늘 그렇지가 않다. 식성이 까다로워 입맛을 맞추기가 너무 어렵다. 오늘 저녁은 새우조림만 해서 밥을 먹었다. 속이 상해 내가 다시 물었다.

"혜리야! 등심 구워 줄까?"

"네…! 그거 먹을래요."

어쩌겠는가. 다시 구워 줄 수밖에….

2007. 3. 23(금) 5~14℃ 종일 맑고 따뜻

녀석이 주말을 제 집에서 보냈다.

오전 11시, 혜리에미에게서 전화가 왔다. 이번 주말에 지가 혜리를 데리고 있겠다는 것이다. 미국에서 돌아온 뒤 주말엔 내가 늘 혜리와 함께 있었는데…, 대신에 주중 2~3일은 나보고 봐 달라고 한다. 그래야 지가 편하다면서다. 주말에 사우나도 시키고, 옷도 사 입히고, 맛있는 음식도 사 먹이겠다고 한다. 혜리 녀석의 환심을 사 두려나 싶었다. 그래야 지가 데리고 있기도 편할 테고…, 정을 붙이기 위해 잘하는 일이라는 생각이 들었다.

오후 7시, 그래도 궁금해서 전화를 걸었더니, 제 에미가 목욕을 시켜 막 잠을 재웠다고 한다. 저녁은 깬 뒤 먹이겠다면서다.

2007. 3. 24(토) 9~12℃ 흐리고 비, 오후에 갬

'혜미원' 갈비집에서 저녁을 먹었다.

저녁 7시, 혜리애비에게서 전화가 왔다. 저녁 식사 겸 갈비를 먹으러 밖으로 나가자는 것이다. 제 집에 가 있는 혜리도 볼 겸 따라나서기로 하였다. 미국의 함므니를 빼고는 모처럼 식구들이 한 자리에 모였다.

혜리애비의 안내로 가 보니 '혜미원' 이라는 갈비집이었다. 집에서 10분 거리의 산 속…, 분위기가 아늑하고 조용하였다. 갈비와 냉면, 된장찌개,

소주를 해서 저녁을 맛있게 먹었다.

갈비는 나보다 혜리가 더 좋아하였다. 소고기는 질기고 퍽퍽한데, 돼지고기는 연하고 부드러워서다. 무엇보다 혜리가 맛있게 먹어 기분이 좋다. 고기를 여러 번 구웠는데, 녀석이 그 때마다 맛있게 먹었다. 밥도 한 그릇 뚝딱 비웠다. 나중엔 배를 내보이며, 배가 찼다고 허풍을 떨었다.

식사를 마치고 한국과 우루과이 축구를 보려고 얼른 집으로 돌아왔다. 혜리애비는 제 집에서 보자고 하는데, 내가 그냥 돌아왔다. 옷을 훌떡 벗어 던지고 편하게 누워 보기 위해서다. 그러자 혜리 녀석도 따라나섰다.

"나 할아버지 집에 갈 거야. 할아버지 집에서 영어공부 할 거야!"

제 에미가 어이가 없다는 듯 피식 웃었다. 식사 뒤 녀석과 난 얼른 집으로 돌아왔다. 녀석이 깔깔대며 소리를 지르고 난리였다. 둘이서는 축구경기를 재미있게 보았다.

2007. 3. 25(일) 7~10℃ 흐리고 쓸쓸

밤새도록 컴퓨터 놀이에 푹 빠졌다.

어젯밤 10시, 한 · 우루과이 축구경기가 끝나자…, 녀석이 '컴퓨터 게임방' 에 들어가 놀이를 시작하였다. 꾸러기 놀이방에는 인형놀이가 여러 개 있다. 눈이 나빠지지 않을까…, 컴퓨터 중독에 빠지면 어쩌나 하는 생각이 들었다. 그래서 잔소릴 했더니 듣지를 않는다. 조금만 더, 조금만 더… 하면서 시간을 끌었다. 얼마를 이러더니 이번엔 '아기공룡 둘리' 를 보겠다고 한다. 자려고 해도 잠이 오지 않는다면서다.

그러더니 이번엔 그림을 그리겠다고 난리이다. 시간은 새벽 한 시로 넘어가고 있는데…, 내일 학교에 가지 않는다면서다.

그러다가 잠시 뒤 녀석이 이불을 뒤집어쓰고 자는 척이다. 이제 됐다 싶어 나도 잠을 청했다. 그런데 아침에 깨어 보니 녀석이 자리에 없다. 자던 자리엔 이불과 베개만이 남아 있었다.

삼촌 방을 열어 보니, 녀석이 삼촌 팔을 베고 자고 있었다. 녀석을 들어다 다시 안방 제 자리에 뉘었다. 삼촌이 제대로 자게 하기 위해서다.

오전 11시 45분, 녀석을 '새벽 월드교회' 로 데리고 갔다. '주일예배' 에 참석하기 위해서다. 교회로 가는 중에 녀석이 내게 하는 말이다.

"할아버지! 나~ 교회 끝나고… 할아버지 집에 다시 올 거예요."

"엄마하고 얘기해 봐…"

"할아버지가 말해요!"

교회가 끝나고서다. 제 에미가 녀석을 제 집으로 데려가겠다는 걸 내가 말렸다. 녀석의 당부도 있고 해서…. 집에 돌아와서다. 녀석이 아래층 예원이와 재미있게 놀았다. 서로의 집을 오가며 놀다가, 놀이터에도 가고… 자전거도 탔다. 점심엔 잔치국수를 멸치국물에 말아 주었더니 맛있게 먹었다. 두 것들을 돌 보자니 정신이 없다.

2007. 3. 26(월) 5~16℃ 종일 흐리고 안개, 쓸쓸

어젯밤 녀석을 꼭 안고 잠을 재웠다.

어젯밤 녀석을 꼭 안고 잠을 재웠다. 삼촌 방으로 건너가 공부를 방해할 것이 걱정이 되어서다. 아침엔 일어나지 않으려는 녀석을 간신히 흔들어 깨웠다. 일어나기 전 머리며 손 · 발 · 등… 마사지를 해 주었다.

아침밥은 혜리삼촌이 지었다. 내가 늦잠을 자다가 샤워를 하지 못해서다. 식사 때만 되면 생기는 걱정거리이다. 반찬을 무얼 해 먹이느냐 하는 것이다. 생각다 못해 계란 중탕과 등심을 구워 주었다. 그런데 녀석이 얼굴을 찌푸리며 투정이다.

"할아버지는 맨날 고기만 주냐…!"

그러고 보니 요 며칠 난 고기만 구워 주었다. 그게 간편하고 쉬워서다.

식사를 마치고 등교를 시키려는데 옷이 마땅치 않다. 어제 외식 후, 제 집엘 들러오지 않아 입힐 옷이 없는 것이다. 살펴보니 가방도 제 집에 두고 왔다. 할 수 없이 추리닝과 잠바를 입혀 학교엘 보냈다. 운동복 차림으로 교실로 들어가는 녀석이 민망해 보였다.

오후 1시 제 에미에게서 전화가 왔다. 3시 이후 혜리와 혜준이를 함께 돌봐 달라는 것이다. 피아노 학원엘 나가 봐야 한다면서다.

그런데 녀석들 돌보기가 그리 쉽지가 않다. 이것들 밤 10시 제 집으로 돌아갈 때까지 그냥 난장판이다. 온갖 장난감들을 방바닥, 거실에 늘어놓고 북새통이다. 아래층 예원이까지 난장판을 부추겼다. 이것들의 뒤를 돌보자니 온통 정신이 뒤죽박죽이었다.

혜리와 혜준이, 밤 10시 제 에미가 와서 데리고 갔다.

2007. 3. 28(수) 6~11℃ 종일 흐리고 가끔 비 쌀쌀

밤 1시가 넘었는데, 잘 생각을 않는다.

오후 2시, 혜리에미가 전화를 했다. 혜리와 혜준이를 봐 달라는 것이다. 두 것들을 돌보자면 유치원, 놀이학원엘 가서 녀석들을 데리고 와야 한다. 혜리에미는 피아노 학원엘 나가야 한다고 한다.

2시 50분 유치원으로 가서 혜리를 만났다. 그리고 잠시 제 에미를 기다려 혜준이를 받았다. 귀가 중 아이스크림을 먹이고, 가까운 편의점에 들러 과자를 사들고 집으로 오는데, 갑자기 소나기가 쏟아졌다. 밖은 먹구름까지 몰아닥쳐 어두컴컴하였다. 집으로 돌아온 녀석들, 한참을 놀다가 국수로 간식을 먹었다. 혜리 녀석, 그제도 잘 먹더니 오늘도 국수 한 그릇을 금세 비웠다. 밥보다 맛이 좋은 모양이다.

식사를 마친 혜리 녀석 소파에서 졸더니 이내 잠이 들었다.

오후 6시, 아직 초저녁인데…, 지금 잠이 들면 한밤중에 깨어 남을 못 살게 굴 텐데…, 그런데 재우지 않을 수도 없다.

아니나 다를까…, 밤 10시 이게 잠에서 깨어 밖으로 나왔다. 거실에서 TV를 보고 있는데, 안방에서 걸어나오며 저녁을 달라고 한다. 등심을 구워 주었더니 밥을 많이 먹었다.

시간을 보니 어느새 자정이 지나고 있다. 잠에서 깬 녀석이 초저녁인 듯

잘 생각을 않는다. 컴퓨터를 켜놓고 '꾸러기' 에 들어가 게임을 하고 있다. 우려했던 일이 드디어 벌어지고 있는 것이다. 새벽 1시가 넘었는데, 잘 생각을 않으니…. 장난감 놀이를 하다가…, 그림을 그리다가….

옆에 놓인 그림을 보니 허수아비다. 주위에는 구름, 새, 나무가 조화롭게 그려져 있었다. 허수아비 주위에 웬 새와 나무냐고 했더니…, 허수아비가 심심할까 봐 그렸다고 한다. 참으로 기지가 넘치는 녀석이다.

내가 껄껄 웃으며 녀석을 덥석 안았다. 녀석이 컥컥 기침을 하면서 하는 말이다.

"할아버지! 왜～? 왜 이렇게 꼭 안아요?"

"네 말이 웃겨서…, 너무 기특해서…."

얼마 뒤 녀석이 이어폰을 끼고 TV를 보기 시작하였다. 이게 본격적으로 놀이를 시작하려나… 싶었다. 제 삼촌은 옆에서 시험공부를 하고 있는데…, 공부에 방해가 될 것이 너무 뻔한데…, 내가 녀석에게 말했다.

"혜리야! 너 뭐 하고 있는 거야?"

"'거침없이 하이킥' 보고 있어요."

요즘 인기리에 방영되고 있는 연속극이다. 저게 언제 자려고 저러나…! 암만해도 내가 먼저 자야겠다.

2007. 3. 29(목) 4~12℃ 흐리고 가끔 비 쌀쌀

녀석의 유치원 등교가 그렇게 어렵다.

녀석을 깨워 유치원엘 보내기가 그렇게 어렵다. 오늘 아침에도 애를 먹다가 간신히 보냈다. 녀석의 나쁜 버릇 때문이다. 늦게 일어나는 거, 세수를 잘 하지 않는 거, 밥을 얼른 먹지 않고 늑장을 부리는 거….

밥 한 숟갈 받아 물고는 열 나절을 오물거리는 거…. 더 윽박지를 수 없어 몇 숟갈 먹이다 간신히 학교로 보냈다. 오후 1시, 제 에미에게 전화를 걸었더니, 제 에미가 유치원 원장의 말이라며 이상한 소리를 하였다. 녀석이 어제 그제 수업 중 계속 졸더라는 것이다. 집에 무슨 일이 있느냐고 묻더라고 한다.

순간…, 아…! 역시 그랬구나…, 이제부터는 밤늦도록 내버려두지 말아야 되겠구나…. 삼촌 말에 의하면 녀석이 어젯밤 3시까지 TV를 봤다고 한다. 함믄네 집에서는 마음이 해이해져 그러는 게 아닌가 싶었다.

저녁 8시, 제 집의 녀석에게 전화를 걸었더니 받지를 않는다. 집, 핸드폰, 혜리에미, 애비 모두 마찬가지였다. 8시와 9시…, 더 걸어 보았으나 마찬가지였다. 밤 11시, 죽전(竹田) 제 집엘 가서 인터폰을 눌러도 대답이 없다. 두세 번 더 눌러도 마찬가지이다. 이것들이 사우나엘 갔나…, 도대체 불안하다. 밖으로 나와 녀석의 집을 올려다보니 불이 꺼져 있었다. 모두 어디로 나간 게 분명하다.

집에 돌아와 제 삼촌에게 가서 확인하도록 하였더니, 잠시 뒤 제 삼촌에게서 전화가 왔다. 사우나를 다녀오는 혜리애비를 만났다는 것이다. 내 노

파심이 너무 심했나…, 싶었다.

2007. 3. 30(금) 6~15℃ 종일 맑고 쾌청

아파트 주변에서 자전거를 타고, 연을 날리고….

낮 12시 혜리에미에게서 전화가 왔다. 혜리 · 혜준이를 봐 달라며 심각한 목소리로 하는 말이다.

"학원에 자주 결근을 하니까 아이들이 집단 이탈을 하는 거예요."

그럴 수도 있겠다는 생각이 들었다. 원장이라는 사람이 일주일에 한두 번 밖에 학원엘 안 나가니…. 오후 3시 유치원으로 가 녀석을 데리고 왔다. 녀석이 아래층 예원이와 재미있게 놀았다. 함께 아파트를 돌며 자전거를 타고, 연을 날리고, 놀이터에 가 그네며 시소를 탔다.

저녁나절이다. 녀석이 갑자기 목이 가라앉고 기침을 하였다. 어제 제 에미와 사우나를 다녀온 게 화근인 모양이다.

코를 훌쩍거리고 기침을 하던 녀석이 하는 말이다.

"할아버지! 이번 감기는 이상해요. 이불을 덮고 있으면 코가 막히지 않고, 기침이 안 나와요. 이불을 젖히면 콧물이 나고 기침도 나고 그래요…."

체온을 빼앗기면 감기가 심해진다는 걸 녀석이 알 턱이 없다. 내가 얼른 이불을 끌어다 녀석의 몸을 감싸주며 일렀다.

"혜리야! 몸이 차면 기침이 더 심해…! 이불을 뒤집어 써! 알았어!"

녀석이 얼굴을 찌푸리고 칭얼대며 하는 소리이다.

"할아버지! 나 목이 아파요. 나 어떻게 해요?"

"네 에미가 몰라서 그래! 왜 목욕만 시키면 감기를 들게 하냐?"

"할아버지! 나 내일 병원에 갈래요."

"그래… 가…!"

속이 너무 상했다.

2007. 3. 31(토) 7~10℃ 오전 흐리고 스모그, 종일 황사

녀석의 생일파티를 열어 주었다.

오늘이 녀석의 일곱 번째 생일이다. 오후 3시, 녀석의 집에서 생일 축하 파티가 있었다. 녀석의 유치원 친구들 30명이 찾아와 축하를 해 주었다.

엄마들도 함께 와 즐거운 시간을 보냈다. 저녁 파티는 내가 열어 주기로 하였다. 녀석과 함께 갈비를 먹어야 되겠다 싶어서다. 며칠 전에도 들렀던 '해미원' 에서…. 저녁 6시, 내가 제 집으로 가 녀석에게 물었다.

"혜리야! 오늘 할아버지하고 맛있는 갈비 먹을까? 지난번에 갔던 그 갈비집에서 말이야…."

"할아버지! 그것만 사 주실 거예요? 선물도 사 주어야지요?"

"선물…, 무슨 선물? 저녁이면 됐지!"

"악세사리요…!"

"그래…! 알았어…. 사 줄께…."

저녁 7시, 숲 속 '해미원' 갈비집을 찾았다. 혜리네 식구 넷, 혜리삼촌,

나 이렇게 여섯 명이서다. 우리는 갈비 11인분을 시켰다. 보통 때보다 훨씬 많은 양이다. 혜리 녀석이 돼지 갈비를 워낙 좋아해서다. 식사는 냉면과 된장찌개를 주문하였다. 혜리가 다른 때보다 훨씬 많이 먹었다.

한참을 먹던 녀석이 배를 내 보이며 하는 소리이다.

"할아버지! 나 이제 그만 먹을래요."

그러고 보니 식구들이 모두 포식을 하였다. 잔에 술을 채워, '위하여' 도 한 번 하였다. '우리 혜리의 일곱 번째 생일을 위하여!!' 그리고 들었던 잔을 한 번에 마셔 버렸다. 혜리 동생 혜준이도 '위하여' 를 하였다. 혜리가 기분이 좋은지 활짝 웃었다.

밤 10시, 음식점을 나서는데 녀석이 하는 말이다.

"할아버지! 나 오늘 할아버지 집으로 갈래요!"

제 에미가 말리지 못하고, 허락을 하였다. 집으로 돌아오는데 녀석이 이 마트엘 들르자고 한다. 녀석이 여기서 '매직램프' 와 '매직콘' 을 집어들었다. 제 생일이니까 당연히 사 주어야 한다는 것이다. 집에 돌아온 녀석, 이걸 가지고 밤을 새우며 놀았다. 자야 한다고 아무리 으름장을 놓아도 소용이 없다.

녀석이 계속 훌쩍거리는데, 속이 상했다.

2007. 4. 1(일) 7~12℃ 종일 흐리고, 심한 황사

〈1〉 녀석의 미국 여행 사진을 앨범에 모았다.

오전 10시, 외출을 해야 하는데 녀석이 아직 자고 있다. 어쩔까 망설이고 있는데, 마침 녀석이 깨어 내게로 왔다.

"혜리야! 엄마가 이따 11시 반에 올 거야. 그럼 엄마 따라 교회에 다녀와…. 할아버지가 교회 앞에서 혜리 기다릴게~! 알았지!!"

"엄마가 안 보내주면?"

"아냐…, 보내줄 거야. 할아버지하고 그렇게 약속을 했어."

"네…! 알았어요. 안녕히 다녀오세요."

내가 외출을 하면서 제 삼촌에게 일러두었다.

"11시 반, 혜리에미가 혜리를 데리러 올 거야…. 보내줘, 그리고 다시 데려오면 잘 보살펴…, 알았지!"

오후 2시, 집에 돌아오니 혜리가 없다. 제 에미가 데리고 간 모양이다.

모처럼 한가한 시간을 맞아 녀석의 사진을 정리하였다. 미국에 한 달 열흘 간 체류하면서 찍은 것들이다. 배경은 '맨하튼', '코닝 글레스 뮤지엄', '워싱턴 디씨', '루레이 동굴'…, '허쉬 초콜릿 월드', '나이아가라 폭포', '온타리오 호수', '뉴저지' 등…, 무려 200장에 이른다.

난 이걸 정리하여 녀석의 일곱 번째 생일 선물로 주기로 하였다. 다섯시간 정도를 정리하였다. 비로소 녀석의 여행앨범이 마무리되었다. 넘겨보니 마치 여행을 다시 하는 듯하였다. 사진 정리 뒤 앨범 첫 장에 쓴 글이다.

'사랑하는 우리 혜리…! 일곱 번째 생일을 축하해!!'

〈2〉 앨범의 사진이 모두 167매였다.

어제 오늘 정리한 앨범을 살펴보니 서른두 매 64면 167장이었다. 난 사진마다에 설명을 달아 알아보기 쉽게 하였다.

저녁 일곱 시, 이걸 들고 녀석의 집을 찾았다. 보여주고 좋아하는 모습을 보기 위해서다. 그런데 녀석이 무덤덤하다. 오히려 왜 들고 왔느냐는 눈치이다. 아직 어리니 가치를 판단할 수 있겠는가!

옆에서 지켜보던 제 에미 애비가 깔깔 웃었다. 내가 제 에미 애비의 이런 행동을 나무랐다. 혹시 녀석이 미안해 할지도 몰라서다.

그런데 녀석의 생각이 너무 순진하지 않은가! 이 다음에 커서 보면, 눈물을 흘릴지도 모를 일인데…. 난 녀석을 데리고 밤 9시 집으로 돌아왔다. 녀석이 그렇게 하겠다고 우겨서다. 집에 돌아와 목욕을 시키고 머리를 말려주었더니 지금 소파에서 졸고 있다. 얼른 재워야겠다.

2007. 4. 2(월) 3~9℃ 오전 맑고 쌀쌀, 오후 흐리고 구름

두 것들 돌보기가 너무 바쁘다.

하루가 너무 바쁘다. 아침에는 혜리 유치원을 보내느라…, 오후에는 혜리, 혜준이를 보살피느라…. 혜준이는 오후 2시 제 에미가 데려다 놓았다.

혜리는 유치원이 끝나는 오후 3시 내가 유치원으로 가 데려왔다. 유치원에서 돌아오다가 녀석과 병원을 찾았다. 감기로 밤새 코를 골아서다. 의사

의 말이 축농증이라고 한다. 집으로 오는 차안에서 녀석의 잔소리이다. 수내동 '파크타운', 정자동 미금역을 지나는 중인데….

"할아버지! 할아버지는 왜 정신을 놔요…?"

신호대기가 길어 메모를 하고 있었더니 이게 하는 소리이다.

"할아버지! 뒤차가 빵빵거려요. 창피해요!"

이게 제법 어른스러운 말을 하고 있다. 녀석이 또 하는 소리이다.

"미국은 부잔데, 왜 그렇게 살아요?"

"왜…?"

"진찰은 작은 병원에서 하고, 수술은 큰 병원에서 하잖아요. 작은 병원은 수술을 안 해서… 불편해요" 어린 게 꽤 잘 살폈구나 싶었다.

"할아버지! 신호를 지키세요! 다치잖아요. 그럼 함므니한테 이를 거예요."

또 메모를 하다 출발이 늦어지자 녀석이 하는 소리이다.

해가 질 무렵인데, 더욱 바쁘다. 밥을 지으랴, 녀석 소대변을 가려주랴, 전화를 받으랴, 약을 먹이랴…, 정말 눈코 뜰 새가 없다. 저녁밥을 먹고 난 뒤, 녀석들이 잘 태세다.

혜리는 TV를 보다가 소파에서 졸고…, 혜준이는 밥을 먹다가 식탁에서 졸고 있다. 이것들이 잠이 드니 천기가 잠잠하였다.

2007. 4. 3(화) 1~10℃ 종일 바람이 세고 쌀쌀

녀석이 걸리버 여행기를 읽었다.

어젯밤, 초저녁에 잠이 든 녀석이 밤새 깨지 않았다. 아침에 아무리 흔들어 깨워도 일어나질 않는다. 심한 운동을 한 것도 아닌데…, 춘곤증인가 싶었다. 서둘러 아침밥을 먹여 유치원엘 데려다 주며 내가 일렀다.

"혜리야! 오늘은 엄마가 데리러 올 거야…."

그리고 집엘 와 보니 녀석의 약이 그대로 있었다. 챙겨 보내야 하는 건데…. 오후 3시, 약을 들고 녀석의 집을 다시 찾았다. 문이 잠겨 있어 전화를 해 보니 근처 백화점에서 제 에미와 점심을 먹고 있었다. 나도 그리로 가 함께 짜장면을 먹었다. 한나절만에 만났는데, 녀석이 그렇게 반가워 한다. 내 얼굴을 막 비비며 호들갑이다. 할아버지가 그렇게 좋은 모양이다.

점심을 먹고 집에 돌아온 녀석, '걸리버 여행기' 를 들고 내 무릎에 앉아 하는 소리이다.

"할아버지! 책을 넘기세요. 나는 읽을게요."

시키는 대로 했더니, 이게 순식간에 책을 다 읽었다. 어느새 글을 다 깨친 녀석이 대견해 보였다.

2007. 4. 4(수) 4~10℃ 종일 맑고 따뜻, 오후 구름

"나 오늘 할아버지 집에서 잘 거야!!"

아침 9시, 혜리에미에게서 전화가 왔다. 볼 일이 있어 나가야 하는데, 혜준이를 봐 달라는 것이다. 오후 3시엔 혜리를 데리러 유치원엘 가야 하는데…, 혜리에미는 오후 5시 혜준이를 데려가겠다고 하였다.

시간 조절을 위해 오후 3시 혜리 유치원엘 갔더니, 녀석이 어리둥절하였다. 예정에 없이 녀석을 찾아가서다. 오후 5시, 제 에미가 왔는데 혜리가 따라 나서질 않는다. 가기 싫다며 할아버지와 함께 있겠다는 것이다. 따라가라고 해도 막무가내다. 어쩔 수 없이 잠을 잔다고 거짓말을 하였다. 녀석이 소파로 뛰어가 자는 척을 하였다.

"아이! 그러면 안 되지…. 방에 들어가 자야지!!"

녀석이 안방으로 뛰어가더니 자는 척이다. 현관에서는 아까부터 제 에미가 기다리고 있었다. 혜리가 잔다고 거듭 일렀더니, 제 에미가 어쩔 수 없는지 혼자서 돌아갔다.

제 에미가 돌아가고 난 뒤 녀석이 방에서 뛰어나오며 하는 소리이다.

"엄마 갔지요…?"

"그래…."

"히히히! 자는 거 거짓말인데…."

오후 7시, 혜리애비에게서 전화가 왔다.

"아버님! '샤브샤브' 좋아하세요? 오늘 저녁, 그걸로 하시죠?"

상황이 좀 난처하였다. 혜리를 데리고 가야 하는데, 아까 제 에미에게 잔

다고 거짓말을 했는데…! 그런데 녀석이 '샤브샤브' 를 먹겠다고 한다.

"너, 엄마가 붙잡으면…?"

"내가 우길 거예요."

어쨌거나 이래서 식구들이 모여 샤브샤브를 먹었다. 그런데, 식사 뒤 제 에미가 혜리를 제 집으로 데려가겠다고 한다. 그러자 녀석이 시위이다.

"엄마~! 나 할아버지 집에 갈 거야. 오늘 하루만…."

"안 돼!! 토요일 일요일만 가기로 했잖아…!"

녀석이 굽히질 않는다. 오늘은 꼭 할아버지 집엘 가겠다는 것이다. 끝내 제 에미가 지고 말았다. 난 집으로 돌아와 녀석과 '꾸러기' 놀이를 하고, 약속대로 목욕을 하였다. 잠시 뒤 녀석이 코를 골며 깊은 잠에 빠졌다.

2007. 4. 5(목) 2~13℃ 오전 맑고 오후 스모그

마사지를 해 줘야 일어나겠단다.

요즘 녀석이 아침 '마사지' 를 해 줘야 일어나겠다고 한다. 오늘 아침에도 그랬다. 어젯밤 일찍 잠이 들어 오늘은 일찍 일어나겠거니 했더니 아니다. 얼굴과 팔 다리, 손발을 주물러 주었더니 비로소 일어났다.

아침은 김치찌개를 끓이고 '소시지' 를 구워서 먹였다. 유치원에는 직접 데려다 주었다.

오후 1시, 제 에미에게 전화를 걸어 녀석을 하루 데리고 있으라고 하였다. 전화를 주고받는데, 녀석의 목소리가 흘러나왔다.

내가 얼른 전화를 바꿔 안부를 물었다.

"혜리야! 잘 놀았어? 오늘 유치원 재미있었어…? 오늘 엄마네 집에서 하루 자고 내일 와… 알았지?"

그랬더니 녀석의 장난기 어린 대답이 들려 왔다.

"네~! 할아버지~!"

녀석, 요즘 제 집에서 지내는 재미가 쏠쏠한 모양이다.

2007. 4. 9(월) 6~16℃ 아침 쌀쌀 오후 따뜻

"나 오늘부터 엄마 집에서 잘 거예요."

혜리가 3일만에 제 집에서 돌아왔다. 지난 금요일 저녁에 갔다가 오늘 왔으니까 꼭 3일만이다. 제 에미의 부탁으로 유치원이 끝날 무렵 내가 가서 데리고 왔다. 혜준이는 이보다 앞서 1시에 제 에미가 데려다 놓았다. 피아노 학원엘 가 봐야 한다면서다.

오후 3시, 녀석과 함께 유치원에서 돌아오는데 녀석이 하는 소리이다.

"할아버지! 나 오늘부터 엄마 집에서 잘 거예요."

별안간 이게 무슨 소리인가…! 이유를 물으니, 우물쭈물 하였다.

그러다가 잠시 뒤 하는 소리이다.

"엄마 집이 좋아서요…?"

"뭐…! 너 그럼 오늘부터 진짜 엄마 집에서 잘 거야?"

"네…."

잠시 뒤 주차장에 차를 세우며 내가 다시 물었다.

"혜리야! 너 정말 오늘부터 엄마 집에서 잘 거야?"

그러자 녀석이 내 생각을 물었다.

"할아버지는 어떻게 하는 게 좋아요?"

"글쎄, 네 맘이지 뭐…"

그러자 녀석이 또 하는 소리이다.

"할아버지가 말해 보세요. 난 엄마 집도 좋고, 할아버지 집도 좋아요."

사실은 제 에미와 같이 있는 게 얼마나 좋은 일인가. 할아버지와 함께 있으면 자칫 버릇이 나빠질 수도 있고…, 모처럼 제 집에 정을 붙이려는데 이를 말릴 이유도 없다. 그래서 내가 넌지시 일렀다.

"혜리야! 당분간 엄마 집에 가서 있지 뭐! 오고 싶을 때 오고…"

그랬더니 녀석이 신이 나서 하는 소리이다.

"네 그래요. 그게 좋겠어요. 내가 오구 싶을 때 언제든지 오구요."

얼마나 다행한 일인가!

내가 녀석을 번쩍 안아 흔들어 주었다.

2007. 4. 10(화) 7~14℃ 오전 맑고, 오후 흐리고 비

오늘부터 원어민 영어를 배운다.

저녁 7시, 녀석이 보고 싶어 제 집엘 갔더니 영어 학원엘 가고 없다. 원어민 영어가 있어서 거길 갔다는 것이다.

잠시 뒤 녀석이 제 애비와 두런거리며 들어오는데 나를 찾고 있다.

"엄마! 할아버지 어디 있어?"

"글쎄, 금방 계셨는데…화장실에 가셨나…."

그러자 녀석이 갑자기 화장실 문을 불쑥 열었다. 그러면서 막무가내로 안으로 들어왔다. 저도 쉬를 해야 한다면서다.

"혜리야! 너 할아버지 온 거 어떻게 알았어?"

"할아버지 차가 저기 있더라."

길바닥에 세워 놓은 차를 본 것이다. 녀석이 제 영어 선생님 자랑을 늘어놓았다.

"할아버지! 우리 영어 선생님 미국사람이야! 여자야! 좀 늙었어…."

"혜리야! 재미있었어?"

"응…, 그런데 잘 못 알아 듣겠더라."

한 번 만나보고 싶은 생각이 들었다. 교수법…, 언어교육의 시작은 명령문이 좋다는 말을 하고 싶어서다. 이리 와! 저리 가! 앉아! 서! 밥 먹어! 뭐 이런 것들이다. 그러다 보면 자연히 알아듣게 되지 않을까 싶다. 유아들의 언어가 대충 이렇게 이루어지니까…. 그런데 원어민이 그렇게 가르치는 것 같지는 않다.

녀석이 종이 한 장을 내미는데 옮겨 쓰기이다. 시범 단어를 써 보이고 그 옆에 옮겨 쓰는 것이다. 머리, 머리카락, 눈, 목, 어깨, 팔, 손… 하는 식이다. (head, hair, eye, neck, shoulder, arm, hand…)

시간만 낭비했지 말하기 효과는 없을 듯하였다. 알파벳을 모르는 아이에게 단어 쓰기부터 시키다니…. 글쎄 내가 모르는 소리를 하는 건가…?

녀석이 이걸 쓰면서 내게 뻔찔 물었다.

"할아버지! 이거 어떻게 쓰는 거야?"

그때마다 내가 써 보이고 알려 주었다. 언제가 알파벳 쓰기부터 시켜야 되겠구나 싶었다. 밤 10시, 내일 보자며 집을 나서려는데…, 녀석이 돌아보지도 않고 손을 들어 인사를 했다.

"할아버지! 내일 또 오세요!"

2007. 4. 11(수) 8~17℃ 아침저녁 쌀쌀, 한낮 포근

함께 테니스를 치다가, 연을 날리다가….

오후 1시 혜리에미에게서 전화가 왔다. 학원에 나간다면서 혜리를 봐 달라고 한다. 오후 3시, 녀석을 데리러 유치원엘 갔더니…, 녀석이 선생님 손에 이끌려 예쁘게 걸어나왔다. 주차장까지 함께 걸어나오며 내가 제 에미 이야기를 했다.

"혜리야! 엄마가 '책사랑 공부사랑' 에서 책 읽고 있으래…."

책사랑은 아파트에서 운영하는 미니 책방을 말한다.

그랬더니 녀석이 하는 소리이다.

"싫어요! 거기 내가 볼 책이 없어요!"

"가 봤어…?"

"네! 그림은 없고 글씨만 많아요."

그래서 녀석을 그냥 집으로 데리고 왔다. 그리고는 차를 주차장에 세워 놓고 같이 운동을 하였다. 자전거를 타다가, 테니스를 치다가, 연을 날리다

가…, '슈퍼' 에 들러 오징어 칩, 초콜릿 같은 간식도 샀다.

한참을 놀다가 집에 들어오는데 녀석이 졸고 있다. 놀이가 고단했던 모양이다. 시간을 보니 오후 6시, 녀석은 이후 9시까지 3시간 동안 잠을 잤다. 저녁 늦게 제 애비가 데리러 왔는데 가지 않겠다고 해서 그냥 돌아갔다.

낮잠을 자서 그런가! 녀석이 밤 12시가 넘도록 잘 생각을 않는다. 어르고 달래고 소리를 질러도 소용이 없다. 새벽 1시가 넘도록 그냥 놀기만 하였다. 안되겠다 싶어 소리를 질렀더니, 비로소 잠자리에 들었다.

2007. 4. 12(목) 9~16℃ 종일 흐리고 스모그현상

"할아버지! 나 파마했어요!!"

어느새 벚꽃이 활짝 피어 화사하다. 가끔 이파리가 바람에 날려 눈이 내리는 듯하다. 오후 1시, 혜리에미에게 전화를 했다가 승강이가 있었다.

유치원 설문지를 왜 마음대로 써 보냈느냐는 것이다. 내용이 일반적인 것이어서…, 아침에 가져가야 하기 때문에 그랬다고 해도 시무룩하다.

저녁 8시 반, 제 집에 간 녀석이 전화를 했다.

"혜리야! 어쩐 일이야. 전화를 다 하구…! 저녁 먹었어? 학교에서 재미있게 놀았어…?"

"으응…, 할아버지! 나~ 머리 커트했어요. 앞머리요."

"앞머리! 왜~? 그거 언제나 자라라구?"

"엄마가 잘라줬어요. 파마두 하구요."

"그래…! 내일 할아버지 보여줘. 알았지?"

전화는 제 에미가 걸어준 듯하였다. 녀석은 아직 전화를 걸 줄 모른다.

녀석과 대화를 계속하였다.

"혜리야! 할아버지가 내일 데리러 갈게…알았지!"

"할아버지! 혜준이가 나 때렸어요."

제 동생 혜준이가 때렸단다. 응석을 부리고 싶은 모양이다.

"할아버지! 내가 혜준이 바꿔 줄게요. 야단 좀 치세요."

"하부지…!!" 혜준이 목소리이다.

"이 계집애…! 왜 언니를 때려…!!"

"하부지…!"

녀석이 고장난 레코드처럼 할아버지를 반복하였다. 말을 이을 수 없어서 그런가 싶었다.

"혜준아! 밥 많이 먹었어? 언니하구 잘 놀아!"

"어… 어… 어…."

녀석이 엉거주춤 말을 하지 못했다.

내가 혜리를 다시 바꿔 내일 보자며 전화를 끊었다.

2007. 4. 15(일) 10~18℃ 종일 화창 포근

녀석이 제 집에 간 지 3일째다.

혜리가 제 집에 간 지 3일째다. 전화를 걸까…! 그런데 공연히 건드리는

것 같아 내버려 두었다. 오후 7시, 테니스를 치다가 혜리에미의 전화를 확인하였다. 혜리가 걸었나 싶어 전화를 걸었더니 혜리애비이다.

"그래! 전화했었냐?"

"네! 저녁 잡으시라고요."

혼자 밥을 해 먹을 게 걱정이 되었나 보다.

"혜리는 잘 노냐? 어디 바꿔봐라!"

"네…."

"혜리야…!"

"네… 할아버지~."

"잘 놀았어? 밥 많이 먹고~?"

"지금 먹을 거예요. 할아버지! 그런데, 혜준이가 내 비누방울 지 꺼래요."

"그거 나쁜 계집애 아냐? 왜 지 꺼래?"

"할아버지! 혼내 주세요."

"그래 알았어. 밥이나 많이 먹어!"

가만히 보니 녀석이 제 집에서 잘 지내고 있다. 정말 다행이라는 생각이 들었다. 내가 걱정 안 해도 되겠구나…!

"혜리야! 잘 놀아! 나중에 만나…!!"

전화를 끊고 나니 쌓였던 궁금증이 다 풀렸다.

2007. 4. 16(월) 9~14℃ 새벽녘 비, 종일 흐림

나흘만에 제 집에서 돌아왔다.

녀석이 나흘만에 제 집에서 돌아왔다. 참 오래 간만이다.

녀석이 이렇게 제 집에 오래 있어 본 건 드문 일이다. 모임에 나갔다가 오후 1시 집에 전화를 걸었더니 제 삼촌이 혜리를 데려 오겠다고 한다.

혜리에미에게서 전화가 왔었구나 싶었다. 아니고서야 혜리 이야기를 꺼낼 리가 없지 않은가…. 저녁 5시, 모임에서 돌아오니 혜리가 집에 와 있었다. 녀석이 달려나오며 내 팔에 안기는데, 머리 모양이 많이 바뀌어 있다. 앞머리를 일자로 잘랐는데, 보기가 좀 그랬다.

"혜리야! 머리 누가 깎았어?"

"엄마가요. 깎기는 미용사 언니가 깎고요."

제 에미가 시켜서 미용사가 손질을 했다는 것이다. 미용사라는 게 어찌 이리도 감각이 없을까! 절세의 미인을 모자라는 인물로 만들어 놓다니!!

머리타령을 했더니 녀석이 슬그머니 제 방으로 들어가 거울을 들고 나와 요리조리 머리 모양을 살폈다. 손에는 여러 가지 머리 모양을 한 사진첩을 들고서다. 머리 타박을 했더니 쇼크를 반은 게 아닌지 모르겠나. 안 되겠다 싶어 내가 얼른 말을 바꿨다.

"혜리야! 그래도 괜찮아. 금방 자랄 건데 뭐…!"

"맞아요…." 녀석이 맞장구를 쳐 주었다.

2010. 12. 19. 혜리와 함므니, '시드니 오페라하우스'….

'오페라하우스' 앞에 서 있는 녀석과 함므니….
참으로 한가하고 넉넉하고 행복해 보인다.
'시드니'는 참으로 아름다운 항구이다.
모두의 생활이 활기에 넘치고 역동적이다.
개성이 넘치고 주위를 의식하지 않는다.
어쩌면 저렇게 모두 넉넉할 수가…,
원주민 '에버리진'이 말하는 '시드니'의 의미이다.
'바위에 부딪쳐 부서지는 파도'라는 말이라고 한다.
그럴싸한 말이라는 생각이 들었다.
저 뒤 관광객들의 모습이 한가로워 보인다.

2007. 4. 17(화) 6~17℃ 종일 흐리고 옅은 구름

계란 중탕을 해서 밥을 먹었다.

녀석의 아침이 무척 신경이 쓰인다. 무얼 해 먹일까 걱정이 돼서다. 워낙에 입이 짧고 까다로운 녀석이니 왜 아니겠는가. 궁리 끝에 아침에 좀 특별한 걸 만들어 보기로 하였다. 표고버섯구이, 조개 관자놀이 볶음, 계란 중탕…, 그런 거. 그런데 녀석이 계란 중탕만 해서 밥을 먹는다. 버섯구이, 키조개 관자놀이는 쳐다보지도 않았다. 함므니는 아직 미국에서 오지 않고 있다. 우리가 먼저 귀국한 지 벌써 두 달째다.

오늘은 녀석의 도시락을 준비하느라 한참 바빴다. 유치원에서 교통실습을 나간다며 해 오라고 해서다. 학교를 떠나 근처 '삼성교통문화센터'로 간다고 한다. 김밥과 간식을 만들고, 마오병에 보리차를 준비하고…, 이러자니 아침 시간이 너무 바쁘다. 그런데도 녀석이 늑장을 부리며 애를 먹였다. 일어나지도 않고, 일어나서도 소파에서 졸았다. 이래서 집에는 여자가 있어야 하는 모양이다.

오후 1시, 제 에미가 혜준이까지 데려다 놓았다. 더더욱 눈코 뜰새 없이 바쁘다. 종일 종종걸음으로 쫓아다니자니 피곤이 몰려 왔다. 소대변에다 돌아다니며 말썽까지 부리니…. 오후 3시에는 유치원에 가서 혜리를 데리고 왔다. 이후 두 것들을 돌보는데 정말 많이 바빴다.

2007. 4. 18(수) 6~17℃ 구름 조금, 종일 화창

"할아버지, 나 딸국질했어요!"

오후 1시 혜리에미에게서 전화가 왔다. 피아노 학원 때문에 혜리를 봐 달라고 한다. 유치원이 끝날 시간에 녀석을 데리러 학교로 갔다. 녀석이 활짝 웃으며 유치원 문을 나서 차에 오르며 하는 소리이다.

"할아버지! 나 딸꾹질했어요! 그런데 물을 안 마셨어요. 공부시간이라."

"혜리야! 그래도 물을 마셔야지…!"

"오줌이 마려울까 봐서요."

그러면 그렇지… 계집애가 꾀가 많구나 싶었다.

오늘은 녀석이 엉뚱한 소리를 자주 하였다.

"할아버지! 어제 아빠가 내 엉덩이 검사한다구 했어요. 엉덩이는 아무나 검사할 수 없는 거지요? 창피한 거니까요?"

터져 나오는 웃음을 간신히 참았다. 제 애비가 제 엉덩이 검사를 해서는 안 된다는 것이다. 조금 뒤 녀석이 방귀를 뀌었다.

"부드드득…"

바지가 뜯어질 것 같았다. 내가 웃으며 소릴 질렀다.

"저놈의 계집애…!!"

그러자 이게 웃으며 하는 소리이다.

"할아버지! 바지가 찢어질 것 같아요!"

우리가 집으로 오는 차 속에서 있었던 일들이다.

녀석이 유치원에 들어간 지 한 달이 조금 지났다. 그런데 요즘 달라진 게

한두 가지가 아니다. 말솜씨가 그렇고, 하는 행동이 그렇다.

저녁 7시, 이게 제 방에서 무언가 한참 정리를 하였다. 지가 생각해도 방이 너무 어수선했던 모양이다. 가만히 살펴보고 있는데, 얼마 뒤 녀석이 내게 다가와 하는 소리이다.

"할아버지! 내 방에 와 보세요. 내가 방을 정리했어요."

들어가 보니, 방안이 가지런하고 깨끗하다. 먼저 번과는 아주 딴판이다. 마음을 먹으니까 저렇게 정리를 잘 하는구나 싶었다. 내가 녀석을 번쩍 치켜 안으며 칭찬을 해 주었다.

"어이구! 우리 혜리 이제 다 컸네…."

녀석이 기분이 좋은지 싱글벙글하였다.

2007. 4. 20(금) 9~15℃ 종일 비가 추적추적, 우중충

"할아버지! 나 반팔 옷 입었어요!"

혜리가 제 집에 간 지 이틀이 지났다. 어제 아침 유치원에 데려다주었는데, 오늘 저녁까지 아직 아무 소식이 없다. 궁금해서 전화를 걸었더니, 녀석이 아주 느긋하게 하는 소리이다.

"할아버지~!"

그리고는 아무 말이 없다. 할아버지를 놀리나! 마음이 편해서 그런가!

그간 어떻게 지냈는지, 안부를 물었다.

"혜리야! 잘 지냈어? 저녁은…?"

그런데 이게 엉뚱한 대답이다.

"할아버지! 나 반팔 옷 입었어요. 엄마가 입혀줬어요."

그러더니 또 하는 소리이다.

"할아버지! 이제 끊어요…."

별로 할 말이 없는 모양이다.

2007. 4. 22(일) 12~21℃ 종일 따뜻, 옅은 황사

"나 독정유치원에 안 다닐래요."

계집애가 제 집에 간 지 오늘로 나흘째다. 지난 20일 통화를 하고는 지금까지 하지 못했다. 잘 있는 걸 공연히 건드리는 게 아닌가 해서다.

그러다가 저녁 7시 전화를 했더니, 녀석이 제 집으로 오라고 한다.

"엄마를 바꾸라"고 했더니 "그러지 말고 그냥 오라"는 것이다. 할 수 없이 들렀더니, 이게 벌써 따라 나설 준비를 하고 있었다. 옷을 한 보따리 챙겨 들고 현관에서 대기하고 있다. 나더러는 들어오지 말고 그냥 할아버지 집으로 가자고 한다.

무슨 일인지 궁금한데, 뒤쫓아 나오는 제 애비가 싱글싱글 웃었다. 녀석이 벌써부터 할아버지 집에 가겠다고 서둔 모양이다. 문을 나서 엘리베이터 앞인데, 녀석이 하는 소리이다.

"할아버지! 나 독정유치원에 안 다닐래요."

도대체 이게 무슨 소리인가, 가슴이 덜컹하였다.

"왜…! 무슨 일이 있어?"

"네! 우리 반 '초아' 가 날 못 살게 해서요. 나 보고 왜 째려보느냐고 그래요. 나는 그냥 보는 건데…. 그리구 내 머리핀, 이름표 그런 거 뺏어요."

순간 이걸 어떻게 정리해야 하나 싶었다. '초아' 라는 아이가 어떤 애인지… 다루기 힘들면 어쩌나…, 녀석이 다른 유치원엘 가겠다는 말까지 하는데…, 견디기 힘이 들어 그러는구나 싶었다. 녀석이 이런 자조 섞인 말까지 하였다.

"할아버지! 그런데 괜찮아요. 이틀만 지나면 방학인데요, 뭐…. 그러면 할아버지 집에 있으면 되죠, 뭐!"

녀석이 유치원엘 가기 싫어하니까, 제 에미가 방학이라는 말을 한 게 아닌가 싶었다. 담임선생님을 만나보겠다고 했더니 녀석이 말렸다.

"할아버지! 이야기하지 마세요. 그러면 '초아' 가 뭐라고 해요. 그냥 다니지 않는 게 좋아요." 상황이 예상보다 심하구나 싶었다.

녀석은 오전반만 다니고 싶다는 말도 하였다. 그러면 '초아' 를 만나지 않는다는 것이다. 내일 담임선생님을 만나봐야겠다.

2007. 4. 23(월) 8~19℃ 종일 화창 따뜻

"할아버지! 오늘은 아무 일 없었어요."

오전 8시 40분 녀석을 유치원에 데려다 주었다. 교실로 들여보내면서 '초아' 를 보려다 그만두었다. 담임을 만나보려는 것도 그만두었다. 제 에미가 하는 게 낫겠다 싶어서다.

오후 3시, 유치원으로 갔다가 알게 된 사실이다. 오늘은 초아가 아무런 시비를 걸지 않았다는 것이다. 녀석이 하는 말이다.

"할아버지, 오늘은 괜찮았어요. 아무 일도 없었어요."

다행이다 싶었다. 초아가 무슨 일을 저지를까 종일 걱정을 했는데….

잠시 뒤 집으로 오려는데, 녀석이 운동장에서 놀자고 한다. 날씨가 화창하고 따뜻해서 그냥 돌아오기가 싫었던 모양이다. 우린 운동장 여기저기서 한참을 놀았다. 그네, 시소를 타고, 씨름장에서 씨름흉내도 냈다. 철봉틀에 매달려 몸을 앞뒤로 흔들어 보기도 하고…, 100m 트랙에서 함께 달리기도 하였다. 녀석은 할아버지와 뛰고 달리는 게 좋은 모양이다. 붙들고 밀치고 달리고 깔깔대고 난리였다. 내가 저보다 먼저 달리면 붙잡고 뛰지 못하게 하고, 그리고는 지가 1등을 했다고 좋아하였다.

녀석은 집에 와서도 아래층 예원이와 자전거를 타며 놀았다. 동네 놀이터에 가 그네, 목마, 시소도 탔다.

2007. 4. 24(화) 10~17℃ 오전 화창, 오후에 흐려짐

알레르기성 비염에 걸렸다.

오늘은 녀석을 유치원에 보내지 않았다. 병원엘 데리고 가 진찰을 받아야 해서다. 어젯밤 녀석이 숨을 코로 쉬지 못하고 입으로 쉬었다.

옆에서 보니 잠을 잘 잘 것 같지 않았다. 코를 심하게 골고, 목을 컥컥거

리고 몸을 자주 뒤척여서다. 그런 상태로는 잠을 잘 수가 없다. 녀석은 이불도 자주 차 버렸다. 수면 상태가 저러면 건강에 이상이 있을 텐데…. 애만 데려가면 저 지경을 만들어 놓으니 문제라는 생각이 들었다.

병원엘 갔더니 '알레르기성 비염' 이라고 한다. 계절적인 요인이 크게 작용한다는 것이다. 확실한 원인을 알려면 30여 가지 반응검사를 해야 한다고 한다. 그러고도 결과가 안 좋으면 코 수술을 해야 한다는 것이다.

어린 녀석에게 칼을 댄다는 것이 안쓰러워 하지 않기로 하였다. 크면서 자연 치유될 수 있는 걸 괜히 그러나 싶기도 하고…. 그래서 이틀치 약을 지어 가지고 집으로 돌아왔다. 집으로 돌아오려는데, 녀석이 제 집으로 데려다 달라고 한다. 제 에미 몰래 유치원을 빠진 게 마음에 걸리는 모양이다. 제 에미에게 전후 사정을 설명해야 한다는 것이다.

저녁 8시, 녀석을 데리러 갔더니 이게 혼이 나고 있다. 제 에미 앞에 무릎을 꿇고 계속 잔소리를 듣고 있다. 답답해서 이유를 물으니 제 에미가 하는 말이다. 원어민 영어회화에 늦게 가고…, 가서도 '테이블' 중앙에 앉지 않고 옆에 앉고, 치킨 파티 때도 먹지 않고 그냥 돌아왔다는 것이다. 제 에미의 말은 "왜 늦게 참석했느냐, 왜 혼자 앉아 있었느냐…, 남들이 먹는 치킨을 왜 보고만 있었느냐?"는 잔소리이다.

옆에서 보고 있자니 답답해서 내가 한 마디 하였다.

"그게 애를 가르치는 거냐…! 주눅 들게 하는 거지…!"

그러자 제 에미가 이내 잔소릴 거두었다. 그러면서 제 허물이 크다며… 애를 다독였다. 냉랭하던 분위기가 화해 쪽으로 돌아섰다. 딱딱하게 굳어있던 분위기도 금세 풀렸다. 혜리도 드디어 제 에미와 말을 주고 받았다.

"엄마! 다음에는 안 그럴게요…."

내가 녀석을 데리고 오려는데 제 에미가 말렸다.

오늘 하루 집에 데리고 있겠다는 것이다. 화를 내고 잔소릴 한 게 마음에 걸리는 모양이다. 나도 녀석도 그게 좋겠다는 생각을 하였다. 녀석이 내게 시선을 주더니 하는 말이다.

"할아버지! 나 내일 할아버지 집에 갈게요."

내가 녀석의 엉덩이를 투덕여 주었다.

2007. 4. 25(수) 9~19℃ 흐리고 스모그현상, 해 가림

비염이 많이 좋아진 듯하였다.

오후 3시, 유치원으로 가서 녀석을 집으로 데리고 왔다. 어제는 제 에미의 요청으로 녀석을 데려오지 못했다.

교실 문을 나서는 녀석에게 '초아' 에 대해 물어보았다.

"혜리야! 오늘도 '초아' 가 귀찮게 했어?"

"아뇨. 지난번에 머리핀 빼앗은 거 미안하다구 했어요."

"정말!"

"네…!"

다행이다 싶었다. 귀찮게 하는 정도가 심해지면 어쩌나 했는데…. 누군가 좋은 말로 타이른 게 아닌가 싶었다.

어제 병원을 다녀와서 '비염' 이 좋아진 듯하였다. 숨소리도 곱고, 콧물도 적어지고, 코의 색깔도 옅어졌다. '비염' 에서 벗어나는 게 아닌가 싶었

다. 오후 5시, 녀석이 소파에서 졸았다. '비염' 으로 두통이 있어서 그런가 해서 자리를 펴 주었다. 녀석은 이후 밤 8시까지 내처 잠을 잤다.

계집애가 탈 없이 자라주어야 하는데…. 가끔 속이 상하고 신경이 쓰인다. 건강하게 자라주면 정말 좋겠다.

2007. 4. 26(목) 8~19℃ 종일 따뜻하고 맑음

간 밤에 코를 적게 골았다.

어젯밤 녀석이 전보다 코를 적게 골았다. 숨을 쉴 때도 입보다 코를 많이 사용하였다. 잠자는 모습도 덜 답답해 보였다.

그런데, 아침 밥을 늑장을 부리고 잘 먹지를 않는다. 밥을 새로 짓고 쏘시지를 구워 주었는데…, 소릴 질렀더니 간신히 먹는 척이다. TV도 끄겠다고 엄포를 놓고서야 비로소 밥을 먹기 시작하였다.

가끔 아침 내내 이렇게 속을 썩인다. 억지로 아침을 먹여 유치원엘 데려다 주었더니…, 담임이 보고는 "혜리 체육복 안 입었구나!"하였다. 옆의 애들은 모두 체육복을 입고 있었다. 흰 바지에 검은 티셔츠. 알고 보니 오늘, 며칠 뒤에 있을 체육대회 연습을 한다고 한다. 어쩔 수 없이 집에 가서 체육복을 가져다 주었다.

오후 7시, 비염 약을 주려고 전화를 걸었더니 이게 받지를 않는다. 제 에미, 애비 핸드폰도 모두 불통이다.

뒤에 알고 보니 모두 사우나엘 갔었다고 한다. 전화는 밤 11시를 넘어서

간신히 통할 수 있었다. 약을 가져다 주고 돌아와 차를 마시려는데 벌써 한 밤중이다.

2007. 4. 27(금) 10~19℃ 완연한 봄 날씨 화창, 바람

병아리를 가지고 노느라 정신이 없다.

어젯밤에는 녀석이 제 집에서 잤다. 데리러 갔더니 오지 않겠다고 해서 그냥 두고 왔다. 병아리를 가지고 노느라 정신이 없는 모양이다. 하도 졸라서 제 에미가 사 주었다는데…, 온통 정신을 빼앗기고 있다. 살펴보니 병아리 두 마리가 라면 박스 안에서 삐약거리고 있었다.

내가 만지려고 했더니 녀석이 깜짝 놀라 하는 말이다.

"할아버지, 만지면 죽어요!"

박스 안에는 모이통과 물통이 하나씩 놓여 있었다. 녀석이 이걸 병아리가 먹는지 보려고 들여다보고 있다. 병아리들이 부둥켜안고 잠을 자느라 움직이질 않았다. 모이통 안에는 병아리 배설물이 여기저기 보였다. 지저분하고 냄새가 나는데, 녀석은 아랑곳하지 않았다.

새(鳥)며 동물을 좋아한다는 건 심성이 곱다는 얘기다. 녀석의 심성이 착하게 자랐으면 좋겠다. 병아리들에 반해서일까, 녀석이 할아버지 집에 가자고 해도 못 들은 척이다. 제 애비는 녀석이 병아리에 빠져 정신이 없다고 한다. 몰래 방을 들여다보니 녀석이 상자에서 눈을 떼지 못하고 있다. 삐약거리며 돌아다니는 병아리가 신기한 모양이다. 내가 소릴 질렀다.

"혜리야! 너 할아버지 집에 안 갈 거야?"

녀석이 대답 대신 냅다 소릴 질렀다.

"할아버지! 안녕히 가세요."

제 집에 그냥 있겠다는 것이다. 그런데 오후 3시, 녀석이 갑자기 전화를 했다. 저녁에 와서 데려가라는 것이다. 병아리를 데리고 논다며 오지 않겠다고 하더니…. 녀석이 저녁 7시, 제 애비와 함께 할아버지 집에 왔다. 제 애비 팔에 안겨 곤히 잠이 들어서다.

2007. 4. 30(월) 12~22℃ 비가 올 듯 종일 흐림

"할아버지, 어린이날 노래 알아요?"

녀석이 3일만에 제 집에서 돌아왔다. 오후 3시, 유치원이 끝날 때 내가 가서 데리고 온 것이다. 제 에미가 피아노 학원에 나가야 한다고 해서다. 유치원에서 녀석이 차에 오르며 하는 소리다.

"할아버지! 어린이날 노래 알아요?"

"그럼 알지!"

"한 번 불러 보세요?"

내가 기억을 더듬어 노래를 불렀다.

'날아라 새들아 푸른 하늘을, 달려라 냇물아 푸른 벌판을….'

이때 녀석이 더 부르지 말라고 손짓을 하였다. 그 다음은 지가 부르겠다는 것이다. 내 노래 소릴 듣고 알 것 같은 모양이다. 드디어 노래를 시작하

였다. 그런데 가사가 맞기도 하고 틀리기도 하였다. 내가 물었다.

"혜리야! 너 어린이날이 무슨 날인지 알어? 아이들을 위해 어른들이 만들어 놓은 날이야. 어린이날 노래도 그래서 만든 거야."

방정환 선생님에 대한 이야기는 꺼내지 않았다. 알아들을 것 같지 않아서다. 노랫말은 인터넷에서 찾아 알려줘야 되겠다 싶었다. 내가 녀석에게 이렇게 말을 했다.

"혜리야! 우리 인터넷에서 어린이날 노래 찾아보자."

집에 돌아와 녀석과 인터넷에서 노래를 검색해 보았다. 찾아보니 윤석중 요, 윤극영 작곡으로 되어 있었다. 노랫말을 흥얼거려 보니 참으로 희망찬 노래다. 녀석과 함께 불러 보았다.

'날아라 새들아 푸른 하늘을, 달려라 냇물아 푸른 벌판을….'

참으로 경쾌하고 아름답고 희망적이다. 오늘의 일을 녀석이 이담에 기억해 주었으면 좋겠다.

녀석이 노래를 하다 말고 갑자기 내게 하는 말이다.

"할아버지! 내일 운동회예요. 할아버지, 엄마하고 같이 오세요."

"가정통신문을 보니까 엄마 아빠만 오라고 했는데…?"

"그래도 오세요. 할아버지가 오시는 게 더 좋아요."

할머니 할아버지는 싫다고 하던데 녀석은 아닌 모양이다. 나서부터 함께 살아왔으니 그럴 거라는 생각이 들었다. 녀석이 저녁을 먹고 제 애비와 제 집으로 돌아갔다. 내일 운동회 준비 때문이다.

2007. 5. 1(화) 13~16℃ 오전 간간이 비, 종일 흐림

비가 내려 운동회가 열리지 않았다.

오늘 학교운동회가 열리지 않았다. 새벽부터 비가 치적치적 내려서다.

아침에 학교에서 하루 순연한다는 전갈이 왔다. 그래서 운동회 대신 12시까지 정상수업을 하였다. 오전 10시, 혜리에미에게서 전화가 왔다. 나더러 학교에 가 혜리를 데려오라는 것이다. 저는 혜준이 감기 때문에 할 수 없다면서다. 한낮에 녀석과 교문을 나서는데, 녀석이 하는 소리이다.

"할아버지! 지금 어디로 가는 거예요?"

"엄마네 집에…!"

"아이, 안돼요! 할아버지 집으로 그냥 가요!"

"엄마가 집으로 오라고 했는데…?"

"아, 안돼요! 할아버지 전화 좀 주세요?"

녀석이 제 에미에게 전화를 걸어 하는 소리이다.

"엄마! 왜 엄마네 집으로 오라는 거야…?"

"저녁에 영어학원에 가야 되잖아…!"

그런데 녀석이 가지 않겠다고 한다.

"안 돼…, 할아버지 집에 갔다 와서 갈 거야!"

제 에미가 요지부동이다. 어쩔 수 없이 녀석이 제 집으로 갔다.

저녁 7시, 제 에미 대신 녀석과 영어학원엘 갔다. 강사는 아파트 단지에 사는 미국인 할머니다. 강의 장소도 단지 내 공동 휴게실, 판교 '한국국제학교' 에 근무하는 미국인 여자다. 할머니의 교수법은 그럴싸하였다. 설명

이 간단, 명료하고 듣기가 쉬웠다. 눈치가 빠르면 곧 알아들을 수 있을 듯 하였다. 원어민 할머니가 모션을 써가며 영어로 하는 소리이다.

"책장을 넘기세요. 고양이가 어디에 있어요? 개는 무슨 색깔인가요?"

책 속의 동물을 가리키며 따라 읽기도 하였다. 가르치는 모습이 차분하였다. 가끔 내가 녀석에게 할머니의 말을 귀띔해 주었다. 그때마다 녀석이 미안한지 비시시 웃었다. 수업을 마치고 우린 할아버지 집으로 왔다.

2007. 5. 2(화) 13~21℃ 아침 안개 뒤 종일 화창

오늘 학교운동회가 열렸다.

오늘 학교운동회가 열렸다. 원래는 어제였는데, 비 때문에 오늘로 연기된 것이다. 서둘러 학교엘 갔더니 운동회가 막 열릴 참이다. 선생님들의 분주한 모습이 여기저기 눈에 띄었다. 운동장은 학생, 학부형들로 발 디딜 틈이 없었다. 유치원, 초등학교 운동회여서 부모들의 수가 아이들의 수보다 훨씬 많았다.

오전 9시 시작해서 12시에 끝이 났다. 혜리 녀석은 두 가지 종목에 출전하였다. 30m와 50m 달리기, 30m 달리기는 10시에, 50m는 11시에 있었다. 청 · 백으로 나뉘어 경기가 벌어졌는데, 녀석은 청군이다. 30m 달리기에서 녀석과 내가 함께 뛰었다. 제 에미가 뛰어야 하는데 내가 자진해서 나섰다. 녀석이 신이 나는지 힘을 다해 달렸다. 50m 달리기는 여섯 명이 한 조인데, 청군 백군이 세 명씩이다.

녀석이 금메달을 따겠다는 다짐이 대단하였다. 연습경기에서는 동메달을 두 번 땄다고 하면서다. 다치면 어쩌나 해서 대충하라고 귀띔을 하였다. 50m 달리기에서 녀석이 등수에 들지 못했다. 그렇게 다짐을 했는데…. 카메라를 들고 결승선에 대기하고 서 있는데…, 녀석이 딴전을 피우며 들어왔다. 다짐했던 등수는 벌써 잊은 듯하다. 결승선에 들어온 녀석이 아쉬운 표정이다. 3등도 하지 못했다면서…. 내가 등을 만지며 다독여 주었다.

"내년에 잘 하면 되지 뭐…."

내가 기념을 한다며 몇 장의 사진을 찍었다. 운동회를 마치고 우린 손을 잡고 할아버지 집으로 돌아왔다. 오늘 운동회를 이 담에 녀석이 기억할지 모르겠다.

첫 운동회니 아마도 기억을 할 수 있겠지…!

2007. 5. 4(금) 13~20℃ 종일 맑고 화창

어린이날 선물을 사다 주었다.

제 집에 가 있는 녀석을 하루만에 데려왔다. 제 에미가 피아노 학원엘 나가야 한다고 해서다. 집으로 돌아오면서 녀석에게 어린이날 선물을 물어보았다. 내일이 '어린이날' 이기 때문이다. 녀석이 기다렸다는 듯이 이마트엘 가자고 한다. 근처 이마트엘 갔더니 녀석이 장난감 코너로 달려갔다. 진열장을 기웃거리던 녀석이 '짱구인형', 장난감 핸드폰, '카네이션 스티커' 그런 걸 집어들었다. 더 고르려다 내 눈치를 살피는 녀석을 모르는 체 내버려두었다.

저녁 식사 뒤에도 녀석이 백화점엘 가자고 조른다.

"아까 갔다 왔잖아! 뭘 또 가…!"

그래도 막무가내다. 오히려 소리를 지르며 눈물을 짤 태세다. 그러다 말겠거니 했더니 아니다. 눈물을 질금거리며 제 집엘 데려다 달라고 소리를 질렀다. 떼가 워낙에 심해 어쩔 수 없이 또 백화점엘 들렀다. 조금 전까지 훌쩍거리던 녀석이 어느새 멀쩡하다. 계집애는 이번에도 꽤 여러 가지를 집어 들었다. '짱구는 못 말려 스티커 색칠', '슈가슈가 룬 스티커 색칠', 과학서적 '우리 몸이 보여요', 점토놀이 찰흙…, 그런 것들이다.

녀석이 이걸 들고서 가벼운 걸음으로 백화점을 나섰다. 값이 꽤 나가는 것들이다. 녀석은 돈 같은 건 걱정을 안 한다. 돈에 대한 개념이 없어서다. 울기만 하면 돈이 어디선가 나오니까….

집에 돌아온 녀석, 제 집에 가겠다는 소릴 하지 않는다. 갖고 싶은 모든 걸 가졌기 때문이다. 잠시 뒤 녀석이 '스티커' 놀이를 하자고 한다. 시장을 좇아다니느라 엄청 지쳐 있는데….

2007. 5. 5(土) 13~20℃ 아침에 안개, 종일 맑음

혜리로부터 만년필 선물을 받았다.

드디어 5월 5일 어린이날이다. 녀석이 학교엘 가지 않았다. 뭘 사 달라고 하지도 않았다. 갖고 싶은 걸 어제 다 가졌기 때문이다.

아침을 먹고 10시경, 녀석이 내게 다가와 하는 소리이다.

"할아버지! 선물, 오늘 드릴까요, 나중에 드릴까요?"

모레가 어버이날인데, 선물을 미리 받겠느냐는 것이다.

"나중에 줘…."

그랬더니 녀석이 하는 소리이다.

"아니, 지금 드릴게요."

손에는 파란 색종이로 돌돌 만 색종이가 들려 있었다. 녀석이 이걸 내게 내밀며 하는 소리이다.

"할아버지! 얼른 풀어 보세요."

만년필이다. 이걸 어디서 구했나 싶어 물어 보았다.

"혜리야! 이거 어디서 났어?"

"그거 할아버지가 사다 준 거예요."

어쩐지 그럴 거라는 생각이 들었다. 며칠 전 내가 녀석에게 사다 준 것이다. 모양이며 색깔이 너무 예뻐서…. 계집애가 이걸 보관하고 있다가 내게 선물로 준 것이다.

오후 1시, 제 애비에게서 전화가 왔다. 그런데 녀석이 바쁘다며 끊어 버렸다. 사실은 하나도 바쁘지 않으면서…, 계속 빈둥대면서….

제 애비가 선물을 사다 준다고 해도 싫다고 한다. 할아버지가 벌써 다 사주었다면서다. 어딜 놀러 가자고 해도 바쁘다고 한다. 제 애비가 어쩔 수 없이 전화를 끊었다. 계집앤 제 애비가 날 바꾸라고 해도 바꿔주질 않는다. 옆에서 보고 있자니 여간 웃기는 게 아니다. 내가 할 일을 지가 모두 하고 있다. 어느새 저렇게 컸나 싶었다. 가만히 앉아 제 애비를 조정하고 있는 것이다. 어린애의 말이니 믿지 않을 수 있겠는가….

저녁나절이다. 제 애비가 또 전화를 했다. 어린이날이어서 지나치기가 뭐해서인 듯하였다. 이번엔 녀석이 제 집엘 가겠다고 한다.

오후 5시, 내가 녀석을 제 집에 데려다 주면서 제 에미에게 일렀다.

"데리고 나가서 맛있는 거 많이 사 먹여라…!"

2007. 5. 6(일) 15~23℃ 입하, 종일 상쾌하고 따뜻

"할아버지 배는 임신한 거 같아요."

저녁 8시, 계집애가 화장실에서 나를 불렀다.

"할아버지! 빨리 오세요! 나 응가 다 했어요!!"

저 혼자 해도 될 일을, 언제든지 이렇게 나를 부른다.

윗저고리를 벗고 들어갔더니, 녀석이 내 배를 만지며 하는 소리이다.

"할아버지! 임신한 배 같아요!!"

지가 보기에 그렇다는 것이다. 그러면서 혼잣말처럼 중얼댔다.

"임신한 배…, 임신한 배…."

일을 마친 뒤에도 녀석이 잔소리를 했다.

뒷정리를 잘 해 달라는 것이다.

성에 차지 않으면 얼굴을 쳐다보면서 소릴 질렀다.

"너, 나~쁜 놈 계집애…!"

할아버지가 나쁜 놈 계집애란다.

지가 나쁜 놈 계집애면서….

2007. 5. 7(월) 15~26℃ 아침에 안개, 완연한 여름 날씨

녀석이 가짜 손톱을 손에 붙였다.

내가 오늘 혜리에게 성질을 부렸다. 속이 상해 몇 달째 끊었던 담배도 한 대 피웠다. 계집애가 가짜 손톱을 사다가 그걸 손에 붙여서다. 조금 전 유치원에서 오다가 문방구에서 뭔가를 샀는데…, 그게 가짜 손톱인 네일 아트였다. 보기에 구역질이 나고 역겨웠다. 난 비위가 약해 그런 걸 보면 속이 뒤집힌다. 그게 누구이건 어디서건 마찬가지이다. 손톱에 칠한 '매니큐어' 가 그렇게 싫다. 보는 것조차 역겹다.

내가 성질을 부렸더니 녀석이 눈물을 흘렸다. 그리고 제방으로 들어가 문을 잠가 버렸다. 그런 모습이 딱하긴 한데 달랠 생각이 없었다. 그래서 모르는 척 내버려두었다. 그런데 잠시 뒤 녀석이 문을 열더니 뭔가를 내게 내밀었다. 슬며시 넘겨 보니 축하 카드였다. 어버이날 카드를 직접 만든 모양이다. 자세히 보니 녀석이 직접 만든 것이다.

겉장에는 색종이로 만든 장밋빛 '카네이션' 이 붙어 있었다. 그 아래 여백에는 '할머니, 할아버지, 사랑해요!' 라고 쓰여 있다. 한 장을 넘겨 보니 녀석의 편지가 들어 있었다.

'할머니께! 미국에서 빨리 오세요.
할아버지! 미안해요.'

이렇게 두 줄이다. 그러고 보니 함므니가 미국에 간 지도 벌써 3개월이 지났다. 다른 한 쪽 빈칸에는 비행기가 그려져 있었다. 비행기는 막 공항에

도착한 듯 사다리가 걸쳐져 있다. 함므니를 그리워하는 마음이 간절하구나 싶었다. 이걸 만드는데 얼마나 많은 시간이 걸렸을까….

알고 보니, 내게만 '카드'를 쓴 게 아니다. 제 에미 애비에게도 썼다. 제 에미에겐 별도의 긴 편지를 썼다.

잠긴 문을 두드리니, 가느다란 목소리가 흘러 나왔다.

"왜 그래요?"

"혜리야! 미안해! 할아버지가 괜히 화를 냈어…!"

잠시 뒤 녀석이 문을 여는데, 눈물을 흘리고 있다. 흐르는 눈물을 보니 속이 상했다. 내가 녀석을 안으며 말했다.

"혜리야! 손톱에다 그런 거 붙이는 거 아니야! 할아버진 그런 거 정말 싫어…!!"

"할아버지! 그래서 내가 그거 몽땅 버렸어요."

조금 전, 그 가짜 손톱을 쓰레기통에 버렸다는 것이다. 녀석의 이런 행동을 보면서 내가 가만히 반성을 해 보았다. 내 이런 행동이 녀석의 성격형성에…, 어떻게 작용을 할까…. 혹시 나쁜 요인이 되지는 않을까…!! 글쎄 알 수 없는 일이다. 이제부턴 돌발 행동을 하지 말아야 되겠다.

2007. 5. 9(수) 16~23℃ 완전한 여름 날씨

아침을 먹지 않아 성질을 부렸다.

아침에 내가 녀석에게 또 화를 냈다. 늦게 일어난 데다 밥을 잘 먹지 않

아서다. 눈을 떠보니 7시 30분, 깜짝 놀라 후다닥 부엌으로 뛰어갔다. 8시 40분까지 밥을 먹여 유치원엘 보내야 해서다.

시간이 너무 촉박하다. 부랴사랴 아침밥을 짓고, 상을 차려 안방으로 들어갔더니, 녀석이 아직도 깊은 잠에 빠져 있다. 간신히 흔들어 깨워 밥을 먹이려는데…, 말을 듣질 않는다. 재촉을 해도 소용이 없다.

답답해서 소리를 질렀더니 이게 고개를 떨구고 말이 없다. 답답하고 속이 상했다. 간신히 밥을 먹여 옷을 입히려는데 또 트집이다. 여기저기 옷소매가 끼고 비좁다는 것이다. 밀고 당기고 매만져도 마음에 들지 않는단다.

허리띠를 두고도 또 말썽이다. 끝 부분이 리본처럼 엮여야 하는데 그게 되지 않아서다. 내가 여러 번 만들어 보았으나 되지 않았다. 녀석이 울상을 지으며 징징거렸다. 아침 내내 이렇게 신경을 썼더니 골치가 아프다.

선생님에게 전화를 걸겠다고 엄포를 놓았더니 그러지 말라고 소릴 지른다. 너무 피곤해 오늘은 제 에미에게 좀 맡겨야겠다.

2007. 5. 10(목) 12~24℃ 종일 옅은 스모그, 여름 날씨

"여기가 네 자리야… 내 자리지…."

요즘 녀석의 요구가 너무 많아 귀찮을 때가 있다. 저녁 8시, 녀석이 소파의 내게로 다가와 하는 소리이다.

"할아버지, 비키세요. 여기 내 자리예요!"

누워 있는 내 자리가 제 자리라는 것이다. 발로 툭툭 차면서 그런 다.

내가 자리를 비켜주며 말했다.

"여기가 네 자리야…! 내 자리지…!!"

난 소파에 누워 '수필'을 읽고 있었다. 그러니까 녀석이 밀쳐내서는 안 되는 상황이다. 자리를 차지한 녀석이 잠시 뒤 또 하는 소리이다.

"할아버지! 간식주세요. 과자요…!"

그런데 늘 준비돼 있던 과자가 오늘은 없다. 옆방의 삼촌에게 물었더니 떨어졌다고 한다. 어쩔 수 없이 나가서 사 와야 한다.

"혜리야! 뭐 먹을 거야? 나가서 사 올게…!"

"어디서요? 한솔슈퍼요? '고래밥' 하구 '인디언밥' 이요."

내가 차를 급히 슈퍼로 몰았다. 과자를 사다 주고 다시 책을 읽고 있는데 이게 또 호출이다.

"할아버지! 물 갖다 주세요."

과자를 먹다가 목이 메이는 모양이다. 보리차를 갖다 주니, 이번엔 입을 내밀고 먹여 달라고 한다. 눈은 아까부터 TV에 가 있다. 이런 녀석의 모습이 귀엽기도 하고 웃기기도 하였다. 녀석의 요구대로 물을 먹여 주는데…, 물이 흘러 그만 녀석의 저고리를 적시고 말았다. 그랬더니 이게 목소리를 높여 하는 소리이다.

"할아버지! 이 옷 벗기고, 신데렐라 옷 입혀 줘!"

계집애가 양반학교 졸업을 한 모양이다. 저는 손 하나 까딱 안 하고 할아버지만 시킨다. 보리차를 마시고 난 뒤 이게 또 부른다.

"할아버지! 나 '앙팡' 갖다 주세요."

하루 종일 이런다. 이거 못된 녀석이 아닌가!

2007. 5. 13(일) 13~22℃ 해가 보이다 안 보이다

녀석이 도자기를 만들어 내게 주었다.

혜리에미가 꽤 예리하다는 걸 확인한 날이다. 혜리가 만든 도자기를 보면서 난 무심중간 지나쳤는데…, 제 에미는 그렇지 않았다. 녀석이 점토로 만든 하트모양의 작품, 도자기를 보고는 깜짝 놀라며 하는 말이다.

"어머, 이거 누가 만든 거야!! 혜리야, 이거 네가 만든 거니!!"

녀석이 제 에미가 왜 이러나 싶은지 정신을 놓고 있었다. 그래서 내가 대신 대답을 해 주었다.

"그래…, 혜리가 만든 거야. 왜…?"

"너무 잘 만들었잖아요! 혜리 아빠, 이것 좀 봐!"

혜리에미가 너무 놀라기에 다시 들여다보니, 정말 멋지다는 생각이 들었다. 지금까지는 그냥 그러려니 하고 지나쳤는데…, 자세히 보니 하트는 세 겹으로 만들어져 있었다. 크기는 가로 4㎝, 세로 5㎝, 바탕은 핑크빛이다. 바깥쪽은 노랑과 분홍을 섞어 만들었고, 안쪽은 겹겹이 분홍색으로 만들어 붙이고, 맨 가장자리는 청색 점토로 동그랗게 만들어 붙였다. 한 눈에 보아도 형형색색 조화를 이루고 있었다.

하트의 중앙에는 내 사진을 붙여 놓았다. 위쪽에는 두 개의 구멍을 뚫어 실을 꿰어 놓았다. 잘 살펴보니 목에 걸 수도 있고, 벽에 걸 수도 있었다.

제 에미가 놀라기 전까지 난 대수롭지 않게 여겼다. 그런데 자세히 보니 정말 잘 만들었다는 생각이 들었다. 녀석이 이걸 만든 건 엊그제 어버이날이다. 내게 어버이날 선물로 주고 싶었던 모양이다. 녀석은 엽서에 편지도

써서 함므니와 내게 보냈다.

'할머니 할아버지 사랑해요.
할머니 미국에서 빨리 오세요.'

녀석의 솔직한 마음이 들어 있었다.
어느새 녀석이 이렇게 자랐구나 싶었다.

2007. 5. 14(월) 13~23℃ 구름조금, 종일 선들선들

함므니가 3개월 만에 미국에서 돌아온다.

함므니가 3개월 만에 미국에서 돌아오는 날이다. 혜리 녀석, 함므니가 그렇게 반가운 모양이다. 유치원에서 돌아와서는 공항엘 나가자고 재촉이다. 그런데 그 먼 곳까지 어떻게 나갈 수 있겠는가.

녀석은 공항의 함므니가 너무 궁금한 모양이다. 공항에 도착했다는 소식을 듣자 뻔질나게 전화질이다. 십 분이 멀다고 전화를 해댄다. 함므니가 인천공항에 내렸을 때, 부천을 지날 때…, 판교 인터체인지에 들어설 때, 그때마다 전화를 걸었다. 공항에는 제 삼촌이 마중을 나갔다.

녀석은 별로 필요하지도 않은 말을 자꾸만 하였다.

"함므니! 지금 어디예요? 부천이 어디예요? 얼른 오세요!"

"함므니! 나 유치원에 잘 다녀요. 오늘도 갔다 왔어요."

녀석이 마음이 들떠 어찌 할 바를 몰랐다.

저녁 8시, 함므니가 현관문을 들어서며 소리쳤다.

"혜리야! 함므니 왔다!! 잘 있었어! 우리 혜리…!!"

녀석이 뛰어나가 와락 안기며 얼굴을 비벼댔다. 그리고는 졸졸 따라 다니며 계속 말을 걸었다.

"할머니! 나는 할머니가 좋아요. 말 잘 들을 거예요. 유치원에도 잘 다니고, 밥두 잘 먹을 거예요."

어떻게 저렇게 생기가 돌고 태도가 바뀔 수 있을까. 녀석이 밤 12시, 잠이 들 때까지 함므니를 따라다녔다. 오래간만에 만난 함므니가 그렇게 끔직한 모양이다. 저녁식사는 식구들이 집 근처 '군산 아귀탕' 집에서 외식을 하였다. 함므니의 여행피로 때문에 집에서 해 먹기가 그래서다. 혜리 녀석, 외출을 하면서도 함므니 품에 안겨 새새거렸다. 아귀탕, 아귀찜은 함므니가 그렇게 좋아하는 음식이다. 저녁을 먹으면서 녀석이 또 하는 소리이다.

"할아버지! 할머니하고 사이가 좋네요!!"

이게 갑자기 뜬금없는 소리를 한다. 지가 보기에 그렇다는 것이다.

가끔 티격태격하는 모습을 보아 와서…, 녀석이 세상에서 가장 행복한 날이다.

2007. 5. 16(수) 16~21℃ 오전 선들, 오후 비

"희상이가 난 너 싫어… 그래요!"

유치원에 녀석을 못살게 구는 녀석이 있는 모양이다. 희상이가 누구인

지 "자꾸만 신경을 건드린다" 고 한다.

"응…, 희상이가 자꾸 난 너 싫어! 그래요. 여러 애들 앞에서…."

한두 번도 아니고 벌써 몇 번 그랬다는 것이다.

"너도 뭐라고 좀 하지 그랬어…!!"

"응, 그런데 난 용기가 없어."

등교 때 같이 가서 담임을 만나 보았으면 싶었다. 아침 8시 반, 학교엘 갔더니 마침 담임 선생님이 계셨다. 자초지종을 설명해야 되겠다 싶어 말을 꺼냈다.

"선생님! 이 반에 희상이라는 아이가 있나요?"

"아~ 네…, 왜요?" 그간의 이야기를 선생님에게 알려 드렸다.

그랬더니 선생님이 놀라 혼잣말처럼 하는 소리이다.

"녀석이 또 말썽을 저질렀구나."

주변 애들한테 모두 그런 행동을 한다는 것이다. 그러면서 직접 만나 보는 게 어떠냐고 하였다. 선생님 말보다 더 설득력이 있을 거라면서다. 잠시 기다렸더니 녀석이 덜렁거리며 밖에서 들어왔다. 내가 녀석의 머리를 쓰다듬으며 말했다.

"이름이 뭐니? 씩씩하게 생겼네. 너 내가 누군지 알어?"

"네…."

"누구야?"

"혜리 할아버지요." 여러 차례 학교엘 갔더니 녀석이 알고 있었다.

"그래, 나 혜리 할아버지야. 그런데 네가 혜리하고 잘 놀았으면 좋겠는데…" 녀석이 머리를 끄덕이며 그렇게 하겠다고 한다. 그런데 아직도 무슨 일인가 벙벙해 하는 눈치이다. 내가 좀 더 자세히 설명을 해 주었다.

"희상아! 네가 혜리한테 난 너 싫어! 그랬다면서…, 그래서 혜리가 마음이 아프데…, 이제 안 그랬으면 좋겠는데! 어때…, 이제 안 그럴 거지~!"

녀석이 고개를 끄덕였다. 내가 녀석의 머리를 쓰다듬으며 말했다.

"아~, 그래 희상이는 정말 착한 아이네…, 이제 잘 놀아! 싸우지 말고…!!" 다시는 그런 일이 없었으면 좋겠다. 선생님에게는 좀 살펴 달라고 하였다.

2007. 5. 17(목) 13~22℃ 하루 종일 화창, 선들바람

선생님 노릇을 하려고 고무인을 샀다.

녀석이 나만 보면 돈 쓸 궁리를 한다. 이런 버릇은 벌써부터였는데 오늘도 그랬다. 내가 녀석을 유치원에서 데리고 교문으로 나올 때다.

녀석이 갑자기 나를 문구점으로 끌고 갔다. 따라가지 않으려다, 어쩔 수 없이 따라갔더니 이게 점포를 무작정 돌아다녔다. 녀석은 언제나 들어가서 무얼 고르는 버릇이 있다. 들어가기 전에 무얼 사겠다고 마음 먹는 것이 아니라…. 오늘도 녀석이 진열대를 몇 바퀴 돌았다. 한참을 돌아다니던 녀석이 무언가를 집어 들었다. 살펴보니 고무인과 인주였다. 고무인에는 '노력하세요', '참 잘 했어요' 라고 쓰여 있었다. 선생님들이 쓰는 칭찬 고무도장이다. 인주는 하늘색과 핑크색, 주인에게 물었더니 1만8백 원이라고 한다. 생각보다 비싸다는 생각이 들었다. 저녁을 먹고서 뉴스가 한참 진행중일 때다. 녀석이 내게 종이 몇 장을 들고 와 하는 소리이다.

"할아버지! 여기다 내가 쓰라는 대로 쓰세요!"

그리고는 내게 불러주는 말이다.

"고마워, 사랑해, 감사합니다, 안녕히 주무세요…."

이러는 녀석을 보고 내가 잔소릴 했다.

"할아버지가 선생님인데, 이런 말을 쓰라면 어떡해…!!"

그랬더니 이게 오히려 엉뚱한 소리이다.

"할아버지가 정신이 나갈까 봐 그렇지요!"

내 정신을 위해 지가 이걸 쓰게 했다는 것이다. 내가 껄껄 웃으며 시키는 대로 했더니, 녀석이 이걸 보겠다며 가져가서는…, 한참을 들여다보더니 하는 소리이다.

"할아버지! 도장은 이걸로 찍을 거예요."

도장을 꺼내는데, 조금 전에 샀던 그 도장이다. 비로소 고무인을 산 이유를 알 수 있었다. 이게 학교놀이를 하고 싶었던 것이다. 선생님이 찍어주는 도장이 부러웠던 모양이다.

2007. 5. 19(토) 12~22℃ 종일 구름, 찌뿌드드

이비인후과와 치과엘 다녀왔다.

오전 10시, 녀석을 데리고 이비인후과와 치과엘 다녀왔다. 잠잘 때 코를 너무 골고 잠을 잘 자지 못해서다. 입으로 숨을 쉬고 미열이긴 하지만 열도 조금 있었다. 치과에는 사탕을 씹을 때 이(齒)가 아프다고 해서다.

이비인후과 의사의 말이 녀석이 축농증이라고 한다. 더 심해지면 수술을 할 수도 있다고 하였다. 눈물이 고이는 것은 축농증으로 코가 막혀서라고 한다. 축농증 때문에 눈에 눈물이 고인다는 것이다.

미국에서 돌아온 함므니가 혀를 차며 짜증을 부렸다.

"어떻게 아이를 이 지경이 되도록 내버려 두었느냐?"는 것이다.

의사는 녀석의 어금니 두 개가 충치라고 하였다. 그래서 씹을 때 아플 수밖에 없다는 것이다. 영구치가 나올 때까지 써야 하기 때문에 씌워야 한다고 하였다. 축농증에다 잠을 제대로 못 자 피곤하고…, 여기에다 입맛까지 잃어서 잘 먹지를 못한다는 것이다.

함므니가 녀석에게 뭘 좀 먹여 보려고 안달이었다.

"혜리야! 치킨 사 줄까? 혜리야! 짜장면…? 햄버거…?"

그런데 아무리 달래고 얼러도 고개를 가로 저었다. 오히려 차 뒷좌석에 몸을 기댄 채 졸고 있었다. 그 좋아하는 백화점 쇼핑도 싫다고 한다. 하려던 신세계 쇼핑은 그래서 다음으로 미뤘다.

저녁엔 제 에미가 외식을 하자고 해서 다녀왔다. '해미원' 갈비집…, 혜리네 식구, 우리 식구 모두 함께다. 녀석은 갈비인데도 몇 점 먹지를 않는다. 결국 제 에미에게 혼이 나고서야 간신히 몇 점 먹었다. 제 에미가 하는 말이다.

"너 그럼 함믄네 집에 안 보내 줄 거야!!"

녀석이 어쩔 수 없는지 허겁지겁 먹었다.

2010. 8. 22. 제주도 '김녕 해수욕장' 둔치(왼쪽부터 함므니, 숙모, 혜리, 삼촌, 하부지)

올들어 두 번째 나들이…, 제주도!
강정마을 '풍림리조트' 에 여장을 풀고서,
렌트카로 '올레길' 을 한 바퀴 도는데,
잔잔히 밀려오는 까치발 파도가 아름다워,
가던 길을 멈추고 셔터를 눌렀다.
지나던 행인의 도움을 얻어서…!
녀석이 잡은 메뚜기를 흔들어 보이고 있다.

2007. 5. 20(일) 13~23℃ 따가운 한낮, 초여름 날씨

심심하기만 하면 내게 장난질이다.

계집애가 심심하기만 하면 내게 장난질이다. 오늘도 심심한지 내게 장난을 쳤다. 일요일이어서 늦잠을 자고 있는데, 갑자기 자명종이 울렸다. 깜짝 놀라 깨어 보니 녀석이 내 귀에다 시계를 대고 있었다.

"에이 나쁜 계집애…! 할아버지 자고 있는데…!"

"할아버지! 나 심심해요. 우리 놀이터에 가요!"

잠에서 깨지도 않았는데 놀이터엘 가자니…. 그런데 어느 영이라고 거역을 하겠는가! 귀찮아도 따라 나설 수밖에…. 놀이터에서다. 우린 언제나처럼 그네며 시소, 목마를 탔다. 한참을 놀던 녀석이 이번엔 '마트' 엘 가자고 한다. 어쩔 수 없이 마트로 차를 몰았다.

녀석은 '마트' 에 볼 일이 있어 간 게 아니다. 그냥 돌아다니며 눈요기를 하기 위해서다. 그러다 녀석이 문구점에서 책을 집어들었다. 살펴보니 '요리스티커 놀이' 이다. 이게 정말 심심한가 보구나 싶었다. 마트에서 집으로 돌아와서다. 녀석이 스티커로 요리상을 차리느라 정신이 없었다.

얼마 뒤 두 개의 상이 차려졌다. 살펴보니 스티커로 만든 요리상인데, 산해진미 성찬이다. 오천 원짜리 스티커 책이 요리로 둔갑한 것이다.

2007. 5. 22(화) 13~26℃ 오전 안개, 초여름 날씨

감기 때문에 서울대병원엘 다녀왔다.

오후 2시, 함므니가 녀석을 데리고 서울대병원엘 다녀왔다. 벌써 걸린 감기 때문인데 녀석이 잠을 제대로 자지 못해서다. 밤새도록 코를 골고, 입으로 숨을 쉬는데 답답하다. 옆에서 보기에 여간 딱한 게 아니다.

의사의 말이 "감기를 지나치게 방치했다"고 한다. 감기가 지나쳐 편도선이 붓고, 축농증으로 코를 곤다는 것이다. 2주일 치료 뒤 그래도 낫지 않으면 수술을 해야 한다고 한다. 미국에서 돌아와 며칠 감기에 걸린 게 원인이 아니었나 싶다. 약물 치료가 잘 되어 수술을 받지 않았으면 좋겠다.

오후 7시에는 미국인회화 때문에 단지내 공부방엘 다녀왔다. 제 에미는 녀석을 제 집에 두고 싶어했으나 녀석이 반대였다. 함므니가 귀국한 뒤, 그래서 하루도 제 집에 머물지 않았다. 함므니와 떨어질 수 없는 녀석이다.

2007. 5. 23(수) 16~25℃ 더위, 초여름 날씨

간밤에 코를 훨씬 적게 골았다.

간밤에 녀석이 코를 훨씬 적게 골았다. 자는 모습을 살펴보니 대부분 코로 숨을 쉬었다. 어제 병원을 다녀온 것이 효험이 있었던 듯하다. 밤 11시, 자는 모습을 보니 입으로 숨을 쉬지 않고 있다. 이 정도면 수술을 하지 않

아도 될 것 같다는 생각이 들었다.

저녁 7시, 녀석을 데리고 미술학원엘 다녀왔다. 아침엔 유치원엘 데려다 주고, 오후엔 데려오고…, 낮엔 놀이터와 시장을 다녀오고….

매일 아침 유치원엘 데리고 갔더니 담임이 하는 소리이다.

"이젠 엄마한테 맡기시죠. 자칫 습관이 나빠질 수 있으니까요!!"

듣고 보니 그럴지도 모르겠다는 생각이 들었다. 한 편으로는 혜리는 아니겠지…, 하는 생각도 들고…. 원래 녀석은 함므니 할아버지와 함께 살아왔으니까….

2007. 5. 24(목) 17~21℃ 흐리고 가끔 비, 후텁지근

혜리, 혜준이 함므니와 봉은사엘 다녀왔다.

사월 초파일, 부처님 오신 날이다. 함므니와 내가 혜리 혜준이를 데리고 삼성동 봉은사엘 다녀왔다. 경내에는 '부처님 오신 날 봉축행사' 로 발 디딜 틈이 없었다. 어림잡아 1만 명이 넘는 신도들이 몰린 듯하였다. 두 것들을 데리고 경내를 걷자니 너무 힘이 들었다. 혜리 혜준이, 사람 속에 묻혀 앞이 보이지 않자 아우성이다. 그래서 업고 다니는데 어느새 등허리에 땀이 흘렀다. 하필 이런 날 이런 곳에 와서 이렇게 고생을 하다니….

겨우 대웅전에 이르니 '봉축행사' 가 막바지에 이르고 있었다. 단상에는 스님들과 낯익은 정치인들 모습이 여기저기 보였다.

함므니는 사람들 틈에 끼어 합장하고 무언가를 자꾸 빌었다.

행사가 끝날 무렵, 주위가 흐려지더니 갑자기 비가 쏟아지기 시작하였다. 서둘러 집으로 돌아와야 했다.

2007. 5. 25(금) 16~26℃ 완연한 여름 날씨

주차장에서 사방치기 놀이를 하였다.

오후 3시, 녀석과 '사방치기' 놀이를 하였다. 주차장 바닥에 분필로 그림을 그려 놓고서다. '사방치기' 놀이는 1번부터 8번까지의 구간에 돌을 던져 놓고, 돌이 없는 구역을 돌아 나오다 돌을 집어 나오는 놀이이다. 1번부터 8번까지 무사히 돌아 나오면 이기게 된다.

'사방치기'는 일정한 규칙이 있다. 돌을 던질 때 지정된 구역에 던져야 하고, 던진 돌이 구역을 넘거나 줄에 걸쳐서는 안 된다. 돌을 던지고 돌아 나올 때에도 금을 밟거나, 발자국을 두 번 떼면 죽는다. 두 발을 모두 땅에 짚어도 안 된다. 쉬울 것 같은데 어린 아이들에겐 쉽지가 않다.

혜리 녀석 처음 하는 이 놀이가 재미가 있는 모양이다. 여러 번을 하고도 자꾸 하자고 조른다. 사람들이 보고 늙은이가 주책이라고 할까 봐 걱정이 되는데…, 녀석은 계속 하자고 한다. 어쩔 수 없이 따라 할 수밖에….

사방치기는 납작한 돌이 놀이하기에 좋다. 그래야 던질 때 원하는 곳에 떨어뜨릴 수 있어서다. 아니면 제 멋대로 굴러 엉뚱한 곳으로 간다. 그런데 녀석이 둥근 돌을 가지고 있다. 그러니 던질 때마다 엉뚱한 곳으로 굴러간다. 그래서 놀이의 차례가 다른 사람에게 넘어간다. 그래도 녀석은 깔깔대

고 웃으며 좋아서 어쩔 줄을 모른다. 주차장에서의 놀이는 차들이 지날 때마다 비켜서야 한다. 자칫 안전사고의 위험이 있어서다.

그래서 마무리를 하려는데 녀석이 듣지를 않는다. 우린 이후 한참을 더 놀다가 놀이를 그만두었다. 녀석이 나중에 또 하자고 한다.

2007. 5. 27(일) 16~28℃ 완연한 여름 날씨

제 집에 간 녀석이 소식이 없다.

혜리가 어제 제 집으로 갔는데 소식이 없다. 전화를 할까 하다가 그만 두었다. 잘 있는 녀석을 들쑤석여 오겠다고 하면 어쩔까 해서다. 그런데 저녁을 먹고나도 녀석에게서 전화가 없었다. 속이 상해 투덜거리는데, 옆의 함므니가 거들었다.

"그것들이 그래요. 약을 먹여야 하는데, 그냥 관심이 없어요!"

엊그제 의사의 말이 며칠 약을 써 보고 수술을 결정하자고 했는데…. 참다 못해 내가 전화를 걸었다. 혜리애비가 받기에 소릴 질렀다.

"애를 왜 안 보내! 약을 먹여야 하는데…!"

"내일부터 먹이지요…, 뭐…!"

"그걸 말이라고 하냐! 축농증 때문에 밤새 고생하는 거 못 봤어?"

내가 더 소리를 지르며 화를 냈다.

"수술을 해야 할지 모른다고 의사가 말하지 않았어…!! 하루를 거르다니…!" 그러자 제 애비가 하는 소리이다.

"네 알겠습니다. 그럼 약을 가지러 가겠습니다."

뒤에 약을 가지러 온 혜리애비에게 내가 소릴 질렀다.

"애를 키우는 것들이 왜 그 모양이야! 그렇게도 몰라…?"

혜리애비가 멋쩍은 듯 자꾸만 머리를 긁적였다. 혜리애비는 2회분 약을 가지고 곧 돌아갔다.

2007. 5. 28(월) 17~29℃ 화창, 여름 날씨

"함므니 보고 싶으면 또 올게요!"

낮에 제 집에서 왔던 녀석이 저녁을 먹고 다시 돌아갔다. 가지 않았으면 하는데, 녀석이 가겠다고 한다. 애비를 따라 가겠다는 녀석의 말이 처음엔 거짓말인가 했는데, 자꾸만 가겠다는 걸 보니 그렇지 않은 것 같았다. 계집애가 제 집으로 돌아가면서 하는 말이다.

"함므니! 나 함므니 보고 싶으면 또 올 거예요."

돌아가는 계집애의 발걸음이 가볍다. 한 시 반 시 함므니 곁을 떠나지 않겠다고 울먹이더니…. 이제 많이 자란 건가 싶었다. 한편으로는 섭섭하기도 하고…, 생전 제 집에 가지 않을 것 같더니….

함므니가 병원에서 지어 온 약 2회분을 들려 보냈다. 때를 놓치지 말고 먹여 감기를 고치라면서다. 녀석은 내일 유치원에 갔다가 다시 오겠다고 하였다. 내가 배웅을 하려고 따라 나섰더니 녀석이 하는 말이다.

"할아버지! 따라오지 마세요. 얼른 들어가세요."

이게 마음을 고쳐 먹으려나 싶은 게 서운하였다. 애들은 제 에미 애비가 키우는 게 맞기는 하지만….

2007. 5. 29(화) 17~25℃ 흐리고 비가 올 듯

제 집의 녀석에게 전화를 걸었다.

오후 7시, 어제 제 집에 간 녀석에게 전화를 걸었다. 병원에서 지어 온 약을 2회분 밖에 보내지 않아서다. 내가 가지고 가야 할지, 제 애비가 올지를 물었다. 그랬더니 혜리에미의 대답이다.

"혜리는 영어공부하러 갔어요. 혜리아빠를 보낼게요"

보고 싶어서 가려고 했는데, 이제 그럴 필요가 없어졌다. 이것들이 뭘 모르고 있구나 싶었다.

약은 저녁 8시, 제 애비가 와서 가지고 갔다.

함므니가 먹는 방법을 꼼꼼히 일러 주었다.

2007. 5. 30(수) 17~25℃ 흐렸다 갰다, 초여름 날씨

벽에 걸린 녀석의 그림이 선이 굵다.

오후 3시, 유치원으로 녀석을 데리러 갔다. 제 에미가 피아노 학원엘 나

가야 한다고 해서다. 2시 50분, 유치원에 도착하니 아직 수업 중이다. 현관엘 들어서니 아이들 그림이 벽에 붙어 있었다. 녀석의 그림은 위에서 세 번째 줄에 붙어 있었다.

녀석의 그림이다. 선이 굵다. 큰 나무를 그렸는데, 잎이 무성하고 열매가 주렁주렁 달려 있다. 나무 밑에는 '원피스'를 입은 여자 아이 둘이 서성이고 있다. 두 아이들은 '핸드백'을 들고 있는데, 서로의 손을 잡고 있다. 언니 동생인 듯 다정해 보였다. 나무는 초록색, 하늘은 잿빛, 주위엔 뭉게구름이 떠 있다. 나무의 줄기는 황토색, 잎은 초록색이다.

그림의 한 쪽엔 제 이름과 장래 희망이 적혀 있었다. 의사가 희망이란다. 평소에 늘 그렇게 말을 하더니…, 이담에 의사가 될 모양이다. 이렇게 미술 감상을 하고 있는데, 녀석이 옆으로 다가왔다. 내가 녀석의 등을 토닥거리며 격려를 해 주었다.

"우리 혜리 그림 멋지게 그렸네…!!"

기분이 좋은지 녀석이 씨~익 웃었다.

녀석은 나만 보면 언제나 요구가 그리도 많다. 유치원 문을 나서며 문구점과 '슈퍼'엘 들르자고 한다. 녀석이 문구점에서 이름도 모를 몇 가지를 집어 들었다. '슈퍼'에서는 '아이스 바', '고래밥', '커피'를 집었다. 그리고는 집으로 가자며 하는 소리이다.

"할아버지! 나 오늘 할아버지 집에서 잘 거예요."

옳거니…! 어제도 제 집에 있는 걸 데려오려 했는데…! 그런데 저녁 6시, 제 에미가 와서 녀석을 데리고 갔다. 미술 레슨을 받아야 한다면서다.

2007. 6. 1(금) 17~24℃ 종일 흐리고 선들선들

"할아버지는 귀신이 무서워요?"

요즘 녀석이 조금씩 제 집에 잘 적응해 가고 있다. 오후 3시, 제 집에서 왔는데, 얼마 뒤 다시 돌아가겠다고 한다.

"함므니! 나 이따가 다시 엄마네 집에 갈래요."

제 에미와 함께 온 지 얼마 되지 않았는데 하는 소리이다. 내가 귀를 의심하였으나, 분명 제 집에 가겠다는 것이다. 전에 없던 일로 참으로 놀라운 일이다. 제 집에 정을 붙이려나 싶은 게 무척 다행이다 싶었다.

녀석이 요즘 가끔 귀신 소리를 한다. 인터넷에서 '학교괴담' 을 뒤져보아서인지 모르겠다. 밤11시, 늦은 밤 이게 하는 소리이다.

"할아버지! 할아버지는 귀신이 무서워요, 드라큐라가 무서워요?"

대답이 궁해서 망설이고 있는데, 이게 하는 소리이다.

"할아버지! 귀신이 어디 있어요, 그러니까 안 무섭죠!"

잠시 뒤 녀석이 또 하는 소리이다.

"할아버지! 할아버지는 죽은 사람이 무서워요, 산 사람이 무서워요."

"다 무섭지…!!"

이렇게 얼버무리고 있는데, 녀석이 또 하는 말이다.

"할아버지! 산 사람이 무서운 거에요! 죽은 사람은 안 무서워요! 아무것도 모르니까요."

가만히 생각을 해 보니 그럴 듯하였다. 그런데, 왜 갑자기 그런 소리를 하는 걸까…? 일곱 살, 호기심이 많을 때라서 그런가…?

2007. 6. 2(토) 16~26℃ 덥고 선들바람

친구 생일 파티에 다녀왔다.

제 집에 가겠다던 녀석이 어젯밤 함믄네 집에서 잤다. 아침 10시, 늦게 일어난 녀석이 무심코 하는 소리이다.

"할아버지! 나 오늘 유치원에 안 갈래요."

"오늘은 토요일이야. 유치원엘 왜 가?"

"아 참! 그렇구나. 난 또…."

유치원 다니는 게 마음에 부담이 되었던 모양이다. 낮 11시, 제 에미에게서 전화가 왔다. 낮 12시, 혜리 친구 생일 파티에 참석해야 한다며, 생일 선물을 준비해서 보내 달라는 것이다.

선물을 사서 녀석을 제 친구 집에 데려다 주었다. 친구 집 현관을 막 들어서려는데 녀석이 내게 하는 귓속말이다.

"할아버지! 이따가 나 데리러 오세요?"

오늘도 녀석이 함믄네 집에서 자고 싶은 모양이다. 그런데 파티를 마치고 녀석이 제 집으로 돌아갔다.

2007. 6. 3(일) 17~27℃ 뜨거운 여름 날씨

녀석이 밥을 더 퍼다 먹었다.

혜리가 저녁밥을 먹고 더 퍼다 먹었다. 참으로 별 일이다. 제 걸 다 먹고 더 퍼다 먹다니…! 생전 처음 있는 일이다.

먹는 모습도 무척 탐스럽다. 조린 고등어가 맛이 있었던 모양이다. 살을 뚝 떼어 밥숟갈에 얹어서 맛있게 먹었다.

"저 계집애가 우리 집에서도 그랬어요."

옆에서 지켜보던 제 에미의 설명이다.

"간식을 주지 않으니까 그런가 봐요…."

어쨌거나 밥을 잘 먹으니 보기에 그렇게 좋을 수 없다. 지금까지는 갖다 바치고 종주먹을 대야 간신히 먹었다. 먹는 것도 한 입 받아 물고는 열나절을 오물거렸다. 제 에미의 계속되는 설명이다.

"아까 점심에는 공기밥 두 그릇을 다 먹었어요."

"외식을 하러 갈비집엘 갔더니 그렇게 먹어요."

제발 그런 일이 계속 되었으면 좋겠다. 그래서인지 노는 모습이 오늘 따라 튼실해 보인다. 오늘은 녀석이 제 집엘 가지 않고 함므니와 잤다. 모레 예약을 해 놓은 서울대병원을 가야 하기 때문이다.

"이틀 동안 잘 살펴보고 병원엘 데리고 가야 해…!"

"그래야 정확한 진찰을 받을 수 있어…!"

병원 예약에 대한 함므니의 설명이다. 참으로 지극 정성이다.

2007. 6. 5(화) 17~27℃ 여름 날씨, 흐리고 바람

분당 서울대병원엘 다녀왔다.

오후 3시, 혜리를 데리고 분당 서울대병원엘 다녀왔다. 함므니, 혜리, 삼촌, 이렇게 셋이서다. 2주 전에 다녀오고 오늘 다시 들렀는데, 그간 편도선이 붓고 비염이 있어서 치료를 해 왔다.

지난 2주 동안 녀석은 잠을 잘 자지 못했다. 코를 심하게 골고, 입으로 숨을 쉬고 자주 놀라 깨어서다. 옆에서 보기에 여간 답답한 게 아니었다.

의사의 말이 약을 더 써 보고…, 수술은 좀 더 두고 보자고 한다. 수술을 하자고 하면 어쩌나…, 걱정을 했는데…. 녀석도 무서워 수술을 안 하겠다고 한다. 약을 더 써 보자는 의사의 말이 그래서 듣기에 좋았다.

의사의 거듭된 말은 지금 안 하면 5년 후에나 해야 한다는 것이다. 그러나, 그건 그때 가서 두고 볼 일이다. 당장 안 한다니 정말 다행이다. 제발 수술을 하지 않고 나았으면 좋겠다.

2007. 6. 7(목) 18~23℃ 오전 안개, 오후 흐림

제 에미 애비에게 편지를 썼다.

녀석이 제 집에 간 지 이틀이 지났다. 저녁나절 찾아갔더니, 제 에미가 편지 하나를 보여 주었다. 녀석이 유치원에서 제 에미 애비에게 보낸 것이

라고 한다. 주소를 보니 '보내는 사람 서혜리', '받는 사람 혜리 부모님' 이다. 그 아래 여백에는 컴퓨터로 쓴 혜리네 집 주소가 붙어 있었다. 선생님이 워드로 쳐서 붙여 준 모양이다. 편지는 담임선생님이 시켜서 쓴 것이고…. 봉투는 여러 가지 색깔 글씨들로 컬러풀하다. 검정색, 초록색, 분홍색, 컴퓨터로 쓴 글씨, 겉봉의 모양이 여간 웃기는 게 아니다. 글씨도 삐뚤삐뚤하다. 다음이 녀석이 쓴 편지 내용이다.

'엄마 아빠께.
엄마 아빠 사랑해요.
엄마 아빠 오래 오래 건강하개 있스새요.'

2007년 6월 1일 혜리 올림.

녀석이 쓴 내용을 그대로 옮긴 것이다. 철자가 틀린 곳이 보인다. 편지 맨 아래 여백에는 제 에미 애비의 모습이 그려져 있다.

제 에미는 분홍색 투피스를, 제 애비는 청색 양복을 입고 있다. 엄마의 머리는 두 갈래로 땋았고, 아빠는 머리를 뒤로 넘겼다. 그림이 그럴싸하다.

유치원에 입학한 지 겨우 넉 달, 어느새 편지를 쓸 수 있구나 싶었다.

편지를 읽고 있는데, 녀석이 거실에서 발레를 하느라 이리저리 돌고 있었다. 오늘 발레를 배운다고 하더니…, 저건가 싶었다. 계집애가 이리저리 돌면서 내게 하는 말이다.

"할아버지! 나 오늘 선생님한테 칭찬 받았어요."

"아주 멋지게 잘 한다구요."

녀석의 모습이 더욱 예뻐 보였다.

2007. 6. 9(토) 16~27℃ 오전 선선, 오후 따끈

혜리 혜준이가 에버랜드엘 다녀왔다.

혜리가 어제 오늘 제 집에 가 있다. 저녁 9시, 궁금해서 전화를 했더니 제 애비가 받는데 에버랜드라고 한다. 오후 4시, 혜리 혜준이에게 바람을 쐬어 줄 겸 용인엘 갔다는 것이다. 녀석을 바꿨더니 기분이 좋은 목소리이다.

"할아버지~!"

"그래, 혜리야! 좋은 거 많이 봤어? 재미있었어?"

"네…! 많이 놀았어요."

"밥은?"

"아직 안 먹었어요. 먹을 거예요."

녀석이 제 식구들과 함께 있는 걸 보니 기분이 참 좋다.

나중에 또 걸겠다며 녀석이 전화를 끊었다.

2007. 6. 10(일) 17~30℃ 한낮 찌는 듯한 더위

혜리네 식구와 저녁식사를 했다.

혜리네 식구들이 모두 와 저녁을 먹었다. 그제 제 집에 간 혜리도 함께였다. 함므니가 맛있게 먹인다며 게찌개를 끓였는데, 낙지 서너 마리를 더 넣어 맛을 더했다. 혜리애비는 술을 한잔한다며 오징어 회를 사 들고 왔다. 혜리와 혜준이, 두 녀석들, 찌개를 해서 밥을 맛있게 먹었다.

입을 호호 불고 냉수를 벌컥벌컥 마셔 가면서다. 이것들이 땀을 흘리며 맛있게 먹는 걸 보니 기분이 너무 좋다. 혜준이 녀석의 행동이다. 함므니가 만든 음식이 맛이 좋다며 함므니를 졸졸 따라다녔다. 혜리 녀석…, 샘이 나는지 저도 안아달라고 시샘을 부렸다. 함므니가 녀석들을 양팔에 안고 뽀뽀를 해 주었다. 행복한 삶의 모습이라는 생각이 들었다.

혜리네 식구가 밤 10시에 돌아갔다. 혜리를 남겨 두고서다. 혜준이 녀석은 가지 말라고 해도 잡힐세라 도망을 쳤다. 손사래를 치면서다. 혜리가 컴퓨터 놀이를 하다가 밤 11시에 잠이 들었다.

2007. 6. 11(월) 18~31℃ 불볕더위, 한여름 날씨

녀석이 제 반 아이들에게 인기가 좋다.

혜리가 지네 반 아이들에게 인기가 좋다. 오후 3시, 내가 녀석을 데리러

유치원엘 갔을 때다. 교실에서 녀석을 데리고 나오는데…, 친구들이 녀석을 에워싸더니 뽀뽀를 하고 난리이다.

헤어질 때의 의례적인 인사가 아니다. 아쉬워 어쩔 줄 모르는 그런 인사다. 아이들은 제 엄마 손에 끌려가면서도 손을 흔들었다. 혜리도 친구들을 향해 고사리 손을 흔들어 주었다. 잠시 뒤 학교 앞 횡단보도에서 녀석들을 다시 만났다. 이번에도 녀석들이 혜리에게 달려들어 목을 감싸안았다. 이걸 지켜보고 있던 담임선생님이 녀석들을 뜯어 말렸다.

"얘들아! 너무 그러면 혜리가 귀찮아…."

그래도 기분이 좋은지 녀석이 싱글벙글이다. 마음씨가 착하니 친구들이 많구나 싶었다. 제발 곱고 착하게 자라 주었으면 좋겠다.

2007. 6. 12(화) 17~30℃ 오전 선선, 오후 후끈

"할아버지! 빨리 방학이 됐으면 좋겠어요."

요즘 녀석이 가끔 할아버지를 놀라게 한다. 아침 8시 반, 등교를 하는데 녀석이 하는 말이다.

"할아버지! 나 빨리 방학 됐으면 좋겠어요."

"왜…? 너 공부하기 싫어!"

"아니예요. 방학하면 심심해요."

"그런데 왜 방학을 했으면 좋겠다는 거야…?"

"아니예요. 그냥 농담이에요."

내가 '백미러' 로 녀석을 보며 오늘 일정을 알려 주었다.

"혜리야! 오늘은 엄마가 데리러 올 거야. 할아버지는 안 올 거야. 알았지…?"

"알았어요. 오늘 난 발레를 해야 하니까요. 영어도 해야 되고요."

그러고 보니 녀석이 오늘 무척 바쁜 날이다. 내가 녀석을 유치원으로 들여보내며 말했다.

"혜리야! 애들하고 잘 놀아! 알았지!"

"네…."

저녁에 전화를 해 보니 발레와 영어가 재미있었다고 한다. 계집애가 집에 없으니 온통 집이 빈 것 같다.

2007. 6. 13(수) 20~27℃ 오후 흐리고 무더워

애들이 혜리를 너무 좋아한다.

혜리 반 애들이 혜리를 너무 좋아한다. 엊그제도 그러더니 오늘도 혜리를 에워싸고 어쩔 줄 모른다. 오후 3시, 내가 유치원으로 녀석을 데리러 갔을 때다. 또래 애들 몇이서 녀석을 붙잡고 놓아주지를 않는다. 모두들 혜리네 집으로 가겠다고 고집을 피우면서다.

혜리는 그런 애들에 둘러싸여 싱글벙글이다. 그러는 애들이 싫지 않은 모양이다. 아이들이 너무 조르자 옆에 있던 선생님이 하는 말이다.

"애들아! 너무 그러면 안 돼…. 혜리가 귀찮아 하잖아…!"

저녁 6시, 녀석이 인라인 스케이트 이론교육을 받았다. 제 집 근처 스케이트 훈련장에서다. 자칫 다칠 것이 염려되어 교육을 받고 있는 듯하다.

연습하는 모습을 살펴보니 교육을 잘 받았구나 싶었다. 스케이트장에는 혜리의 유치원 친구들이 서너 명 있었다. 아는 애들끼리 연습하는 걸 보니 마음이 한결 놓였다. 녀석의 커 가는 모습이라는 생각이 들었다.

2007. 6. 15(금) 20~29℃ 한낮 불볕더위

처음으로 걸어서 유치원엘 갔다.

혜리가 처음으로 걸어서 유치원엘 갔다. 이건 사건이다. 지금까지는 나와 제 애비가 번갈아 데려다 주었다. 그런데 오늘은 제 친구와 같이 걸어서 갔다. 이웃 아파트에 사는 친구의 손을 잡고서다.

제 애비가 걱정이 되어서 녀석의 뒤를 따랐다고 한다. 그랬더니 괜한 걱정을 하고 있었다는 것이다. 이게 집을 나와 이웃 친구 아파트로 가더니…, 기다리던 친구와 손을 잡고 천천히 걸어가더라는 것이다. 건널목도 전후좌우를 잘 살피고…. 횡단보도도 엄마들의 안내를 잘 따르더라는 것이다.

제 애비는 녀석이 교문으로 들어가는 걸 보고 돌아왔다고 한다. 제 에미는 12층 아파트에서 녀석의 행동을 살펴보고…. 그러니까 입체작전으로 녀석의 등교를 살펴 본 것이다. 제 애비가 저녁을 먹으러 왔다가 하는 이야기이다. 녀석은 저녁밥을 불고기를 해서 한 그릇 뚝딱 비웠다. 불고기에 넣은 양파며, 파, 당근 같은 건 개의치 않았다. 평소 같으면 모두 골라내고 먹었을 터인데….

제 집에 며칠 가 있더니 애가 달라지는구나 싶었다. 일찍 잠자리에 들고, 식구들의 잠자리도 보살펴 주고…. 내 집에서는 상상도 할 수 없는 일이다.

2007. 6. 16(토) 20~32℃ 땡볕더위 후끈

저녁나절, 녀석이 만두를 빚었다.

저녁나절이다. 함므니가 부엌에서 만두피와 만두소를 만드는데, 녀석이 달려들어 만두를 빚기 시작하였다. 반죽 한 덩어리를 집어다 방망이로 밀고, 여기에 소를 넣어 만두를 만드는 거였다.

옆에서 지켜보던 함므니가 깔깔거리며 하는 소리이다.

"네 에미보다 훨씬 낫구나!!"

녀석이 만두를 만드는 모습이다. 반죽 한 덩어리를 얄팍하고 동그랗게 피를 만들고, 소를 다져 넣고, 마구리를 꼼꼼히 봉합하고…, 그러자 예쁜 만두가 만들어졌다. 가끔은 이상한 모양이 만들어지기도 하였다. 이걸 보면서 녀석과 함므니가 허리를 펴지 못하고 깔깔거렸다.

만둣국을 먹으면서 녀석이 지가 만든 것을 나누어 먹자고 하였다. 그런데 만두피가 두껍고 맛이 없다. 그래도 우린 상관하지 않고 맛있게 먹었다.

오늘 일을 녀석이 오래 기억해 주었으면 좋겠다. 녀석이 이담에 만두를 만들 때마다….

2007. 6. 19(화) 20~31℃ 땡볕 불볕더위

녀석이 머리모양에 신경을 쓰고 있다.

요즘 녀석의 생각과 행동이 조금씩 달라지고 있다. 머리모양에 신경을 쓰고, 유치원엘 혼자 가겠다고 성화다. 전에는 없던 일로 심신이 조금씩 자라서 그런 듯하다.

아침 등교시간이다. 함므니가 머리를 만져주면 어느새 풀어 헤치고 다시 해 달라고 떼를 쓴다. 마음에 들지 않는다며 밴드를 가져다 고쳐 묶기도 한다. 함므니는 시간이 없다고 조바심이고…, 녀석은 머리가 마음에 들지 않는다고 성화다.

유치원에 들어갈 때에도 혼자 가겠다고 눈치를 준다. 손을 잡고 들어가야 하는데…, 옆 사람의 눈치를 살피며 냅다 뿌리친다. 할아버지 손을 잡고 들어가는 게 창피한 모양이다. 슬그머니 웃음이 터져 나왔다. 오늘은 유치원이 끝나면 제 에미가 데려가겠다고 한다. 저녁에 발레 연습이 있어서다.

2007. 6. 20(수) 22~30℃ 옅은 구름 찌는 날씨

에미를 따라 제 집엘 가겠다고 한다.

밤 10시, 녀석이 제 에미를 따라 제 집엘 가겠다고 한다.

"엄마, 나도 엄마 집에 갈 거야!"

제 에미는 9시경 왔다가 저녁을 먹고 막 돌아가려는 참이다. 난 처음에 내가 뭘 잘못 들었나…, 싶었다. 제 집에 가겠다는 녀석의 말이 정말인가 해서다. 그런데 뒤에 보니 그냥 해 본 소리가 아니다. 그 뒤에도 녀석은 그런 소리를 두세 번 더 하였다. 참으로 별 일이다. 갑자기 그런 소릴 하다니…, 녀석이 이젠 큰 건가 싶었다.

혜리에미는 유치원 선생님의 칭찬에 고무되어 있었다.

"혜리가 마음이 넓고, 남과 잘 어울리고, 그림을 잘 그리고…."

녀석은 함므니의 반대로 이날 제 에미를 따라가지 않았다.

대신 목욕을 하고, 잠시 그림을 그리다가 잠이 들었다.

2007. 6. 21(목) 22~27℃ 하루 종일 가랑비

녀석과 산수공부를 하였다.

선생님이 녀석에게 산수공부를 시켰으면 하였다. 오후 3시, 녀석을 데리러 유치원엘 갔다가 들은 소리이다.

"오늘 더하기 빼기 공부를 했습니다. 집에서 좀 시켜 주시지요."

공부시간에 산수를 못해서 그런 게 아닌가 생각되었다. 몇 단위냐고 물었더니 10단위라고 한다. 그래서 집에 돌아와 녀석과 산수공부를 하였다. 손가락을 펴 들고 더하기와 빼기를 하였다.

'셋에서 둘을 더하면…? 넷에서 셋을 더하면…? 다섯에서 셋을 빼면…?'

녀석이 잠시 생각을 하더니 대답을 곧잘 하였다. 이 정도면 잘 하는 건

데, 왜 시키라고 했지…, 싶었다. 선생님의 당부가 수 개념을 확실히 해 두라는 의미가 아니었나 싶었다.

2007. 6. 25(월) 20~25℃ 종일 흐리고 무덥고

가끔 제 에미를 따라 제 집엘 가겠단다.

녀석이 가끔 제 에미를 따라 제 집엘 가겠다고 한다. 여간해선 그러지 않던 녀석이 요즈음은 웬일인가 싶다. 정신 없이 놀다가 제 에미가 일어서면 저도 따라 나선다. 글쎄…, 얼마 전까지만 해도 어림도 없는 소리였는데…. 그런데 어제와 오늘 녀석이 거의 비슷한 행동을 한다. 이건 우발적인 행동이 아니다. 밤 10시, 제 에미 애비가 가려고 할 때다. 녀석이 가방을 들고 앞장을 서는 거였다. 내가 서운해서 일렀다.

"혜리야! 넌 가지 마! 내일 가…!"

그런데 들은 척도 안 하고 앞장을 섰다. 계집애가 며칠 새 저렇게 바뀌었나 싶었다. 글쎄 그래야 되겠지…, 그런데 서운하다.

제 집으로 보낸다면 울고불고 난리를 치더니…, 집에 가서도 데려가라고 소리를 지르더니…. 그런데 요즘은 가끔 제 집엘 가겠다고 한다. 오늘도 제 에미를 따라나서며 아주 밝은 표정이다.

내가 의아해 하자 함므니가 하는 말이다.

"난 저 계집애가 왜 그러는지 알어…. 지 에미가 침대를 새로 사 주었거든…, 창문 커튼도 달아주고…."

그런 일이 있었구나 싶었다.

2007. 6. 26(화) 20~29℃ 오전 안개, 오후에 갬

혜리에미 생일 축하 외식을 했다.

저녁 7시, 혜리에미 생일 축하를 위해 외식을 했다. 혜리네 식구, 우리 식구, 모두 일곱 명이서다. 집 근처 소문난 군산 아귀탕 집에서다.

하루만에 만나는 혜리 녀석 함므니가 그렇게 좋은 모양이다. 목에 매달려 볼을 비벼대고 난리다. 내게도 뽀뽀를 하며 소란을 피웠다. 이렇게 수선을 피우던 녀석이 하는 소리이다.

"난 함므니 할아버지가 좋단 말이에요."

얼굴에는 함박 미소가 넘치고 있다. 녀석은 매운 아귀찜을 그렇게 잘 먹는다. 찜 속에 있는 새우며 옹심이 떡볶이는 모두 제 차지다. 매울 것 같은 아귀찜 볶음밥도 맛있게 먹는다.

녀석은 보는 사람마다 예쁘다고들 난리이다. 이날도 주위 사람들이 모두 그런 소릴 하였다. 주인인 듯한 한 여자가 녀석에게 시선을 고정시키고 목소리를 가다듬어 입에 침이 마르도록 칭찬이었다.

"어유! 정말 예쁘네요. 미쓰코리아 감이에요. 얼마나 좋을까…."

녀석은 그런 소리를 듣고도 못 들은 체 시치미를 떼고 있다. 하도 그런 소릴 많이 들어서 그럴 거라는 생각이 들었다.

저녁 식사 뒤 녀석이 함믄네 집으로 오겠다고 한다. 할아버지의 마음을

헤아리고 있구나 싶었다. 녀석이 함므니와 함께 집으로 돌아왔다.

2007. 6. 27(수) 22~29℃ 종일 구름, 무더위

할아버지와 등교가 부담스런 모양이다.

계집애가 할아버지와 등교하는 것이 부담스러운 모양이다. 아침 등교 때 유치원 문을 들어서려는데, 이게 자꾸 나를 밖으로 밀어냈다. 처음에는 장난으로 그러나 했는데, 계속 그런다. 왜 그러나…, 창피해서 그런가…, 그래서 내가 물었다.

"혜리야! 왜…, 창피해서 그래?"

그러자 녀석이 목소리를 낮추어 하는 말이다.

"아니…, 그냥이요…."

곰곰 생각해 보니 이게 자존심이 상해서 그러는 것 같았다. 친구들이 보는데 할아버지의 손을 잡고 들어가니…. 제 딴엔 지가 꽤 컸다고 생각이 되는데…. 녀석이 교실로 들어가며 나더러 얼른 돌아가라고 손짓을 하였다. 내가 자리를 피해 얼른 돌아 나왔다.

오후 6시, 계집애가 인라인스케이트 레슨을 받으러 갔다. 내가 궁금해서 따라가 봤더니 연습과정이 아주 복잡하였다. 5분간의 몸풀기, 스케이트 장비착용, 그리고 연습…. 연습은 마루에서 하지 않고 메트리스 위에서 하였다. 중심잡기에 편하고, 다칠까 봐 조심스러워서인 듯하였다. 계집애는 뒷짐을 지고 메트리스 위를 조심스레 걸었다. 중심을 잡아 쓰러지지 않으려

고 애를 쓰면서…. 이때 녀석이 나를 한 번 쳐다보더니 히죽 웃었다. 잠시 뒤 제 에미가 와서 난 먼저 집으로 돌아왔다.

2007. 6. 29(금) 21~28℃ 종일 흐리고 후텁지근

인터넷에 들어가 혼자 재미있게 논다.

그제 제 집으로 간 녀석이 저녁에 돌아왔다. 갈비찜을 했다고 함므니가 전화를 해서다. 제 에미 애비, 혜준이도 함께다. 그런데 녀석의 밥 먹는 모습이 많이 달라졌다. 밥 한 그릇을 끽 소리 없이 뚝딱 비우는 거였다.

보통 때 같으면 반찬투정으로 한참 늑장을 부렸을 텐데…, 요 며칠 제 집에 가 있더니 많이 달라진 듯하였다. 밥을 먹이기가 여간 쉬운 게 아니다.

저녁을 먹고 노는 모습도 많이 달라졌다. 혼자 인터넷에 들어가 꾸러기를 보며 재미있게 놀았다. 인형놀이, 아기 옷 입히기, 인형 화장 같은 걸 하면서…. 그러다 제 동생과 나란히 앉아 '톰과 제리' 를 보았다.

그런데 밤 11시, 이게 제 에미를 따라 제 집으로 가겠다고 한다. 요즘 걸핏하면 이게 제 집으로 가겠다고 한다. 섭섭하기도 하고, 다행이라는 생각이 들기도 한다. 언제까지 함므니와 내가 키울 수 없기 때문이다.

그런데 돌아가려던 녀석이 차에서 내려 내게로 오며 눈물을 흘렸다. 무슨 일인가 싶어 의아한데, 제 에미가 하는 말이다.

"할아버지와 헤어지기 싫어서 눈물을 흘린데요!!"

"아무래도 안 되겠어요. 오늘 여기서 재우세요!"

이게 웬 떡인가 싶었다. 우린 얼씨구나 손을 잡고 집으로 들어왔다. 함므니가 무슨 일인가 싶어 놀라는 표정이다.

2007. 6. 30(토) 21~27℃ 종일 흐리고 무더워

함므니 머리 손질을 지가 하겠단다.

혜리와 혜준이가 함므니를 두고 싸움을 벌이고 있다. 함므니 머리 손질을 지가 하겠다고 우기면서다. 혜리는 지가 언니니까…, 혜준이는 지가 먼저 맡았다면서 싸우고 있다. 한 치의 양보도 없다.

저녁을 먹고 거실에서 TV를 보고 있을 때다. 혜리 녀석, 지가 언니니까 양보를 할 만도 한데 아니다. 오히려 저보다 어린 게 우긴다며 짜증이다. 두 것들은 장난감 가위를 놓고도 쟁탈전이다. 이것들이 붙어 싸우자 함므니가 꾀를 냈다. 혜리는 함므니 머리를, 혜준이는 할아버지 머리를 손질하라는 것이다. 그러면서 머리 손질 기구 구르프를 가져다 주었다. 녀석들이 이걸 나누어 가지고 함므니와 내게 덤벼들었다.

한참 머리를 맡기고 있는데, 머리가 욱신거렸다. '구르프' 를 가지고 머리를 억지로 말아 피부가 옥조여서다. 혜준이 녀석 아프다고 소릴 질러도 깔깔대고 웃기만 한다. 그러더니 가만히 있으라고 되레 머리를 쿡쿡 쥐어박는다. 웃음이 터져 나와 한참을 껄껄거렸다.

2010. 12. 15. 호주 나들이…, 탐승전 인천공항…

오후 8시, 인천국제공항을 이륙하기 직전,
녀석이 대합실에서 아이스크림을 먹고 있다.
인천에서 '시드니' 까지는 무려 11시간 이상이 걸린다.
이런 시간을 어떻게 보낼 수 있을 것인가?
녀석과 할므니, 나, 셋의 걱정이 말이 아니다.
말뚝처럼 좁은 의자에 그냥 처박혀 앉아서…,
운동을 할 수도, 술을 마실 수도, 잠을 잘 수도….
비행기를 타면 이게 늘 걱정이다.

2007. 7. 2(월) 20~24℃ 종일 흐리고 찌뿌드드

"할아버지, 안녕…, 내일 또 올게요"

저녁 9시, 녀석이 제 애비를 따라 제 집으로 가겠다고 한다. 난 처음에 이것이 그냥 해 보는 소리인가 했었다. 그런데 아니다. 정말 따라가겠다는 것이다. 이유를 물으니 그냥 가고 싶다는 것이다. 차츰 제 집에 적응을 해 가는구나 싶었다.

배웅을 하러 따라갔더니 녀석이 뽀뽀를 하자며 입을 내밀었다. 한 번을 하고도 아쉬운지 두 번 세 번을 더 하였다. 제 애비 차에 타서도 창문을 열고 손을 내밀며 악수를 하자고 하였다. 악수를 했더니 이게 웃으며 하는 말이다.

"할아버지! 안녕…, 내일 또 올게요."

2007. 7. 3(화) 20~28℃ 종일 흐리고 꾸물꾸물

코를 심하게 골아 병원을 다녀왔다.

녀석이 제 집과 내 집이 가까이 있는 게 좋은 모양이다. 유치원을 마치고 집으로 돌아오면서 하는 소리이다.

"할아버지! 할아버지는 어떻게 이렇게 이사를 잘 했어요?"

할아버지 집이 제 집 근처에 있어서 너무 좋다는 말이다. 두 집이 가까이

있어서 자주 오갈 수 있고, 등 · 하교도 자유롭게 할 수 있다는 것이다. 함께 살려고 일부러 한 이사는 아닌데 어떻게 그렇게 되었다. 우리가 먼저 이사를 하고, 다음에 녀석의 에미가 이사를 왔다. 녀석과 내 집은 차로 5~6분 거리…, 녀석이 궁금하게 여겨 내가 앞뒤를 설명해 주었다.

"혜리야! 할아버지는 원래 분당 양지마을에 살았어…. 그리고 그 때 네 엄마는 광주 해태아파트에 살고…, 혜리 네가 한 살 때 일이야…, 넌 그때 기어다녔어. 그런데 함므니가 위층 아줌마하고 자꾸 다투는 거야. 쿵쾅 쿵쾅, 시끄럽게 한다고…. 그래서 할아버지가 여기 죽전으로 이사를 왔어…. 그런데 네 엄마가 뒤에 할아버지 집 근처로 이사를 온 거야…."

녀석이 알았다는 듯 고개를 끄덕였다. 어쨌거나 가깝게 사는 게 너무 좋다는 것이다. 곁에 사는 게 얼마나 좋으면 그런 생각을 할까 싶었다.

녀석은 요즘 제 집과 할아버지 집에서 번갈아 등 · 하교를 한다. 하루 이틀은 내 집에서, 또 하루 이틀은 제 집에서…. 등교도 내가 시켰다가… 제 애비가 시켰다가 한다. 하교도 마찬가지이다. 대부분은 내가, 가끔은 제 애비가 시킨다. 녀석은 이런 모든 게 좋은 모양이다.

오후 4시, 녀석을 데리고 분당 서울대병원엘 다녀왔다. 녀석이 코를 심하게 골고, 입을 벌리고 잠을 자서다. 그간의 치료로 다소 좋아지긴 했으나 잘 때는 마찬가지이다. 의사의 말이 하루 빨리 수술을 해야 한다는 것이다. 콧구멍 한가운데에 살이 자리고 있어서라고 한다. 그런데 방학중엔 이미 예약이 끝이 났다고 한다. 어린 게 어떻게 수술을 받을지 큰 걱정이다.

2007. 7. 7(토) 22~30℃ 종일 흐리고 후텁지근

조금씩 제 집에 정을 붙이고 있다.

녀석이 차츰 제 집에 정을 붙여가고 있다. 함므니 할아버지와 물을 길러 가자고 해도 싫다고 한다. 그러면서 종종 제 에미를 따라 제 집으로 가겠다고 한다. 얼마 전까지만 해도 어림도 없는 소리였다. 괜히 그러나 싶어 다시 물어도 마찬가지이다. 아무리 꼬셔도 끝내 듣지를 않는다. 결국 함므니와 내가 둘이서 물을 길러 갔다. 녀석을 제 집에 데려다 주고서다.

처음에 난 녀석이 괜히 그러나 싶었다. 그래서 몇 번 더 물어 보았으나 마찬가지였다. 엄마를 따라 제 집으로 가겠다는 것이다. 두고 보아도 녀석의 생각엔 변함이 없었다. 다행이다 싶으면서도, 섭섭한 생각이 들었다. 얼마 전까지만 해도 전혀 아니었는데…. 내년에 초등학생이 되면 지금보다 더 할지 모르겠다.

2007. 7. 8(일) 21~28℃ 가끔 흐리고 무더위

혼자서 그림을 그리고, 컴퓨터 놀이를 하고….

어제 제 집에 갔던 녀석이 저녁에 돌아와 밥을 먹고 놀고 있다. 제 에미, 애비, 혜준이도 함께다. 녀석이 노는 모습을 보니 이젠 어린애가 아니라는 생각이 들었다. 혼자서 그림을 그리고, 컴퓨터 놀이를 하고, 소꿉놀이를 하

고…. 전 같으면 조르고, 치대고, 말썽을 부리고 난리였을 텐데….

밤 10시, 제 에미가 돌아가려 하자 녀석이 또 따라 나섰다. 그러자 제 에미가 녀석의 의사를 다시 물었다.

"혜리야! 너 어떻게 할 거야. 여기 있을 거야, 집에 갈 거야?"

"그건 엄마가 결정해…!"

살펴보니 생각은 제 에미를 따라갈 태세다. 녀석이 요새는 늘 그런다.

함믄네 집보다는 제 집이 더 좋은 모양이다. 그런데 제 에미는 녀석들을 두고 돌아갔다. 할 일이 많고, 내일 피아노 학원엘 나가야 한다면서다. 그런데 혜리 혜준이 녀석, 자정을 넘기고서야 간신히 잠이 들었다.

2007. 7. 9(월) 22~29℃ 비가 오려는 듯 선들바람

제 애비를 따라 제 집으로 갔다.

혜리가 저녁에 제 애비를 따라 제 집으로 갔다. 가지 말라고 그렇게 일러도 듣지를 않는다. 제 애비가 나타나자 돌아가기를 서둘렀다. 이젠 완전히 제 집에 정을 붙인 모양이다.

어제도 제 에미를 따라가려는 걸 함므니가 말렸는데…. 아침에는 녀석을 유치원에 데려다 주었다. 오후에는 가서 데려오고. 녀석은 제 애비가 퇴근해 오기 전까지 아주 잘 놀았다. 그런데 제 애비가 나타나면 따라가겠다고 한다. 생전 그럴 것 같지 않던 녀석이…, 이상하다.

저녁 식사 뒤 깜빡 졸다 깨어 보니 녀석이 없다. 벌써 돌아갔다는 것이

다. 불평을 했더니 내가 자고 있어서 그냥 두었다는 것이다. 소식도 없이 돌아가다니… 기분이 그냥 그랬다.

2007. 7. 10(화) 21~25℃ 흐리고 가끔 가랑비

녀석이 새우튀김을 맛있게 먹었다.

저녁 8시, 함므니가 만든 새우튀김을 들고 녀석의 집엘 갔다. 녀석이 어제부터 제 집에 가 있어서다. 녀석이 새우튀김을 아주 맛있게 먹었다. 혜준이, 제 에미 애비 모두 마찬가지다.

먹다 보니 새우가 모자라 녀석을 데리고 집으로 왔다. 남아 있는 새우로 저녁밥을 먹이기 위해서다. 녀석도 함믄네 집으로 오겠다고 서둘렀다. 녀석이 돌아오자 함므니가 뛰어나오며 반색을 하였다. 녀석은 함므니가 차려 준 새우튀김을 해서 저녁을 맛있게 먹었다. 녀석은 대하(大蝦)와 바다새우를 유별나게 좋아한다. 가끔 음식점엘 가면 새우를 골라 먹느라 정신이 없다. 녀석이 맛있게 먹는 걸 보니 기분이 참 좋다. 자정이 가까워 오는데 녀석이 아직 그림을 그리고 있다.

얼른 잠을 자라는 함므니의 말을 들은 체 만 체 그림에만 삼매경이다.

2007. 7. 15(일) 22~29℃ 종일 맑고 후텁지근

녀석의 모습이 하루가 다르다.

요즘 녀석의 모습이 하루가 다르게 변하고 있다. 자라는 모습이 보이는 듯하다. 함므니도 같은 생각이다.

낮 12시, 거실에서 TV를 보던 함므니가 하는 소리이다.

"어머! 이제 우리 혜리 다 컸네…, 처녀가 다 됐어…! 어린 티도 없어지고…!"

그러고 보니 녀석이 요즘 많이 달라지고 있다. 키가 우쑥하고, 몸무게도 늘고, 옷 입은 맵시도 폼이 나고…. 가끔은 말과 행동이 초등학생 같다는 생각이 들었다. 녀석이 금년 들어 벌써 여러 개의 이를 갈고 있다. 지금은 윗쪽 앞니 두 개, 왼쪽 아랫니 한 개가 빠져 있다. 어느새 아가씨가 돼 가고 있는 느낌이다.

2007. 7. 16(월) 21~23℃ 흐리고 가끔 비

여름방학을 했다고 그렇게 좋아한다.

계집애가 오늘 여름방학을 했다. 유치원에서 돌아와 방학을 했다고 그렇게 좋아할 수 없다. 손에는 선생님으로부터 받은 상장이 들려 있었다. 녀석이 이걸 내보이며 자랑이 이만저만이 아니다. 녀석은 이걸 벽에 붙여 놓

고 들여다보기도 하였다. 읽어 보니 '약속상' 이었다.

'친구들에게 믿음을 주고,

모범적인 행동을 보여주는 모습이 참 기특합니다.

언제 어디서든 약속을 지킬 줄 아는 혜리에게 이 상을 줍니다.'

저녁때다. 녀석이 제 집으로 돌아가며 눈물을 흘렸다. 제 에미가 차를 멈추고 창문을 열고서 하는 소리이다.

"할아버지! 혜리가 눈물을 흘린대요…!"

그래서 내가 얼굴을 들이대고 물어보았다.

"왜…? 혜리야, 왜 그래…!"

이를 지켜보던 제 에미가 하는 소리이다.

"할아버지와 헤어지기 섭섭해서 그런데~요!"

녀석이 잠시 뒤 눈물을 훔치며 인사를 했다.

"할아버지! 나… 갔다가 내일 또 올게요."

"그래…. 내일 다시 와~아!"

녀석의 마음이 이렇게 여리구나 싶었다. 할아버지와 헤어지는 게 조금은 섭섭한 모양이다.

2007. 7. 17(화) 21~28℃ 종일 흐리고 후텁지근

"혜리야! 할아버지하고 드라이브할까?"

오후 2시, 어제 제 집에 간 녀석에게 전화를 걸었다. 바람도 쏘일 겸 근처

야외로 드라이브를 하고 싶어서다.

"혜리야! 할아버지 드라이브하려고 하는데 같이 갈래…?"

"어디로요?"

"곤지암, 밭에…! 너도 가 봤잖아."

"싫어요. 나 안 갈래요. 난 드라이브 싫어해요."

밭으로 간다고 하니까 싫다고 하는구나 싶었다.

"그럼 여기저기 돌아다니다 올까…?"

녀석은 그것도 싫다고 한다. 차를 타고 돌아다니는 게 싫다면서다. 그러자 옆에 있던 함므니가 하는 소리이다.

"그럼 우리 점심 먹으러 갈까? 너 점심 먹었어…?"

"아뇨. 무슨 점심요?"

"냉면…, 서현동 먹자골목으로…."

그러자 녀석이 당장 따라가겠다고 한다.

우리는 식당에서 물냉면과 회냉면을 주문하였다. 그런데 녀석이 물냉면을 그렇게 맛있게 먹는다. 너무 오래간만에 먹는 것이어서 그런 모양이다. 녀석은 평소 잘 먹지 않던 김치도 맛있게 먹었다.

돌아오는 길에 우린 탄천(炭川) 간이수영장엘 들렀다. 서울대분당병원 아래 쪽이다. 가 보니 방학을 맞은 아이들이 물놀이를 즐기고 있었다. 언젠가 한 번 놀러와야 되겠구나 싶었다. 돌아오는 길에 녀석을 제 집에 데려다 주었다. 저녁 7시부터 인라인스케이트 레슨이 있어서다.

2007. 7. 20(금) 21~28℃ 구름 많고 가끔 햇빛

코 편도선 수술 날짜를 잡았다.

녀석의 코 수술 날짜를 잡았다. 3개월 뒤 11월 4일 금요일, 분당 서울대 병원에서다. 수술 날짜가 꽤 여러 날 남아 있다. 방학중에 하려고 했으나 예약이 모두 끝나 어쩔 수 없었다. 의사의 진찰 결과, 코 속의 살이 자라 잠잘 때 숨쉬기가 곤란하다는 것이다. 자연히 입을 벌리고 자야 한다.

수술 소식에 녀석이 놀라면 어쩌나 했는데 아니다. 소식을 듣고도 비교적 담담하였다. 울고불고 난리를 치면 어쩌나 했는데, 참으로 다행이다.

오늘은 혜리네 식구와 함께 저녁식사를 했다. 중복(中伏)이어서 집사람이 삼계탕을 끓여서다. 혜리 녀석, 다리 두 개, 죽 한 그릇을 맛있게 먹었다.

며칠만에 제 집에서 온 녀석의 얼굴이 작아진 듯하였다. 키는 다소 자란 것 같고…, 앞으로 끌어 당겨 키를 재 보니 머리가 가슴팍까지 온다. 알게 모르게 꽤 자란 것 같다. 다리가 쭉 뻗고, 팔도 꽤 길어 보였다. 얼굴이 조금 더 커지고…, 살이 붙었으면 좋겠다.

2007. 7. 23(월) 21~28℃ 흐렸다 개었다, 무더위

혜준이 녀석이 고막을 다쳤다.

혜리 동생 혜준이가 고막(鼓膜)을 다쳤다. 목욕 후 혜리와 놀다가 고막을

건드렸다는 것이다. 소식을 듣고 이게 어찌 된 일인지…, 한참 정신이 없었다. 함므니와 내가 봉은사를 다녀오다가 들은 소리이다.

목욕 후 면봉을 가지고 논 것이 화근이었다고 한다. 귀에 꽂고 장난을 치다가 화장대에 부딪쳤다는 것이다. 오후 4시에 그렇게 돼서 밤 10시, 응급실엘 다녀왔다고 한다. 전문의가 아니어서 다시 병원을 가야 한다고 한다. 도대체 애를 어떻게 보는 건지…, 의사의 말은 자연치유가 될 수도 있다고 한다. 수술을 하지 않고도 나을 수 있다니 여간 다행한 일이 아니다.

2007. 7. 24(화) 22~28℃ 종일 비가 오락가락

녀석이 요즘 꽤 자란 듯하다.

요즘 녀석이 꽤 자란 듯하다. 제 집에서 며칠만에 왔는데 우쑥 자란 것 같다. 말과 행동이 어른스럽고, 키가 몰라보게 컸다. 머리도 자연스럽게 늘어져 얼른 보기에 소녀티가 난다. 어느새 이렇게 자랐나 싶었다.

그러니까 커 가는 모습이 여기저기 보일 듯하다. 무엇보다 혼자 잘 논다. 그림을 그리거나, 컴퓨터의 인터넷을 켜 놓고 놀이를 하거나…. 두어 달 전만 해도 어림도 없는 소리이다.

또 하나, 이게 뭔가 창피한 걸 알고 있다. 가끔 소 · 대변을 혼자 보겠다고 한다. 얼마 전까지도 뒤처리를 내게 맡겼는데…, 그런데 요즘은 혼자 하겠다고 한다. 아니면 함므니를 부른다. 할아버지는 거들떠보지도 않는다.

키도 상당히 자란 듯하다. 끌어당겨 앞에 세워 보니 머리가 가슴 위까지

온다. 벌써 이렇게 컸나 싶었다.

함므니의 말도 비교적 잘 듣는다. 밥을 먹자거나 과일을 주면 순순히 응한다. 잠잘 시간에 자리에 누이면 선뜻 잘 생각을 한다. 머리는 어깨까지 늘어지고 파마를 해서 소녀티가 난다.

어떤 땐 긴 머리를 묶어 뒤통수에 매달고 흔들어댄다. 두세 살 때와 견주어 격세지감을 느끼게 된다.

2007. 7. 25(수) 22~28℃ 흐렸다 개었다, 후텁지근

"할아버지! 나 한복 하나 사 주세요!"

밤 11시, 녀석이 한복으로 갈아입고 패션쇼를 벌였다. 연녹색 저고리와 다홍색 치마를 입고서다. 살펴보니 신발은 어울리지 않는 하이힐이다. 이렇게 입고서 녀석이 이 방 저 방을 돌아다녔다. 아름다운 자태를 뽐내기라도 하려는 듯…. 곁눈질로 살펴보니 이리저리 포즈를 취하고 있다.

한동안 쇼를 벌이던 녀석이 내게 다가와 하는 소리이다.

"할아버지! 나 한복 하나 사 주세요. 이게 뭐예요…!"

살펴보니 옷이 작아 보인다. 길이도 소매도 짧아 발목이 훤히 보인다.

어느새 저렇게 자랐구나 싶었다. 지난해까지만 해도 질질 끌고 다녔는데…. 한 해 10여 센티나 자란 듯하다. 오는 추석엔 한 벌 사 주어야 하겠다. 신발도 한복에 어울리는 하얀 신으로….

2007. 7. 26(목) 22~30℃ 흐렸다 개었다, 무더위

할아버지와 다니는 게 창피한 모양이다.

녀석이 할아버지와 다니는 게 창피한 모양이다. 자존심 때문인지, 창피해서인지 확실치는 않은데, 어쨌거나 요즘 녀석이 나와 유치원 다니는 걸 싫어한다. 오늘은 발레학원에도 혼자 가겠다고 떼를 썼다. 걱정이 돼서 그러는데, 이건 아닌 모양이다. 오후 4시, 내가 녀석을 학원 근처에 내려주려 할 때다. 이게 나더러 내려주고 얼른 돌아가라는 것이다. 8층에 위치한 발레학원은 혼자 가기가 어려운 곳인데…, 그래서 바래다주려는데 이게 극구 반대다. 엄마도 그랬다며 나더러 얼른 돌아가라고 한다.

학원엘 가려면 건물도 찾아야 하고 엘리베이터도 타야 한다. 자칫 엉뚱한 건물로 들어가 엉뚱한 엘리베이터를 타면…, 이건 난리다. 그런데 녀석이 혼자 가겠다고 길가에 버티고 요지부동이다.

끝내 내가 소리를 질러 팔을 잡아끌고 학원으로 데리고 갔다. 그랬더니 이게 끌려오며 계속 투덜댔다. 할아버지의 보호를 받는 것이 창피해서 그런 모양이다. 아니면 지나친 간섭이 자존심을 상하게 해서인지 모르겠다. 언제 한 번 자세히 물어 보아야겠다.

2007. 7. 27(금) 23~30℃ 흐렸다 개었다, 무더위

혜리 · 혜준이와 잠자리를 잡았다.

혜리 혜준이와 집 주위에서 잠자리를 잡았다. 오후 2시, 두 것들이 심심하다며 놀아달라고 해서다. 두 녀석들, 잠자리채를 찾아야 한다며 야단법석이다. 잠자리를 잡아 넣을 그릇은 양파망사 자루로 대신 하였다.

우리는 잠자리를 잡는다며 한참 아파트 주위을 돌아다녔다. 그런데 오늘따라 잠자리들이 보이질 않는다. 어제까지만 해도 떼를 지어 몰려다니더니…. 돌아보니 이것들이 아파트 펜스 저 너머에 몰려 있다. 울타리 너머 밭에는 토마토, 오이, 곡식과 풀들이 무성하게 자라고 있다.

우린 어쩔 수 없이 울타리 넘어 밭으로 갔다. 그리고 잠자리채를 휘둘러 몇 마리 잡았다. 고추잠자리, 된장잠자리…, 잡은 놈들은 망사자루에 넣어 혜리, 혜준이에게 주었다. 그러자 이것들이 고함을 지르고 펄쩍이며 어쩔 줄 몰랐다. 생전 처음 해 보는 경험이어서 그런 듯하다. 혜리보다는 혜준이 녀석이 더욱 소릴 질렀다. 혜리는 매년 해 보는 경험이어서 비교적 차분했다. 그런데 한참 뒤 녀석들이 망사 속 잠자리를 만져 보겠다고 성화다. 자칫 놓칠세라 조심스레 꺼내 두 것들의 손에 쥐어주니…, 이것들이 징그럽고 무섭다며 난리였다. 혜리 녀석은 잠자리를 팔에 올려놓고, 무는지 아닌지 확인해 보다가 소스라쳐 놀랐다.

집에 들어오니 할므니가 버럭 소릴 질렀다. 잠자리들을 놓아주라는 것이다. 왜 소중한 생명을 죽이려 하느냐는 것이다. 할므니의 성화에 못 이겨 녀석이 창 밖으로 한 마리씩 날려 보냈다. 그러면서 하는 말이다.

"잘 가거라 잠자리야! 나중에 또 만나자…!"

2007. 7. 30(월) 21~31℃ 종일 땡볕, 무더위

요즘엔 혼자 전화도 하고 멋도 부리고….

녀석이 이제 많이 자란 듯하다. 요즘엔 혼자 전화도 하고, 멋도 부리고, 시샘도 한다. 오전 10시, 사흘 전 제 집에 간 녀석이 전화를 했다.

"할아버지! 혜린데요… 함므니 계세요?"

"그럼~ 계시지! 왜…?"

"아침 밥 먹으러 갈라구요."

"그래…! 얼른 와. 와서 얼른 먹어…!"

그런데 함므닌 집에 없다. 녀석이 오지 않을지도 몰라 내가 거짓말을 한 것이다. 함므닌 불공을 드린다며 아침 일찍 봉은사엘 갔다.

11시에 온 녀석이 제 식구들과 아침밥을 맛있게 먹었다. 혜리에미는 "엄마도 없는데, 왜 거짓말을 했느냐?" 고 하였다. 혜리가 보고 싶어 거짓말을 했노라고 하였다.

오후 2시, 녀석이 제 에미와 '네일 아트' 를 하고 돌아왔다. 녀석이 졸라서 하고 온 듯하다. 녀석이 손을 내밀어보이며 자랑이 대단하였다. 손톱에는 꽃무늬와 나뭇잎들이 아름답게 그려져 있었다. 계집애가 어느새 멋을 부리고 있구나 싶었다.

밤 11시, 내가 '인터넷' 에서 사교춤을 보고 있을 때다. 녀석이 그림을 그

리는 척 딴전을 부리더니 다가와 하는 소리이다.

"할아버지! 나…, 함므니한테 다 이를 거다!"

"뭘 일러…?"

"춤추는 거 본다구…."

"왜…? 그런 거 보면 안 돼…?"

"할아버지가 다른 여자 좋아하니까…!"

내가 배를 움켜잡고 한참을 껄껄 웃었다.

계집애가 어느새 이렇게 컸구나 싶었다.

2007. 8. 1(수) 24~28℃ 가끔 소나기, 후텁지근

방학을 느긋하게 즐기고 있다.

계집애가 요즘 방학을 느긋하게 즐기고 있다. 아침 10시경 일어나 어슬렁거리며 여유를 부리고 있다. 가끔 함므니 젖을 만지작거리며 장난질도 친다. 녀석이 유치원을 다닐 땐 어림도 없는 소리이다. 늦어도 아침 7시에 일어나 등교 채비를 해야 했다. 그러다 요즘엔 느긋하게 시간을 보내고 있다. 밥도 맛있게 많이 먹는다. 점심은 생선탕을 해서 맛있게 먹더니…, 저녁에는 계란탕을 해서 밥 한 그릇을 뚝딱 비웠다. 계란탕이 무척 맛이 있다면서다. 방학이라 마음이 느긋해서인 듯하였다.

저녁을 먹고도 복숭아 한 접시를 거뜬히 비웠다. 녀석이 빈 접시를 함므니에게 보이며 자랑이다. 함므니가 녀석의 등을 만지며 웃고 있다.

2007. 12. 5. 혜리의 유치원 졸업기념 사진

죽전 독정초등학교 병설유치원 3회 졸업식,
오전 10시, 제 에미와 식장엘 갔더니,
식장 안이 아이들과 엄마들로 초만원이다.
꽃다발이 오가고, 카메라 플래쉬가 여기저기서 터지고….
아이들이 하나씩 졸업장을 받아들었다.
녀석들이 모두 상기된 표정이다.
엄마들이 박수갈채를 보내주었다.

2007. 8. 2(목) 24~28℃ 흐리고 후텁지근

아파트를 돌며 또 잠자리를 잡았다.

오후 2시, 녀석과 아파트 단지를 돌며 또 잠자리를 잡았다. 녀석이 심심하다며 잡자고 해서다. 녀석은 망사 자루를 들고, 나는 잠자리채를 들고 잠자리를 쫓아다녔다. 된장잠자리와 고추잠자리…. 이것들이 매년 이맘때만 되면 하늘을 휘젓고 날아 다닌다. 매미와 더불어 삼복더위를 즐기는 여름의 진객들이다. 바람을 타고 하늘을 오르내리고…, 휘돌아 솟구치는 모습이 마냥 신비스럽다. 녀석과 땀을 흘리며 잠자리를 쫓는데…, 잘 잡히지를 않는다. 눈앞에 어른거려 채를 휘둘러 보지만…, 어느새 저만치서 날갯짓으로 누굴 놀리고 있다. 잠자리를 쫓던 녀석의 얼굴이 벌겋게 달아올라 있다. 이마의 땀방울이 뺨을 타고 흘러내렸다.

우린 한참이 지나서야 간신히 몇 마리를 잡았다. 녀석이 이걸 망사자루에 넣고 들여다보느라 여념이 없었다. 한참을 따라다니던 녀석이 이번엔 지가 잡아 보겠다고 고집이다. 그런데 채를 잡고 겅중대며 휘둘러 보지만 내내 헛손질이다. 녀석의 얼굴이 점점 더 벌겋게 달아올랐다. 한참 잠자리를 쫓고 있는데, 함므니가 전화로 불렀다.

"혜리 발레 갈 시간이라며 얼른 들어오라"는 것이다.

집엘 들어가자면 잠자리를 버려야 한다. 함므니가 뭐라고 하기 때문이다. 그래서 녀석에게 당부를 하였다. 아니면 함므니의 잔소리를 또 들어야 해서다. 그러자 녀석이 잠자리를 놓아주며 작별인사를 했다.

"얘들아… 잘 가라…! 내년에 또 보자…!!"

2007. 8. 3(금) 24~30℃ 가끔 소나기, 찜통더위

함므니와 치과엘 다녀왔다.

혜리가 함므니와 치과엘 다녀왔다. 위 어금니 두 개가 충치를 먹어서다. 의사의 말이 치료 뒤 은으로 씌워야 한다고 한다. 영구치가 나올 때까지 유치 보관을 위해서라는 것이다.

충치라니…! 그럴 리가…! 충치 예방을 위해 두 달 전 벌써 치료를 했기 때문이다. 밥을 물고 오래 있으면 그렇게 된다는 의사의 말이다. 곰곰 생각해 보니 그럴 수 있겠다는 생각이 들었다. 녀석이 밥을 한 입 물고는 한나절을 오물거리기 때문이다. 식습관을 고치는 일이 시급하다는 생각이 들었다. 녀석은 오늘 오른쪽 위 어금니 두 개를 치료하였다. 치료 뒤에는 은박지로 덧씌웠다. 왼쪽은 오른쪽이 끝난 뒤 치료를 해야 한다고 한다.

저녁에 녀석이 어금니를 내보이며 자랑이다.

"할아버지! 나 오늘 충치 치료했어요. 주사로 마취를 했어요. 따끔했는데 안 울었어요. 나 예쁘지요?" 그렇고 말고다.

2007. 8. 7(화) 24~28℃ 종일 비가 오락가락

20일째 여름방학을 즐기고 있다.

녀석이 벌써 20일째 여름방학중이다. 요즘 녀석은 늦잠자기, 동화책 읽

기 등으로 소일하고 있다. 방학의 여유를 마음껏 즐기고 있는 것이다. 어딘가 피서를 다녀와야 하는데 제 동생이 다쳐 못하고 있다.

마음이 한가해서 그런지 녀석이 요즘 많이 달라졌다. 키도 꽤 자란 것 같고, 몸무게도 많이 는 것 같다. 궁금해서 몸무게와 키를 재어 보니 예상대로다. 키 1m 19㎝, 몸무게 17㎏…, 얼마 전보다 많이 자라고 무거워졌다. 키는 가슴팍까지 차고, 몸무게는 들기에 힘이 들 정도다. 어느새 이렇게 컸구나 싶었다. 조금 전 제 애비의 말이다.

"아버님! 혜리가 제법 컸어요."

자라서 그런지 녀석이 요즘 자주 말썽을 부리고 있다. 시도 때도 없이 자전거를 타자고 하고…, 잠자리를 잡자고 졸라댄다. 집에서는 술래잡기와 보물찾기를 하자고 떼를 쓴다. TV는 어린이 채널에 고정시키고 뉴스도 볼 수 없게 한다. 가끔 인터넷에 빠져 인형놀이로 시간을 보내기도 한다.

"혜리야! 그만 해! 눈 나빠지면 미스코리아에 못 나가…."

녀석이 그제서 야 컴퓨터에서 물러난다. 미운 일곱 살인가 보다.

2007. 8. 8(수) 23~27℃ 종일 비가 오락가락 장마

녀석과 매미, 잠자리를 잡았다.

비 개인 오후…, 혜리가 잠자리를 잡으러 나가자고 한다. 채비를 하고나서니 잠자리들이 떼지어 하늘을 날고 있다.

며칠 전에는 별로 없더니 오늘은 많다. 사방 천지에 잠자리들이다.

이맘 땐 녀석들이 왕성하게 활동하는 시기이다. 그런데 이상하다. 한참을 쫓아다녀도 녀석들이 잘 잡히질 않는다. 요리조리 피해 날아다니는데 별 도리가 없다. 혜리가 답답한지 지가 잡아보겠다며 채를 이리저리 휘둘러댔다. 녀석의 얼굴이 어느새 벌겋게 달아오르고 땀으로 범벅이 되었다.

얼마 뒤 안 되겠다 싶었던지 녀석이 채를 내게 넘겨 주었다.

한참을 쫓아다니고서야 우린 간신히 몇 마리를 잡았다. 세어 보니 여덟 마리였다. 모두가 된장잠자리 고추잠자리들이다. 오늘은 운이 좋게도 매미도 두 마리 잡았다. 한 마리는 말매미, 또 한 마리는 쓰르라미이다. 혜리가 망사 속 잠자리와 매미를 들여다보며 좋아 어쩔 줄 모른다. 녀석이 비닐봉지를 흔들자 매미, 잠자리들이 푸드득거렸다. 그 모습이 신기한지 녀석이 자꾸만 봉지를 흔들어댔다. 매미들이 앵… 앵…, 소동을 피웠다.

2007. 8. 11(토) 23~29℃ 종일 흐리고 가끔 소나기, 후텁지근

요즘 녀석이 자주 제 집엘 간다.

밤 9시, 혜리가 저녁을 먹고 제 식구들과 돌아갔다. 할아버지와 자자고 사정을 해도 듣질 않았다. 그런데 이상하다. 돌아가는 모습이 상당히 밝고 명랑하다. 제 에미 애비가 함믄네 집에서 자라고 그렇게 일러도 듣질 않는다. 함므니가 울적한지 한 마디 하였다.

"계집애…, 잘 길러 봐야 소용 없네…!"

함므니가 무던히도 섭섭했던 모양이다. 섭섭하기는 나도 마찬가지이다.

녀석과 떨어진다는 걸 생각해 본 적이 없어서다. 주위에서 이제 곧 떠날 거라고 해도 난 믿질 않았다. 녀석의 생각과 환경은 다르다고 생각하였다.

그런데 얼마 전부터 녀석이 자주 제 집엘 간다. 처음에는 가지 않으려고 하더니 요즘엔 아니다. "커지면 떠날 거…"라고들 하더니 그런 모양이다. 하긴 그래야 하는데, 공연히 섭섭하다.

2007. 8. 13(월) 24~29℃ 종일 흐리고 후텁지근

요 며칠 녀석이 먹자…먹자 한다.

헤리가 요 며칠 먹자먹자 한다. 방학이라 그런지, 자랄 고비가 들어서 그런지 알 수 없다. 어쨌거나 녀석이 요즘 이것저것을 잘 먹는다. 종주먹을 들이대도 먹지 않던 녀석이다.

오후 발레를 마치고 돌아오는 길이다. 녀석이 '콜팝'을 사 달라고 한다. '콜팝'은 닭고기로 만든 경단을 기름에 튀긴 치킨의 일종이다. 가게에 들어가 이걸 주문하고 있는데 녀석이 하는 소리이다.

"할아버지! 나 요새 먹어도 먹어도 배가 고파요."

내가 녀석을 끌어안으며 귓속말을 해 주었다.

"헤리야! 괜찮아 얼마든지 먹어…. 알았지…!"

그러고 보니 녀석이 요즘 밥을 달래서 가져다 먹는다. 아침을 먹은 지 얼마 안 돼 점심과 간식을 또 달라고 한다. 간식을 먹은 뒤에도 다시 간식을 찾는다. 방학이라서 한가한 데다 자랄 고비가 들어서 그런 모양이다. 제발

잘 먹고 잘 자랐으면 좋겠다.

2007. 8. 14(화) 24~30℃ 하루 종일 비가 추적추적

먹어도, 먹어도 배가 고프다고 한다.

저녁나절 함므니가 나를 보며 하는 말이다.

"혜리가…, 요새 먹어두 먹어두 배가 고프데…!"

함므닌 기분이 좋은지 연신 싱글벙글이다.

함므니의 이 말에 내가 한 마디 하였다.

"어제 나한테도 그러데…. 배가 고프긴 한 모양이야!"

자랄 고비가 들어서 그런가 보다. 먹고 돌아서서는 이내 배가 고프다고 하니 말이다. 녀석은 밥을 달래서 먹어본 적이 별로 없다. 밥그릇을 들고 쫓아다녀야 간신히 받아 먹었다. 그러던 녀석이 요샌 밥을 달래서 먹으니 놀라운 일이 아닌가. 녀석의 몸무게가 요즘 많이 늘어나고 있다.

2007. 8. 21(화) 25~34℃ 찌는 듯 더위, 열대야

어느새 개학이 내일로 다가왔다.

녀석의 개학이 내일로 다가왔다. 엊그제 시작된 것 같은데 벌써 개학이

다. 무더위는 계속되고 있는데…. 개학 이후 아이들 고생이 많을 것 같다. 내일이 개학이라는 걸 난 저녁을 먹고서야 알았다. 녀석이 제 애비를 따라 제 집으로 가겠다고 해서다. 밀린 숙제도 하고 준비할 것이 많다고 하면서…, 내일 등교는 내가 시켜도 되는데 데려가겠단다.

밤 10시, 계집애가 손을 흔들며 현관문을 나섰다. 제 집으로 돌아가는 모습이 가벼워 보였다.

2007. 8. 22(수) 24~29℃ 푹푹 찌는 더위, 열대야

"할아버지, 나 피아노 사 주세요!!"

밤 10시, 녀석이 전화를 걸어서 하는 소리이다.

"할아버지! 나 데려가세요. 나 할아버지 집에서 유치원 다니고 싶어요."

이게 갑자기 무슨 뚱딴지같은 소리인가! 학교에 다녀와 인라인을 탄다며 제 집으로 갔는데…. 그저께는… 그렇게 말려도 고집을 피우고 제 집으로 가더니…. 전화를 끊고 제 집엘 갔더니 녀석이 벌써 현관에 나와 있었다.

녀석이 나를 보더니 거실로 끌고 가 제 피아노 솜씨를 자랑하였다.

건반 두드리는 모습이 누군가에게 배운 솜씨 같아 보였다. 제 에미 학원에 가서 강사에게 잠시 배웠다고 한다.

하루를 배우고 저렇게 잘 칠 수 있다니…, 소질이 있구나 싶었다. 녀석이 함므니 집으로 오는 차안에서 하는 소리이다.

"할아버지! 나 피아노 사 주세요!"

몇 번 쳐 보더니 재미를 붙이려나 싶었다. 엄마하고 상의해 보겠다고 했더니…, 상의할 일이 아니라고 한다. 그냥 사 달라는 것이다. 좀 자라면 사 주어야겠다.

2007. 8. 23(목) 22~32℃ 구름 한 점 없는 불볕더위

깨워도 안 일어나고, 세수도 안 하고….

녀석이 개학을 맞은 지 오늘로 이틀째다. 그런데 나쁜 버릇이 다시 살아나고 있다. 깨워도 안 일어나고, 세수도 안 하고…, 식사도 늑장이고…. 함므니가 아침 내내 안달이다.

"저 놈의 계집애! 이제 데려오지 말어! 힘들어 키울 수 있어야지…! 제 에미가 키우게 내버려 둬…!!"

옆에서 듣자니 속이 상한다. 잔소리를 들으며 밥을 먹는 녀석이 안쓰러워 보인다. 행동을 빨리 해야 하는데…, 마냥 늑장이니…!

녀석을 데리고 유치원엘 가며 내가 통사정을 하였다.

"혜리야! 함므니 말 잘 들어…! 할아버지 속상해!"

"얼른 일어나고, 얼른 세수하고, 밥두 빨리 먹어야지…! 너 그러다 학교에 늦으면 어떻게 할 거야…!"

그런데 녀석이 들었는지 말았는지 딴청이다. 대수롭지 않다는 반응이다. 함므니한테 먹은 욕은 벌써 잊은 듯하다. 학교에 도착해서 냅다 교실로 뛰어간다. 손을 잡아주려고 해도 벌써 저만치 도망쳐 버렸다. 할아버지 손

에 이끌려 등교하는 것이 창피한 모양이다.

2007. 8. 25(토) 24~33℃ 연중 최고의 불볕더위

집도, 핸드폰도 모두 불통이다.

너무 후끈거리는 하루였다. 불볕더위가 하루 종일 계속 되고 있다. 금년 들어 최고의 무더위인 듯하다.

오후 2시, 그제 제 집에 간 녀석이 궁금해서 전화를 했더니 집에도, 혜리 에미 핸드폰도… 모두 불통이다. 뒤에 혜리애비의 말이 평창엘 다녀왔다는 것이다. 교회에서 단체로 버스를 타고서…, 교회수련원을 다녀왔구나 싶었다. 혜리는 저녁 9시쯤 할아버지 집으로 돌아왔다. 제 에미가 평창에서 돌아와 떼어놓고 간 것이다. 녀석의 몸이 까맣게 그을러 있다.

종일 수련원 수영장에서 수영을 해서다. 지쳤을 텐데 녀석이 자정이 넘도록 자지를 않는다. 녀석은 새벽 1시가 되어서야 간신히 잠이 들었다.

2007. 8. 26(일) 24~30℃ 종일 흐리고 후텁지근

"나 지금 할아버지 집에 갈 거예요!!"

저녁 8시, 테니스를 치고 돌아오는데 녀석이 전화를 했다.

"할아버지! 어디에요?"

"응… 테니스 치고 집에 가는 중이야."

"그럼 나 데리러 오세요. 나 지금 할아버지 집에 갈 거예요!"

이게 전화를 걸 줄도 알고…, 이제 제법이구나 싶었다. 녀석이 직접 전화를 한 건 이번이 처음이다. 뜻하지 않은 곳에서 전화를 받으니 반갑고 신기하다. 녀석은 오늘 낮 11시, 제 에미와 함께 외출을 했는데…, 그래서 오늘은 제 에미와 함께 있으려니 했는데…. 급히 차를 몰아 제 집으로 갔더니, 녀석이 제 에미와 공부를 하고 있다. 우린 저녁을 먹고 10시까지 놀다가 함께 내 집으로 돌아왔다. 녀석이 갑자기 돌아오자 함므니가 하는 소리이다.

"혜리야! 욕을 먹어도 함므니가 좋아…!"

녀석이 대답 대신 빙글빙글 웃기만 하였다. 녀석은 밤 10시까지 TV를 보다가 함므니한테 또 잔소리 듣고 잠이 들었다.

2007. 8. 28(화) 24~30℃ 흐리고 가끔 비

오늘도 등교채비로 말썽을 부렸다.

계집애가 오늘도 등교채비로 말썽을 부렸다. 잘 일어나지도 않고, 세수도 하지 않고, 계속 TV만 봐서다. 그러자 함므니의 잔소리가 또 떨어졌다.

"너 이 계집애! 일어나지 마! 밥두 먹지 말어! 학교에 지각해도 괜찮어…!!"

내가 옆에서 함므니를 거들었다.

"너 이 계집애…, 내가 선생님한테 이를 거야…!"

녀석이 비로소 움직이기 시작하였다. 치카치카와 세수를 하고, 밥을 먹었다.유치원에 도착해서 내가 녀석에게 통사정을 하였다. 말을 잘 들었으면 해서다.

"혜리야! 너 할아버지가 선생님한테 이를 거야…!"

옆에서 듣고 있던 선생님이 깜짝 놀라서 하는 소리이다.

"뭔데요… 혜리 할아버지…!"

녀석이 주눅이 드는지 고개를 숙였다.

"혜리야…! 선생님한테 말할까…?"

"혜리가 뭘 잘못했구나…! 나중에 말씀하시죠, 뭐…!!"

선생님이 어느새 눈치를 채고 녀석의 편을 들었다.

그래서 난 으름장으로 끝을 냈다.

2007. 8. 29(수) 22~30℃ 종일 흐리고 비가 추적추적

어제 제 집에 간 녀석이 전화를 했다.

저녁 7시, 어제 유치원에서 제 집으로 간 녀석이 전화를 했다.

"할아버지! 나~혜리예요."

"응…, 왜…?"

"할아버지! 어디예요?"

"어디 긴…, 집이지. 너 온다더니 왜 안 와?"

"그런데…, 할아버지…. 나~나~, 엉…엉…엉…."

이게 갑자기 흐느껴 울기 시작하였다.

"혜리야…, 왜 울어?"

그러자 녀석이 하는 소리이다.

"헤헤헤…, 메롱! 내가 거짓말 했지롱…!"

이게 할아버지를 놀리고 있다.

"에이 이 계집애…! 엄마 바꿔…!"

녀석이 제 에미를 바꿨다.

"왜 안 와, 저녁 먹으러 온다더니…?"

"금방 갈 건데요…, 혜리가 전화한 거예요."

저녁 8시, 녀석의 식구들이 와 저녁을 먹고 밤 10시 돌아갔다. 혜리는 남겨두고서다. 녀석은 밤 늦게까지 TV를 보다가 잠이 들었다.

2007. 8. 30(목) 22~27℃ 종일 흐리고 옅은 안개

"할아버지, 엄마가 집에 없어요!"

오후 5시, 제 집에 간 녀석이 전화를 했다.

"할아버지! 나 집에 왔는데요…, 엄마가 없어요."

유치원에서 집에 와 보니 엄마가 없다는 것이다. 속이 상하고 더럭 겁이 났다. 에미라는 게 애가 돌아올 시간에 어딜 가고 없다니!

내가 목소리를 높여 녀석을 안심시켰다.

"알았어. 할아버지가 금방 갈게. 조금만 기다려…!"

전화를 끊고 황급히 차를 모는데…, 녀석이 다시 전화를 했다.

"할아버지! 엄마가 왔어요. 나를 밖에서 기다렸데요."

도대체 어떻게 된 일인가 싶었다. 밖에 나가 애를 기다린다며 길이 어긋나다니…?

"그래…, 그럼 할아버지 안 가도 돼?"

"네… 오지 마세요. 나 미술학원에 가야 돼요."

요즘 녀석의 전화가 잦다. 전화도 잘 걸고, 목소리도 또렷하다. 대견하다는 생각이 들었다. 저녁 8시, 녀석에게서 또 전화가 왔다.

"할아버지! 나 할아버지 집에 가고 싶어요. 가서 함므니가 해 주는 밥 먹을래요."

내가 득달같이 차를 몰아 녀석의 집엘 갔다. 함므니가 고기를 굽고, 계란 프라이를 부치고 난리였다. 녀석이 프라이와 등심구이를 해서 밥을 맛있게 먹었다. 식사 뒤 녀석이 함므니 목에 매달려 재롱을 부렸다.

2007. 8. 31(금) 22~28℃ 종일 흐리고 꾸물꾸물

"할아버지는 혼자만 노냐! 난 안 놀아주구…!"

녀석이 저와 놀아주지 않는다고 칭얼댔다. 저녁 10시, 테니스를 치고 돌아와 식사 뒤 소파에 앉아 쉴 때다. 녀석이 슬그머니 내게로 다가와 밀치며 하는 소리이다.

"할아버지! 할아버지는 혼자만 노냐? 난 안 놀아주구…!"

이게 심심하니까 공연한 시비를 걸고 있구나 싶었다. 그런데 오늘 난 녀석과 종일 함께 지냈다. 아침엔 밥을 먹여 유치원엘 데려다 주고…, 오후 3시엔 가서 데려오고…, 오다가 근처 치킨 집에 들러 콜팝을 먹이고…, 오후 4시엔 놀이수학을 위해 학원엘 데려다 주고…. 이렇게 저와 함께 하루 종일 보냈는데…, 이게 저와 놀아주지 않는다고 트집이다.

"할아버지가 피곤하다"고 해도 소용이 없다.

어쨌거나 놀아주어야 한다는 것이다. 그래서 난 녀석과 끝말잇기를 하며 시간을 보냈다.

2007. 9. 1(토) 21~26℃ 오전에 비, 오후에 흐림

만두를 만들겠다고 고집을 부렸다.

저녁 8시, 녀석이 저도 만두를 만들겠다고 고집을 부렸다. 함므니가 안 된다고 소리를 질러도 막무가내다. 옆에서 보자니 어느 쪽도 양보할 기세가 아니다.

만두를 만들 수 없게 되자 녀석이 눈물을 흘렸다. 처음엔 우는 척을 하는 건가 했는데 살펴보니 아니다. 내가 함므니에게 통사정을 하였다.

"아유…, 그거 하나 만들게 주지 그래…!!"

"주긴 뭘 줘…, 몇 개 만들 것도 아닌데…!" 내가 녀석을 살살 달랬다.

"혜리야! 몇 개 만들 거 아니래… 그만 둬…!"

그래도 녀석은 양보할 생각이 아니다. 내가 안고 달래도 울음을 멈추지

않았다. 이를 지켜보던 함므니가 냅다 소릴 지른다.

"저 계집애…, 할아버지가 옆에 있으니까 괜히 응석이야!"

"그냥 내버려 둬…!"

그러자 이게 제 방으로 들어가 울기를 계속하였다. 녀석이 울면서 하는 푸념이다.

"난 저 만두 안 먹어… 절대루…! 칼국수두 안 먹을 거야!"

얼마 뒤 함므니가 녀석에게 만두 한 그릇을 가져다 주었다. 그런데 녀석이 이걸 아주 맛있게 먹는다. 옆에서 보고 있던 내가 한 마디 하였다.

"혜리야! 너 만두 안 먹는다고 했잖아…, 절대루…!!"

"으응…, 안 먹을라구 했는데, 함므니가 억지로 먹였어…."

"이 계집애…, 거짓말 말어! 맛있게 먹어 놓구선…!"

"아니야! 진짜야!"

녀석과 난 서로를 보며 한참을 깔깔 웃었다.

2007. 9. 2(일) 21~23℃ 종일 추적추적 부슬비

녀석이 화장대와 방 청소를 하였다.

저녁나절, 계집애가 제 화장대를 정리하면서 나를 불렀다. 가 보니 어수선했던 화장대가 말끔히 정리되어 있었다. 보기에 너무 좋아 살며시 안아주며 칭찬을 해 주었다.

"어유…! 우리 혜리가 이제 정리도 할 줄 아네…!"

이게 기분이 좋은지 싱글벙글이다.

잠시 뒤 녀석이 제 방도 정리를 하겠다고 서둘렀다. 옳거니… 비로소 어수선한 방이 정리되려나 싶었다. 내 서재 겸 제 방은 벌써부터 고물상이나 다름이 없는데, 이걸 정리하겠다는 것이다. 녀석이 늘어놓은 물건 정리를 시작하였다. 쓸모 없는 물건을 버리라고 내놓으면서 하는 말이다.

"할아버지! 우리 한 달에 한 번씩 대청소하자!"

정리를 하고 나니 마음이 가벼웠던 모양이다. 녀석이 비로소 정리가 뭔지를 아는 듯하였다. 밤 11시, 녀석이 이를 닦으며 하는 소리이다.

"할아버지! 할아버지는 내가 여기 있으면 마음이 놓여요?"

이게 갑자기 뚱딴지같은 소리이다. 녀석의 말은 지가 내 집에 있으면 내 마음이 놓이느냐는 것이다. 그렇다고 해야 녀석의 직성이 풀릴 텐데, 내가 어쩌나 보려고 어깃장을 놓았다.

"아니… 놓이지 않아…. 귀찮지…, 그런데 봐 주는 거지…!"

순간 녀석이 닦던 이를 멈추고 거울 속의 나를 맥없이 쳐다보았다. 실망한 눈치가 역력하였다. 아이쿠! 이거 내가 큰 실수를 했구나…. 내가 얼른 녀석의 칫솔을 빼앗아 이를 닦아주며 잘못을 빌었다.

"혜리야! 혜리가 여기 있으면 할아버지가 마음이 놓여! 그래서 네가 없으면 맨날 데리러가는 거야…!!"

그랬더니 이게 생기가 도는지 하는 말이다.

"그럼 아까는 할아버지가 거짓말한 거예요…!"

비로소 녀석이 다시 칫솔질을 하였다.

장난을 하려다 어린 마음에 상처를 줄 뻔하였다.

2007. 9. 3(월) 19~26℃ 흐리고 찌뿌드드

얼마든지 먹어! 또 사다 줄게….

녀석이 요즘 먹자먹자 한다. 전에 없던 일이다. 식사 뒤 얼마 되지 않아 밥을 달라고 하고 또 간식을 찾는다. 저러다 뚱보가 되면 어쩌나…, 그런 괜한 걱정이 들었다. 체질상 전혀 그럴 성싶지는 않은데….

녀석은 지금까지 뭔가 먹지를 않아 걱정이었다. 밥은 들고 쫓아다녀야 간신히 받아먹었다. 요즘도 그렇기는 한데 그래도 전 같지는 않다. 함므닌 먹겠다는 녀석이 기특하다며 계속 미소를 지었다.

"우리 혜리…, 얼마든지 먹어! 또 사다 줄게…! 알았지!"

녀석이 고개를 끄덕이며 함므니를 끌어안았다.

2007. 9. 4(수) 20~26℃ 종일 흐리고 꾸물꾸물

테니스를 치고 있는데 빨리 오란다.

밤 9시, 테니스를 치고 있는데 녀석이 전화를 했다.

"할아버지! 어디예요?"

"으~응, '테니스 코트' …, 할아버지 지금 테니스 치고 있어…!"

"나 지금 할아버지 집에 가고 싶은데…, 할아버지 빨리 와요!"

아침에 유치원엘 데려다 주었는데 이게 제 집에서 한 전화다.

"혜리야! 조금만 기다려! 할아버지 조금 있다가 갈게…."

"네…! 그런데 할아버지 빨리 오세요!"

전화를 끊고 테니스를 치는데, 녀석이 다시 전화를 했다.

"할아버지! 지금 빨리 오세요. 나 빨리 갈 거예요!"

"혜리야! 조금만 기다려…, 할아버지 지금 테니스 치고 있어…. 조금 있다가 금방 갈게…."

그런데 녀석이 말을 듣지 않는다.

"안 돼요. 빨리 오세요. 나 빨리 가고 싶어요…."

녀석의 목소리가 목멘 소리로 바뀌고 있었다. 안 되겠다 싶어 게임을 멈추고 녀석의 집으로 차를 몰았다. 집에 도착하니 9시 반, 녀석이 달려 나와 내 허리에 매달렸다. 녀석과 난 지네 식구와 근처 맥주 집에서 밤 11시까지 술을 마셨다. 제 에미 애비, 혜리, 혜준이, 나, 이렇게 다섯이서다.

난생 처음 녀석과 맥주 집 테이블에서 마주 앉은 것이다. 녀석이 맥주를 한 모금 마시더니, 쓰다며 얼굴을 찡그렸다.

2007. 9. 6(목) 19~22℃ 추적추적 하루 종일 가랑비

녀석이 유아체험교육을 다녀왔다.

녀석이 평택 팽성읍 경기도유아체험교육원을 다녀왔다. 아침 9시에 출발하여 오후 4시까지 7시간 동안이다. 녀석이 이런 곳엘 가면 언제나 함므니가 바쁘다. 체험학습 준비로 해야 할 일들이 많아서다. 가정통신문에는

준비해야 할 것들이 빼곡이 적혀 있었다. 도시락, 간식, 물, 음료수, 우산, 우비, 여벌 옷, 샌들 등…. 함므니가 아침 내내 이런 걸 준비하느라 너무 바빴다. 버스에 오른 녀석이 두 손을 흔들어 다녀오겠다고 하였다.

종일 소식이 없던 녀석이 밤 10시에 전화를 했다. 받아 보니 녀석이 울면서 하는 소리이다.

"할아버지! 나~ 할아버지 집에 가고 싶은데…, 엄마가 가지 못하게 해요. 전화도 뺏었어요."

할아버지 집에 오는 문제로 제 에미와 다퉜구나 싶었다. 내가 녀석을 다독여 보았다.

"혜리야! 오늘 하루는 엄마네 집에서 자! 아니면 엄마가 섭섭하잖아…!"

그런데 녀석이 말을 들으려 하질 않았다. 오히려 고래고래 소리를 지르며 난리이다. 잠시 뒤 제 애비가 전화를 해서 상황을 전했다.

"혜리가 할아버지 집에 가겠다고 난리를 쳤어요. 오늘 하루는 여기서 자야 하는데…. 아버님, 들어가시죠. 오늘은 여기서 재우겠습니다."

내가 전화를 바꿔 녀석을 다독였다.

"혜리야! 오늘 하루는 거기서 자! 내일 와! 알았지?"

내가 녀석의 말을 더 듣지 않고 전화를 끊었다.

2007. 9. 8(토) 18~26℃ 종일 구름, 선들바람

"할아버지, 와서 나 데려가세요!"

오후 3시, 그제 제 집에 간 녀석이 전화를 했다.

"할아버지! 나 집인데요…와서 데려 가세요."

내가 저녁때 있을 일을 녀석에게 알려 주었다.

"혜리야! 이따 저녁에 '군산아귀탕' 집에서 만나…. 아빠하구 거기서 식사하기로 했어. 함므니, 할아버지도 모두 같이 갈 거야…!"

"그래두 나는 지금 가고 싶은데…."

"아니야! 이따가 만나. 그리구 할아버지 집으로 같이 와…."

"네… 알았어요."

녀석이 못마땅하다는 듯 대답을 흐렸다.

속으로는 그냥 가서 데려올까 싶었으나, 그렇게 되면 테니스를 치러 갈 시간이 없다. 멤버들이 벌써부터 기다리고 있는데….

저녁 6시, 한참 테니스 중인데 녀석이 또 전화를 했다.

"할아버지! 어디예요?"

"으응…. 테니스 코트…, 여기 테니스장이야."

"할아버지! 나 지금 군산아귀탕 집에 가는 중이에요. 할아버지두 얼른 그리루 오세요."

"그래…, 알았어! 금방 갈게…."

그런데 난 금방 갈 수가 없다. 경기가 한참 진행 중이어서다. 난 한참을 더 치다가 녀석과 합류하였다.

식탁에는 두 집 식구 일곱 명이 둘러앉았다. 녀석이 식사 내내 내 무릎에 앉아서 밥을 먹었다. 식사를 마치고 우린 둘이서 집으로 돌아왔다.

2007. 9. 9(토) 19~26℃ 종일 맑음

녀석이 요즘 잘 따라나서질 않는다.

녀석이 요즘 함므니 할아버지를 잘 따라나서지를 않는다. 전엔 그렇지 않더니, 요즈음은 아니다. 절엘 가자고 해도, 시장엘 가자고 해도 아니라고 한다. 대형마트나 백화점엔 선뜻 따라나서면서…. 장소가 화려하고 깨끗하지 않으니까 피하는 눈치이다. 예전엔 어쨌거나 상관없었는데….

며칠 전의 일이다. 삼성동 봉은사엘 가자고 했더니 싫다고 한다. 오늘은 모란장엘 가자고 해도 싫다고 한다. 집에서 텔레비전을 보고 놀겠다는 것이다. 마음이 불안하지만 두고 다녀올 수밖에….

2시간쯤 지나 돌아오니 녀석이 혼자 TV를 보고 있다. 함므니 할아버지가 들어와도 신경을 쓰지 않는다. 이제 제법 자란 모습이다.

2007. 9. 10(월) 17~27℃ 선들선들 가을바람

"할아버지, 천천히 운전하세요!!"

녀석의 자란 모습이 말에서도 나타나고 있다. 오후 3시 녀석을 유치원에서 데리고 오는데 이게 하는 소리이다.

"할아버지! 천천히 운전하세요. 빨리 하는 거 자랑 아니예요."

녀석이 보기에 내 운전이 좀 이상했던 모양이다.

"알았어! 혜리야… 조심할게…!"

그리고 다시 운전을 하는데 녀석이 또 하는 소리이다.

"할아버지! 지난번 율동공원에 갈 때 어떤 아저씨하고 싸웠잖아요. 나 그때 얼마나 무서웠는지 알아요…!!"

그 때 녀석은 옆에서 보기만 하고 아무 말이 없었다. 그런데 무서웠다고 한다. 참을 걸 그랬구나 싶었다.

율동공원을 가다가 누군가와 다툰 건 지난해의 일이다. 이 사람이 계속 뒤를 쫓아오며 경적을 울려대서다. 교차로 부근에서 왜 차선을 바꾸느냐는 것이 이유다. 갓길에 세워둔 차들 때문에 그랬다고 해도 듣질 않았다. 하는 수 없이 티격태격 싸울 수밖에 없었다.

여섯 살박이 녀석이 옆에서 계속 보고 있었다. 녀석이 그때의 일을 오늘과 연결짓고 있는 것이다. 이젠 녀석이 할아버지 운전을 걱정할 만큼 자란 모양이다.

2007. 9. 12(水) 20~30℃ 조석으로 선선, 한낮 땡볕

나더러 교실 근처에 오지 말라고 한다.

등교 때 녀석이 교실 근처에 오지 말라고 한다. 전에도 그러더니 요즘 들어 그 정도가 더욱 심하다. 오늘 아침엔 차에서 내려 한 발짝도 떼질 못하게 하였다.

"할아버지! 여기까지만 데려다 주세요. 이제 돌아가세요."

조금만 더 데려다 주려는데 아니라고 한다. 나를 밀치더니 저쪽 교실로 줄달음질을 쳤다. 교실 앞에서 손을 흔들며 얼른 돌아가라고 한다. 할아버지와 등교하는 게 멋쩍은 게로구나 싶었다.

오후 8시, 한참 테니스를 치고 있는데 녀석이 전화를 했다.

"할아버지! 나 인라인스케이트 레슨을 하고 집에 왔는데요…, 엄마가 집에 없어요. 어떻게 해요?"

도대체 무슨 소리인가. 애가 올 시간에 집을 비우다니….

"혜리야! 조금만 기다려! 할아버지가 금방 갈게…."

내가 주차장으로 달려가 차를 몰려는데 다시 전화가 왔다. 제 에미였다.

"아빠! 내가 1층 현관에서 혜리를 기다렸는데요…, 글쎄 길이 엇갈린 모양이에요. 혜리가 없는 거예요!"

제 에미가 길이 엇갈린 이유를 설명해 주었다.

난 시동을 끄고 다시 코트로 돌아갔다.

2007. 9. 13(목) 20~29℃ 종일 구름, 선들선들

"할아버지, 내가 비밀 이야기할까요!"

저녁을 먹으러 온 녀석이 내게 하는 소리이다.

"할아버지…! 내가 비밀 한 가지 얘기할까요. 무척 웃기는 거예요."

"무슨 얘긴데…, 그렇게 웃겨…!"

녀석이 잠시 식탁의 제 에미 애비 눈치를 살폈다. 얘기를 해도 괜찮은지 동의를 구하는 것 같았다.

제 에미가 괜찮다고 하는지 녀석이 말을 시작하였다.

"으응…, 아빠가… 할아버지한테… 으응… 그 영감 씨 그랬어요."

말을 마치고는 녀석이 웃어 죽겠다는 듯 입을 가리고 키득거렸다. 제 애비가 했다는 그 말 '영감 씨' 가 꽤 웃긴다는 것이다. 식탁 맞은편의 제 에미 애비도 덩달아 히죽거렸다. 제 애비는 "내가 언제 그랬느냐" 며 멋쩍은 표정이었다. 혜리의 태도는 할아버지가 영감이 아닌데…, 하는 눈치였다.

내가 녀석의 마음을 헤아려 보았다.

"혜리야! 할아버지가 영감이 아닌데, '영감 씨' 라고 그랬지…?"

녀석이 그렇다고 고개를 끄덕였다. 난 아직도 테니스를 치고 있는데…! 그것도 30대, 40대 젊은이들과…. 이만하면 영감 씨가 아니지 않는가!

2007. 9. 15(토) 18~22℃ 흐리고 간혹 비

"바보…, 변태 그런 말하는 거 아니지요?"

저녁 8시 반, 녀석이 나를 부르더니 하는 말이다.

"할아버지! 바보…, 변태…, 그런 말하는 거 아니지요?"

이게 웬 뚱딴지같은 소리인가 싶었다. 누군가 그런 말을 들려준 게 아닌가 해서다. 내가 질색을 하며 그런 말을 하면 안 된다고 하였다. 그리고 녀석에게 슬그머니 물어보았다.

"혜리야! 너 그게 무슨 소리인지 알어?"

"네…."

"뭔데…?"

"왔다 갔다 하는 거…."

신기한 생각이 들었다. 녀석이 그런 걸 어떻게 알았지 해서다. 변태가 변태성욕자를 말하기도 하지만…. 생각이, 태도가 왔다 갔다 하는 것을 말하기도 한다. 녀석은 성격이 왔다 갔다 하는 것을 말하고 있는 것이다. 내가 녀석에게 물었다.

"혜리가 그런 걸 어떻게 알았지?"

그랬더니 이게 선뜻 하는 소리이다.

"할아버지가 그전에 가르쳐 줬잖아!"

으응…그랬구나!!

말의 뜻을 더 확실히 해 주고 싶어서 내가 설명을 더 하였다.

"혜리야! '변태' 라는 건 마음이, 행동이…."

그러자 녀석이 기다렸다는 듯이 하는 소리이다.

"할아버지! 할아버지는 그걸 또 가르쳐 주냐?"

아차! 내가 횡설수설했구나…. 나는 더 이상의 설명을 그만두었다.

2007. 9. 16(일) 18~26℃ 태풍 '나리' 로 종일 비

봉평에 있는데 녀석이 전화를 했다.

오후 4시, 봉평에서 '메밀꽃 축제' 를 보고 있는데 녀석이 전화를 했다.

"할아버지! 어디예요?"

녀석의 목소리가 낮고 허스키해서 소근거리는 듯 들렸다.

"혜리야! 여기 봉평이야…, 강원도 평창에 있는… 너도 지난번에 수영하러 여기 왔었잖아…, 교회에서…!"

이 때 녀석이 목소리를 낮게 하는 이유를 알려 주었다.

"할아버지! 혜준이하구 엄마 아빠는 지금 자구 있어요."

"나만 안 자구…, 엄마 몰래 전화하는 거예요."

아 하…, 그래서 목소리를 낮추었구나…!

녀석이 제 에미 몰래 전화를 걸어 저를 데려가라고 하고 싶었던 모양이다. 내가 멀리 있는 걸 알고서 녀석이 삼촌 전화를 알려 달라고 한다. 전화를 걸어 저를 데려가라고 할 태세다. 녀석은 집 전화번호도 알려 달라고 하였다. 핸드폰으로 걸어서 안 되면 집으로 전화를 할 모양이다. 녀석이 받아 적을 걸 생각해서 내가 천천히 번호를 알려 주었다. 그리고는 녀석이 다시

불러 보도록 하였다. 잠시 뒤 제 삼촌에게 전화를 걸어 보니 녀석이 전화를 했다고 한다. 그런데 밖에 나와 있어 데리러 가지 못했다는 것이다.

오후 8시, 녀석으로부터 두 번째 전화가 왔다.

"할아버지! 어디예요…?"

"으응… 여기 양지…, 용인 양지 말이야… 너하고 물 길러 갔던 데…."

"그런데, 할아버지! 왜 이렇게 늦어요?"

"으응~ 차가 막혀서…. 길이 아주 복잡해…."

할아버지 집에 오고 싶어서 전화를 걸었구나 싶었다. 내가 녀석에게 당부를 하였다.

"혜리야! 할아버지가 집에 가면 얼른 너 데리러 갈게…!"

"네… 알았어요… 그럼 끊어요."

집에 도착하니 밤 10시, 전화를 걸었더니 녀석이 하는 소리이다.

"할아버지! 집에 도착했어요? 그럼 얼른 데리러 오세요!"

함므니와 난 집에 들어가기 전에 먼저 녀석을 데리러 갔다. 집에 돌아온 녀석이 헤헤 호호…, 시간 가는 줄 몰랐다.

2007. 9. 18(화) 17~26℃ 종일 흐리고 이슬비

열이 심해 유치원엘 보내지 않았다.

아침 8시 반, 혜리에미에게서 전화가 왔다. 혜리가 열이 나고 목이 부어 유치원엘 보내지 못했다는 것이다. 그럴 거라는 생각이 들었다.

전화를 끊은 뒤 내가 함므니에게 성질을 부렸다.

"그것 봐! 애가 아파서 학교엘 못 갔다고 하잖아…! 목이 붓고 열이 심하데…." 내가 혀를 차면서 불편한 속내를 드러냈다. 함므니도 속이 상하는지 아무 말이 없었다. 그러더니 불안한 얼굴로 내게 되물었다.

"학교를 보낼 수 없을 정도래…?"

"그렇다니까. 나보고 10시에 데리러 오래…."

10시에 데리러 갔더니 녀석이 아직 자고 있었다. 흔들어 깨워도 일어나질않는다. 두 손으로 안아 보니 축 늘어져 있다. 속이 상해 제 에미에게 소릴 질렀다.

"도대체 왜 애를 이 지경으로 내버려두는 거냐…? 병원이라도 데리고 가야 하는 거 아니냐?"

내가 부랴부랴 녀석을 내 집으로 데리고 왔다. 그제 지어온 감기약을 먹이기 위해서다. 함므니가 약을 먹이고, 밥을 먹인다며 부산을 떨었다. 그래서인지 모른다…, 녀석이 별 일 없다는 듯 종일 잘 놀았다. 신통하다는 생각이 들었다.

2007. 9. 22(土) 19~26℃ 종일 구름, 선들선들

함므니 T셔츠를 입고 장난을 쳤다.

저녁 8시, 어제 제 집에 갔던 녀석이 돌아왔다. 제 에미 애비, 동생…, 식구들이 모두 함께다. 그러자 함므니의 손길이 바빠졌다. 닭다리를 가스레

인지에 굽는다며 난리법석이었다. 혜리는 구운 닭다리를 그렇게 좋아한다. 그래서인지 구운 다리 4개를 금세 다 먹었다. 오랜만에 먹는 것이어서 맛이 좋았던 모양이다. 저녁식사는 함므니가 끓여 준 칼국수를 맛있게 먹었다. 녀석은 칼국수를 지가 제일 좋아하는 음식이라 한다.

밥을 먹고 난 뒤 녀석이 함므니 셔츠를 입고 장난질을 쳤다. 허름한 함므니 옷…, 헐렁하고 늘어진 게 허수아비에 옷을 걸쳐놓은 듯하였다.

그런데도 녀석은 아무렇지도 않다는 표정이다. 이런 모습으로 녀석이 밤새 TV를 보며 놀다가 잠이 들었다. 자는 모습을 보고 있자니 웃음이 절로 나왔다. 녀석은 함므니의 낡은 옷이 마냥 푸근한 모양이다.

2007. 9. 23(일) 19~26℃ 구름이 많고 선들선들

녀석이 낡은 함므니 T셔츠를 또 입었다.

추석연휴 첫 날이다. 백만 대 이상의 차량이 서울을 빠져 나갔다고 한다. 이중 32만 대는 귀성차량이라고 한다. 저녁 8시, 테니스를 치고 돌아오는데 집 앞에 함므니가 서 있었다. 송편 빚을 쌀을 빻으러 제 삼촌 차를 타고 방앗간엘 가고 있다는 것이다. 함께 가려고 차에 탔던 녀석이 나를 보자 얼른 내렸다. 할아버지하고 집에서 공부도 하고 TV를 보겠다면서다.

집에 돌아온 녀석, 어제 입었던 함므니 T셔츠를 다시 입었다. 그런데 그 모습이 너무 웃긴다. 창피할 것도 같은데 녀석은 아랑곳 하지 않는다. 오히려 이런 차림으로 방이며 거실을 헤집고 돌아다녔다.

맞지 않는 옷을 입고 돌아다니는 녀석의 모습이 귀여워 보였다. 애들이 예쁘고 멋진 옷을 찾아 입게 마련인데…, 녀석은 낡고 헐렁한 옷을 입고도 아무렇지 않다.

거실 테이블에는 피자 두 조각이 놓여 있었다. 녀석이 이걸 냉커피를 해서 맛있게 먹었다. 함므니가 사다 놓은 인절미도 함께다.

2007. 9. 24(월) 17~26℃ 종일 흐리고 선선

"함므니, 나도 송편 만들래요!!"

내일이 추석 한가위다. 어제부터 나흘 간의 황금연휴가 시작되었다. 녀석도 지난 토요일부터 한가한 날을 보내고 있다.

아침 10시, 늦게 일어난 녀석이 주방 함므니에게 가서 하는 말이다.

"함므니! 나두 송편 만들래요. 깨송편…, 나 저번에 유치원에서 만들어 봤어요."

"안 돼…, 지금 만드는 거 아니야. 반죽하는 거야. 밥이나 먹어…!"

함므니는 찧어 온 쌀에 물을 붓고 반죽을 하고 있었다. 녀석이 하도 조르니까 함므니가 송편 빚기를 시작하였다. 녀석이 신바람이 나서 곁눈질로 함므니를 따라 하였다. 몇 개를 만들더니…, 이게 몸을 비비꼬면서 하는 소리이다.

"함므니! 나 이제 그만 만들래요. 너무 힘이 들어요."

재미는 있는데 힘이 들어서 만들지 못하겠다는 것이다.

오후에 테니스를 치러 가려는데 녀석이 못 가게 한다. 내일이 추석이니까 저와 함께 놀아야 한다는 것이다. 어쩔 수 없이 난 오후 내내 녀석과 함께 시간을 보냈다.

TV를 보다가, 인터넷 인형놀이를 하다가, 송편을 먹다가…. 녀석은 송편 중에서도 깨송편을 그렇게 좋아한다. 이걸 골라 먹으면서 녀석이 하는 소리이다.

"할아버지, 난 깨로 만든 송편이 제일 좋아요!"

맛을 보니 꿀을 넣은 듯 참 달다.

2007. 9. 25(화) 19~26℃ 종일 맑고 따끈따끈

한가위, 차례를 마치고 성묘를 다녀왔다.

드디어 한가위 날이다. 큰집에 가서 차례를 올리고 양지 선영에 성묘를 다녀왔다. 집을 나설 때 혜리는 아직 자고 있었다. 성묫길은 곳곳이 정체여서 시간이 많이 걸렸다. 오후 3시 성묫길에서 돌아오니 혜리가 집에 없다. 점심을 먹고 엄마 아빠와 제 집으로 갔다는 것이다. 집에 있으려니 했는데 없으니 서운하였다. 저녁식사를 하러 온다고 했다고 한다.

녀석은 저녁 8시 제 식구들과 함께 돌아와 저녁을 먹었다. 함므니가 차린 저녁식탁은 진수성찬이었다. 소래포구에서 사온 해물로 매운탕을 끓였기 때문이다. 게, 산낙지, 조개를 넣어 끓인 매운탕, 그 맛이 일품이었다. 혜리네 식구와 함므니, 삼촌, 나, 일곱이서 정말 맛있게 먹었다. 누구보다 혜

리가 맛있게 먹었다. 평소 요 핑계 조 핑계를 대며 잘 먹지 않던 녀석이다. 오늘은 밥맛이 좋다며 열심히 먹었다. 밤 10시, 녀석과 베란다에 나가 보름달을 구경하였다. 안방에서 TV를 보고 있는 녀석을 불러내서다.

"혜리야! 우리 달구경할까! 오늘이 8월 보름이야!!"

"아니예요! 9월이에요…!"

"아니, 음력으로 말이야! 음력으로는 지금이 8월이야…."

맑게 갠 밤하늘엔 크고 둥근 달이 휘영청 떠 있었다.

2007. 9. 26(수) 17~26℃ 흐렸다 개었다 선선

"할아버지, 삼촌 혼내 주세요!"

오늘이 팔월 열엿새, 한가위 뒷날이다. 함므니와 혜리, 나는 할 일 없이 집에서 게으름을 떨고 있었다. 함므니와 녀석은 TV를 보고, 나는 신문을 보면서다. 그런데 녀석이 심심한지 놀이터엘 가자고 한다. 언제나처럼 녀석과 난 놀이터에서 그네며 시소, 목마를 탔다.

오후 5시, 테니스를 치고 있는데 녀석이 전화를 했다. 받아 보니 삼촌을 혼내 주라는 고자질이다.

"할아버지! 삼촌이~내 가 정리해 놓은 책상…, 다 망쳐 놨어요. 혼내 주세요!"

내가 성질이 난 척, 삼촌을 바꾸라고 소릴 질렀다. 삼촌을 혼내 주려는 시늉을 하기 위해서다. 그런데 삼촌이 받지 않는다고 녀석이 징징거렸다.

"할아버지! 삼촌이…, 싫어! 안 받어! 그래요."

"혜리야! 할아버지가 이따가 집에 가서 혼내 줄게! 끊어…!"

내가 녀석을 다독여 전화를 끊었다.

저녁 7시, 혜리네 식구들이 와서 함께 저녁을 먹었다. 며칠 전 소래포구에서 사 온 해물로 또 매운탕을 끓여서다. 혜리는 오늘도 꽃게며 낙지를 정말 맛있게 먹었다. 녀석은 저녁을 먹고 제 에미와 제 집으로 갔다.

2007. 9. 28(금) 18~23℃ 종일 흐리고 서늘

녀석이 오전 내내 소식이 없다.

녀석이 오늘 오전 내내 소식이 없다. 그제 제 집으로 갔으니까 오늘로 벌써 이틀째다. 궁금해서 몇 차례 전화를 해 보았으나 불통이다. 제 에미와 전화연결이 된 것은 오후 2시쯤이다. 유치원으로 지가 혜리를 데리러 가겠다는 것이다. 그리고 그 뒤 학원에서 피아노레슨을 시키겠다고 한다.

저녁 7시, 녀석에게서 전화가 왔다.

"할아버지! 할아버지가 나 지금 데리러 오세요."

그러더니 다시 하는 소리이다.

"할아버지 잠깐만요…. 엄마한테 물어보고요!"

"엄마~! 할아버지한테 나 지금 데리러 오라고 그래도 돼…?"

제 에미가 그러지 말라는 소리가 수화기로 들려 왔다. 혜리애비가 퇴근을 하면 모두 함께 오겠다는 것이다. 저녁 8시, 녀석이 제 식구들과 저녁을

먹으러 왔다. 함므니가 갈비탕과 갈비찜을 했다고 전화를 해서다. 그런데 제 에미와 함께 온 녀석이 골이 잔뜩 나 있다. 이유를 물어도 고개를 숙인 채 말이 없었다. 한참 뒤 녀석이 하는 말이다.

"할아버지! 나 오늘 짜증이 나 죽겠어요. 엄마가 혼냈어요! 숙제 안 한다고 못 살게 했어요!!"

녀석이 제 에미에 대한 불만을 털어놓았다. 녀석의 볼멘소리가 계속되었다. 마음을 달래야 되겠다 싶어 내가 제 에미를 나무랐다.

"왜 애를 못살게 구니, 다시는 그러지 말어, 알았어…!"

그러자 녀석이 기가 사는지 가슴을 펴고 으스대었다. 옆에 있던 제 에미가 어이가 없는지 비시시 웃었다.

2007. 9. 29(토) 16~25℃ 종일 흐리고 가랑비

오후 내내 녀석과 방을 정리하였다.

오후 내내 녀석과 내 서재 겸 제 방을 정리하였다. 오후 3시부터 6시까지 세 시간에 걸쳐서다. 이 방은 지난 2년 간 녀석과 내가 함께 써 오고 있다. 2년 전 어느 날 녀석이 나도 방이 있으면 좋겠다고 한때부터다. "그럼, 쓰라…" 고 빈말을 했다가 함께 쓰게 된 것이다.

녀석이 그간 이 방에 온갖 것들을 쌓아놓았다. 장난감이며 장신구, 물감, 크레파스, 필기구, 인형 등…. 온갖 것들로 발 디딜 틈이 없다. 그간 벼르고 벼르다 오늘 비로소 정리를 하게 된 것이다.

내가 정리를 시작하자 녀석이 팔을 걷어붙이고 덤벼들었다. 쓸 것 못 쓸 것은 지가 가리고, 모아 버리는 건 내가 하였다. 잘못 건드렸다가는 말을 들을 것 같아 그렇게 하였다. 한참 정리를 하는데, 쓰레기가 자그마치 두어 상자쯤 나왔다. 정리를 하고 나니 방이며 책상이 깨끗하였다. 복잡하고 어지럽던 머리가 정리된 기분이었다. 밤 9시, 계집애가 제 삼촌에게 장난을 걸었다. 두 손으로 방귀를 쥐고서 삼촌 코에다 펼치는 거였다.

"아이 구려! 너 이 계집애…, 방귀 뀌었구나!!"

녀석이 삼촌 행동을 보면서 배를 움켜쥐고 깔깔거렸다.

"삼촌! 내가 손에다 방귀 쥐고 왔어…! 이렇게 말이야…!"

녀석이 제 팬티 속에서 손을 꺼내 보이며 하는 말이다. 계집애의 눈에 장난기가 그득하였다. 옆에서 함므니와 내가 깔깔 웃었다.

2007. 10. 2(화) 17~25℃ 종일 흐리고 서늘

"혜리야, 빨리 일어나야지…!"

아침에 녀석을 유치원에 데려다 주면서 내가 잔소리를 하였다.

"혜리야! 빨리 일어나야지! 얼른 치카치카두 하구, 세수도 하구…! 함므니가 자꾸 화를 내잖어, 힘이 들다구…! 너 함므니가 자꾸 잔소리 하면 어떻게 할 거야…! 그럼 할아버지 속상해…!!"

그런데 뒷좌석의 녀석이 아무 말이 없다. 백미러에 비친 녀석을 보니 고개를 숙이고 있다. 아마도 내가 잘못 했지…, 싶은 모양이다. 내가 잔소리

를 더 하였다.

"혜리야! 함므니가 몸이 쑤신데… 힘이 들어서…! 그리구 너 안 먹으면 몸이 약해져…, 얼굴도 보기 싫어져…! 내일부터는 그러지 마~ 알았지!"

그래도 녀석이 대답이 없다. 아마도…, 속이 상하는 모양이다.

녀석이 오늘은 유치원을 마치고 제 집으로 갔다. '놀이수학' 공부를 하기 위해서다. 종일 기분이 그냥 울적하였다.

2007. 10. 4(목) 17~23℃ 오전 흐리고 오후에 갬

"지금 할아버지 집에 가고 싶어요!"

밤 9시 30분, 혜리에게서 전화가 왔다. 녀석은 오늘 유치원을 마치고 오후부터 제 집에 가 있다. TV에서는 노 대통령의 남북정상회담 귀국보고회가 열리고 있었다. 녀석이 낮은 목소리로 조심스럽게 하는 말이다.

"할아버지! 나 지금 할아버지 집에 가고 싶어요…."

그래서 내가 얼른 물었다.

"혜리야! 그럼 할아버지가 지금 데리러 갈까…?"

그랬더니 녀석이 대답을 하지 않고 잠시 망설였다. 제 에미에게 물어 보아야 한다는 것이다. 잠시 뒤 녀석이 밝은 목소리로 하는 말이다.

"할아버지! 내일 유치원으로 데리러 오세요. 그리구 그때 할아버지 집으로 같이 가요."

제 에미가 가지 말라는 모양이다. 그래서 오늘은 데리러 오지 말라는 것

이다. 내일은 제 집으로 가서 녀석을 등교시켜야겠다. 유치원이 끝나는 오후에는 가서 데려오고…. 그렇게 오고 싶어하는데, 이것들이 보내주질 않으니….

내가 이런 마음을 녀석에게 귀띔해 주었다. 녀석이 기분이 좋은지 이제 끊자고 하였다.

2007. 10. 8(월) 16~22℃ 하늘이 종일 맑고 푸르고

요즘 녀석이 생각도 꿈도 많다.

아침 8시 반…, 내가 화장실의 녀석에게 잔소리를 했다.

"혜리야! 함므니 속 썩이지 마! 함므니가 화내면 할아버지 골치 아퍼…!"

녀석이 아침 내내 밥을 먹지 않겠다고 떼를 써서 내가 한 잔소리이다.

"혜리야! 일찍 자구, 일찍 일어나야지…! 얼른 치카치카두 하구…, 밥두 빨리 먹구…! 그리구 얼른 유치원에 가야지…! 알았어…?"

이 때 별 생각 없이 듣고 있던 녀석이 하는 소리이다.

"할아버지! 저리 가세요!! 내가 알아서 할 거예요."

순간 뒤통수를 얻어 맞은 것처럼 머리가 띵하였다. 얼른 자리를 피했으나 정신이 얼얼하기는 마찬가지였다. 요 녀석이 다 알면서 공연히 속을 썩이는구나 싶었다.

혜리 녀석…, 요즈음 생각도 많고 꿈도 많다. 가끔 이담에 커서 무엇이 되겠다는 게 그리도 많다. 오늘은 이담에 커서 미용사가 될 거라고 하였다.

얼마 전에는 놀이학교 선생님이 되겠다고 하더니…. 음악 선생님이 되겠다…, 미술 선생님이 되겠다…, 원어민 선생님을 만나고 나서는 영어 선생님이 되겠다고 한다. 눈에 띄는 것마다 모두 좋게 보이는 모양이다. 가치관 형성과정이 아닌가 싶었다.

저녁에는 아래층 예원이가 와서 함께 놀았다. 녀석들은 저녁 내내 줄넘기를 하였다. 나와 예원이가 줄을 잡고 혜리는 뛰어 넘고…, 혜리와 내가 줄을 잡으면 예원이가 뛰어 넘었다.

어쩌다가 혜리동생 혜준이도 줄넘기를 하였다. 녀석들이 줄을 넘다…, 주저앉고 엎어지며 깔깔거렸다. 난생 처음 해 보는 것이어서 재미가 있는 모양이다. 녀석들과 이렇게 놀자니 시간 가는 줄 몰랐다.

2007. 10. 9(화) 10~20℃ 종일 맑고 선선

'새세대육영회' 견학을 다녀왔다.

오늘이 '훈민정음' 반포 561돌이다. 오전 10시, 세종문화회관에서는 기념식이 열렸다. 우리가 한글을 가졌다는 것은 7천만 민족의 축복이 아닐 수 없다. 옥스포드대학이 세계 30여 개 나라 문자를 모아 평가했더니…, 한글이 이 모든 글자의 으뜸 글이라는 결론을 내렸다고 한다. 가슴이 벅차고 심장이 뛰는 일이다.

녀석이 오늘은 서울 장지동의 '새세대육영회' 견학을 다녀왔다. 이곳은 놀이학교와 유치원을 동시에 운영하고 있는 곳이다. 시설과 교육내용이

뛰어나, 하루 체험을 하고 돌아온 것이다. 견학을 마치고 돌아온 녀석이 저녁에 제 집으로 돌아갔다. 미술학원을 가야 하고 원어민 영어회화도 있어서다. 밤에 전화를 했더니 잘 논다고 해서 수화기를 놓았다. 오겠다고 난리를 치면 어쩌나 했는데….

2007. 10. 11(목) 15~21℃ 오전 흐리고 오후 갬

"함믄네 집은 밥이 부드러워요!"

이틀 전 제 집에 간 녀석이 저녁 8시에 돌아왔다. 함므니가 저녁 반찬을 맛있게 했다고 전화를 해서다. 함므니가 게, 물오징어, 낙지, 대합조개, 대하 그런 것들을 넣고 해물탕을 끓였다. 제 에미 애비, 제 동생 혜준이도 함께 왔다. 해물탕거리는 가락시장에서 사 온 것이다. 함므닌 녀석이 좋아한다며 김도 몇 박스 사 가지고 왔다. 혜리는 해물탕보다 김을 해서 밥을 많이 먹었다. 녀석이 밥을 맛있게 먹으며 하는 소리이다.

"함믄네 집은 김도 맛있고, 밥도 부드러워요."

낙지볶음은 질기고 매워서 못 먹겠다면서다. 제 에미 애비는 낙지볶음과 꼬리 곰탕을 많이 먹었다.

저녁을 먹으며 녀석이 제 에미가 제게 한 일을 일렀다.

"엄마가 밥을 늦게 먹는다고 막 짜증을 냈어요."

듣고 있던 함므니가 제 에미에게 소릴 질렀다.

"그래…, 에미라는 게 어린애한테 그래도 되는 거냐…?"

그랬더니 제 에미가 당시의 상황을 설명해 주었다.

"밥을 입에 물고 한 시간 이상을 오물거리는 거예요…!"

"텔레비젼을 보면서…. 리모콘을 막 틀면서…, 짜증나게요…."

옆에서 듣고 있던 내가 제 에미를 두둔하고 나섰다.

"혜리 계집애 패 줘야 해…! 밥을 먹으면서 TV를 보면 어떡해?"

그랬더니 녀석이 변명을 늘어놓았다.

"밥을 아무리 먹어도 없어지지 않는 거예요…!"

원래 밥 먹는 습관이 그런 걸 어찌하랴 싶었다. 제발 허겁지겁 먹는 걸 한 번 봤으면 좋겠다.

2007. 10. 13(토) 11~18℃ 종일 맑고 선들선들

"할아버지! 함므니한테 이를 거다!"

몰래 사교댄스 비디오를 보다가 녀석에게 들켰다. 오후 3시, 컴퓨터에 CD를 넣고 열심히 보고 있을 때다. 녀석이 들어왔다가 보고는 흠칫 놀라며 하는 소리이다.

"할아버지! 나~ 함므니한테 이를 거다!"

"뭘…?"

"이거…, 비디오."

"이게 뭔데…?"

"여자하고 춤추는 거…."

모르는 줄 알았는데, 정확히 알고 있었다. 이게 정말 이르면 어쩌나…, 걱정이 되었다. 그런데 녀석이 함므니한테 이르지를 않았다. 다행이다 싶었다. 은근히 걱정을 했는데….

2007. 10. 14(일) 10~20℃ 전형적 가을 날씨, 높고 푸르고

제 집에 간 녀석이 소식이 없다.

지난 금요일 제 집에 간 녀석이 이틀째 소식이 없다. 오늘 일요일 교회에 갔다가 데려오겠거니 했는데…. 해가 서산을 넘도록 아직 전화 한 통이 없다. 함므니가 전화를 했더니 제 에미가 보내질 않는다고 한다. 왜 아이를 꼼짝 못하게 하는 건지…, 속이 상했다.

저녁 8시, 테니스를 치고 오다가 녀석에게 전화를 걸었더니 녀석이 어느새 할아버지인 줄 알고 반색이다.

"할아버지!! 나 할아버지인지 벌써 다 알았어요."

"혜리야! 왜 함믄네 집에 안 오는 거야! 보고 싶은데…!"

그러자 녀석이 제 에미에게 어떻게 할지를 물었다.

"안 돼…!"

수화기에서 제 에미 목소리가 새어나왔다.

내일 유치원을 마치고 할아버지 집에 가라는 것이다. 녀석이 이걸 내가 못 들은 줄 알고 중계를 하였다. 그러면서 내일 유치원으로 저를 데리러 오라고 한다. 앞뒤를 살펴 행동하는 녀석이 어른스러워 보였다.

2007. 10. 15(월) 9~20℃ 종일 맑고 선들선들

"함므니! 나 나쁜 버릇 다 고쳤어요!"

어제 약속대로 유치원으로 가 녀석을 데리고 왔다. 삼일만에 보는 녀석이 그간 꽤 자란 듯하다. 녀석과 난 잠시 이 마트엘 들러 시장을 보다가…, 발레학원에 가 레슨을 마치고 집으로 왔다. 녀석이 함므니한테 매달려 뽀뽀를 하며 난리였다. 사흘만에 보는 함므니가 그렇게 좋은 모양이다. 함므니에게 응석을 부리던 녀석이 이내 자랑을 늘어놓았다.

"함므니! 나~, 나쁜 버릇 다 고쳤어요! 엄마가 고쳐 줬어요."

늦게 일어나는 거, 밥을 잘 먹지 않는 거, 세수를 하지 않는 거….

나쁜 버릇을 다 고쳤다니 여간 반가운 일이 아니다. 함므닌 평소 녀석의 생활습관에 대해 잔소릴 많이 하였다.

"일찍 자구, 일찍 일어나고, 얼른 밥 먹고… 학교에 가야지…! 아니면 선생님한테 전화한다!!"는 것이다.

그런데 녀석이 그때마다 들은 척도 하지 않았다.

나쁜 버릇을 고쳤다는 말에 함므니가 반색을 하였다.

"그래…! 그럼 이제부터 할머니 골치 안 아프겠네…."

그런데 녀석의 이런 말은 저녁을 먹으면서 거짓임이 드러났다. 밥을 차려 놓고 먹으라고 아무리 일러도 계속 빈둥거렸다. 식탁에는 제 에미 애비 제 동생도 함께 있었다. 이걸 보다 못한 함므니가 소릴 질렀다.

"저 계집애! 고치긴 뭘 고쳐…! 저거 제 집에 데리고 가…!"

옆에 있던 제 에미가 함므니 말을 거들고 나섰다.

"그래…, 너 안 되겠다. 엄마하고 집에 같이 가자…!"

이 말에 녀석이 얼른 달려들어 밥을 먹기 시작하였다.

가끔 제 에미와 함므니 눈치를 흘금흘금 보면서다.

2007. 10. 16(화) 9~19℃ 종일 맑음, 푸른 하늘

할아버지가 유치원 가는 걸 싫어한다.

녀석이 내가 저를 데리고 유치원 가는 걸 싫어한다. 아침에 데려다 주면 나보고 차에서 내리지 말고 얼른 돌아가라고 한다. 들어가는 걸 보고 돌아오고 싶은데 그러지 말라고 짜증이다. 요즘 들어 녀석이 자주 그래서 그 이유를 물어보았다.

"혜리야! 너 왜 할아버지 얼른 돌아가라는 거야…?"

그랬더니 이게 하는 소리다.

"학교에 가는 연습을 하려고 그래요…!"

이게 거짓말을 하고 있구나 싶었다. 할아버지 손에 이끌려 교실로 들어가는 것이 창피해서 그러면서….

오후 3시, 오늘은 제 에미가 녀석을 데리러 유치원엘 갔다. 유치원이 끝나는 3시, 인라인 스케이트며 수학공부가 있어서다. 그런데 제 에미가 녀석을 데려가고도 내게 소식을 주지 않았다. 이게 잘 데리고 간 건지 너무 궁금한데…, 저녁 해가 질 때까지 녀석에게서 소식이 없다. 이것이 생각이 없구나 싶었다. 에미인데, 뭐…, 잘 보고 있겠지…!

2007. 10. 18(목) 9~18℃ 오전 흐리고, 오후 갬

"이봐! 혜리가 이제 많이 컸나 봐!!"

그제 제 집에 간 녀석이 저녁에 지네 식구들과 함께 돌아왔다. 함므니가 김밥을 먹으러 오라고 전화를 해서다. 이틀 만에 온 녀석이 함므니에게 뽀뽀를 한다며 난리다. 함므니가 미소를 지으며 그렇게 반가우냐고 덥석 안아주었다. 녀석이 장조림, 계란프라이를 해서 밥을 맛있게 먹었다.

이틀 만에 보는 녀석이 그간 꽤 자란 듯하다. 기어다니던 때를 생각하면 더욱 그렇다. 내가 함므니를 보면서 지나가는 말을 하였다.

"선영이 엄마! 혜리가 이제 많이 컸나 봐!!"

함므니가 녀석을 보며 은근한 미소를 지었다. 아마도 마음이 흐뭇한 모양이다. 녀석이 저녁을 먹고 태권도 시범을 보여주었다. 앙증맞은 고사리 손을 흔들어대는데 꽤나 웃겼다. 제 에미는 애가 너무 허약해서…, 라며 웃었다. 녀석은 이날 밤 돌아가지 않고 함므니와 함께 잤다.

2007. 10. 20(토) 3~11℃ 올 가장 낮은 기온, 쌀쌀

녀석과 꼬박 하루를 소식 없이 보냈다.

'사우회' 동료들과 설악산을 거쳐 동해안을 다녀왔다. 한계령을 넘어 1킬로 지점에서, 걸어서 주전골을 따라 오색을 향했다. 용소폭포, 성곡사를

거쳐 오색에 이르는 사잇길이 절경이었다. 연인과 유유자적 함께 걸으며 담소라도 나누면 어떨까 싶었다. 산행을 하면서 유난히 일찍 찾아온 추위에 옷깃을 여며야 했다.

오색에서 점심을 먹고 버스로 양양 '휴휴암'과 주문진을 돌아보았다. 비린내 가득한 포구…, 회 한 접시가 여행의 맛을 더해 주었다. 여행을 나설 때부터 녀석의 소식을 기다렸으나 종일 오지 않았다. 저녁 10시, 여행에서 돌아올 때까지 녀석에게선 소식이 없었다. 속이 상해 전화를 하려 했더니 함므니가 말렸다.

"무소식이 희소식인데, 왜 자꾸만 전화를 하려느냐!"는 것이다.

녀석과 꼬박 하루를 소식 없이 보냈다.

2007. 10. 22(월) 7~11℃ 오전에 구름, 오후에 갬

"혜리야! 왜 그동안 전화를 안 했어?"

지난 금요일 제 집에 간 녀석이 삼일 만에 돌아왔다. 고작 삼일인데 시간이 꽤 오래 된 것같이 아물거렸다. 유치원이 끝날 시간에 맞춰 찾아갔더니 녀석이 달려나왔다. 녀석이 나를 보자 배가 고프다는 시늉을 하였다. 아이스크림을 먹었으면 좋겠다는 것이다. 어느 영이라고 거역을 할 수 있겠는가! 녀석과 난 얼른 근처 크림 집을 찾았다.

삼일 만에 만난 녀석과 함므니가 이산가족 상봉하듯 얼싸안았다. 서로 껴안고 얼굴을 비비고 거실을 굴러다니는데 코끝이 찡했다. 함므니가 녀

석을 안고 그간 전화가 없었던 이유를 물었다.

"혜리야! 왜 그동안 전화 안 했어? 할머니 보고 싶지 않았어?"

녀석이 멈칫거리며 하는 소리이다.

"엄마가…, 엄마가 못하게 할까 봐요…."

엄마 눈치를 보느라 못했다는 것이다.

그러자 함므니가 힘주어 말했다.

"혜리야! 그래도 해…! 할머니가 도와줄게…. 알았어?"

녀석이 그렇게 하겠다며 씨이익 웃었다.

2007. 10. 24(수) 9~21℃ 엷게 흐리고 바람이 불고

"어느새 이렇게 다 컸어! 신통해라!!"

저녁에 녀석이 하루만에 제 집에서 돌아왔다. 제 에미 애비, 혜준이…, 제 식구들 모두와 함께다. 미루나무 버섯으로 찌개를 했다고 함므니가 전화를 해서다. 버섯은 함므니와 모란시장에 갔다가 우연히 사온 것이다.

그런데 녀석이 그 좋은 버섯찌개를 먹으려 하지 않았다. 맛이 좋으니 먹어보라고 종주먹을 대도 마찬가지다. 제 에미 애비, 혜준이는 땀을 흘리며 정신 없이 먹고 있는데…, 계집앤 기껏 구운 김과 장조림, 계란탕을 해서 밥을 먹었다. 녀석 때문에 전화를 했는데…, 아쉬운 생각이 들었다. 저녁을 먹고 난 녀석이 함므니와 함께 누워 TV를 보았다. 옆에서 보자니 이게 아가씨가 다 된 것 같은 모습이었다. 키가 훤칠한 게 함므니 키와 비슷한 것

같았다. 내가 녀석을 끌어안고 놀란 표정을 지으며 혼잣말을 했다.

"어유! 계집애… 키가 다 컸네…! 선영엄마! 얘 좀 봐…!"

누워 있던 함므니가 고개를 돌리며 역시 놀라는 표정이다.

"맞어… 계집애…! 어느새 이렇게 다 컸어! 어유 신통해…!"

함므니가 녀석을 부둥켜안고 몸을 흔들며 소리내어 웃었다. 함므니 목을 감싸 안은 녀석이 멋쩍은 표정을 지었다. 이 모습을 보고 있던 내가 장난을 걸었다.

"혜리야! 넌 서혜리 하지 말고, 함므니 혜리 해라!"

듣고 있던 함므니와 녀석이 소리내어 웃었다.

2007. 10. 26(금) 10~16℃ 흐리고 다소 쌀쌀

삼촌이 닌텐도를 사다 주었다.

어제부터 제 집에 가 있던 녀석이 저녁에 전화를 했다.

"할아버지! 삼촌은요?"

"삼촌…! 함므니하구 저녁 먹으러 나갔는데…, 왜…?"

"알았어요. 그럼 끊어요."

이게 제 삼촌 얘기만 하고 전화를 끊는다. 내 얘기는 꺼내지도 않고….

집에 오겠다는 소리도 없이…. 테니스를 치다가 받은 전화였는데….

녀석이 왜 그런 전화를 했는지는…, 집에 돌아와서 알았다. 집에는 녀석이 그렇게 원하던 컴퓨터 오락기 '닌텐도'가 있었다. 녀석이 너무 갖고 싶

어 하니까 삼촌이 택배로 주문을 한 것이다. 이걸 샀는지 알아보려고 뻔질나게 전화를 했던 것이다. 값도 비싸서 15만원이나 주었다고 한다.

저녁 10시, 내가 녀석의 집으로 가서 녀석을 데리고 왔다. 녀석이 좋아하는 '닌텐도 DS'를 보여주고 싶어서다. 제 에미 애비에게는 입도 열지 않았다. 어린애에게 그런 걸 사 준다고 뭐라고 할 것 같아서였다.

집에 올 때까지 녀석에게도 '닌텐도' 얘기는 꺼내지 않았다. 기쁨을 더욱 갖게 하기 위해서다. 녀석이 '닌텐도'를 보자 뛸 듯이 기뻐하였다.

"야…! 신난다! 정말 멋지다. 이거 삼촌이 사 온 거예요…?"

녀석이 좋아서 어쩔 줄을 몰랐다.

2007. 10. 27(토) 11~22℃ 하늘이 높고 푸르고 따뜻

"함므니! 함므니는 나 좋아해?"

밤 10시, 거실에서 찰흙놀이를 하던 녀석이 하는 말이다.

"함므니! 함므니는 나 좋아해?"

그 때 함므닌 베란다에서 무언가를 하느라 대답이 없었다.

그래서 내가 다가가 대신 대답을 해 주었다.

"할아버지는 혜리가 세상에서 제일 좋아!"

그랬더니 이게 내 팔을 밀치며 하는 소리이다.

"나두 알아요. 할아버지가 나 좋아하는 거."

내가 궁금해서 다시 물었다.

"네가 그걸 어떻게 알어…?"

"그냥 다 알어요. 말 안 해두요."

이게 쳐다보지도 않고 하는 말이다. 말은 하지 않아도 이심전심 다 알고 있다는 것이다. 내가 저를 좋아한다고 자주 말한 것도 아닌데…. 그렇게 철썩같이 믿고 있다. 기분이 참 좋다.

2007. 10. 28(일) 7～15℃ 흐리고 저녁에 비

"할아버지! 나 손톱 아파요!!"

오후 2시, 녀석이 손톱을 깎다가 징징대며 하는 소리이다.

"할아버지! 나 손톱 아파요. 잘못 깎았어요."

살펴보니 오른손 약지 손톱 끝이 피가 날 것 같았다. 혼자 깎다가 잘못해서 그렇게 된 듯하였다. 심심하다며 산책을 하자는 걸 내버려두었더니 그렇게 됐다. 녀석이 깎은 손톱이 들쭉날쭉 이가 맞지 않는다. 내가 이걸 다시 가지런히 다듬어 주었다. 그리고는 산책을 하자며 밖으로 나갔다.

밖은 세차다 싶을 정도로 바람이 불었다. 드디어 가을이 깊어가고 있구나 싶었다. 손을 잡고 놀이터로 가는데, 녀석이 하는 말이다.

"할아버지! 넓고 넓은 바닷가에… 그 노래 알아요?"

"으～응. 클레민… 타인! 알지. 왜…?"

"우리 그 노래 불러요?"

녀석과 난 노래를 부르며 계속 걸었다.

"넓고 넓은 바닷가에 오막살이 집 한 채… 고기 잡는 아버지와 철모르는 딸이다. 내 사랑아 내 사랑아 나의 사랑 클레민타인…."

이렇게 노래를 부르며 걷는데 어느새 놀이터다. 녀석과 난 그네며 시소, 목마를 타면서 시간을 보냈다. 그러고 보니 녀석과 놀이터를 들락거린 지 벌써 7년째가 된다. 그런데 녀석이 아직 혼자 서서 그네를 타지 못한다. 겁이 많고 운동신경이 부족해서 그런 모양이다. 오늘도 난 그네 탄 녀석의 등을 한참 밀어 주었다.

2007. 10. 29(월) 5~13℃ 짙은 안개, 종일 흐림

녀석과 발레, 미술학원을 다녀왔다.

어느새 상달 10월이 다 지나가고 있다. 2007년 한 해도 이제 두 달 남짓 남아 있다. 난 오늘도 녀석과 하루 종일 같이 지냈다.

아침에 유치원을 데려다 주고, 오후에 가서 데려오고…, 오후 4시부터 5시까지 발레학원엘 함께 갔다 오고, 6시 반에서 8시까지는 미술학원엘 다녀왔다. 그래서 종일 테니스도 못하고 글도 쓰지 못했다. 자투리 시간엔 일이 손에 잡히지 않아 어영부영하였다. TV를 보거나 신문을 읽으면서 시간을 보냈다. 허송세월을 하는 것 같아 기분이 어정쩡하였다. 내가 아침에 녀석을 유치원에 데려다 주며 일렀다.

"혜리야! 이따가 할아버지가 데리러 올 거야, 그리고 발레학원으로 해서 할아버지 집으로 갈 거야…!"

그랬더니 녀석이 정색을 하며 하는 소리이다.

"아니예요! 발레학원만 데려다 주면 나 혼자 집에 갈 수 있어요."

학원에만 데려다 주면 나머지는 지가 알아서 하겠다는 것이다. 내가 질겁을 하며 나무랐다.

"안 돼! 그러다 사고 나면 어떡해!!"

그랬더니 녀석이 되바쳐 하는 소리이다.

"왜 사고가 나요, 할아버지…, 안 나요…!!"

"엄마도 먼저 그랬어요. 나 혼자 두고 부녀회에 갔다 왔어요."

그래도 난 오후 내내 녀석과 행동을 같이 하였다. 혼자 가겠다는 발레학원엔 손을 잡고 다녀오고, 저녁은 함므니가 끓여 준 올갱이국을 해서 맛있게 먹었다. 제 에미 애비, 혜준이도 함께다.

2007. 10. 30(화) 5~13℃ 오전에 안개, 오후에 개임

녀석이 함므니한테 잔소릴 들었다.

함므니가 녀석의 등교 때문에 아침마다 곤욕을 치르고 있다. 이게 알아서 해야 하는데 그렇지가 않아서다. 깨워도 일어나지 않고…, 치카치카며 세수를 하라고 해도 얼른 하지 않고…, 밥도 잘 먹지를 않는다.

그래서 함므니로부터 늘 잔소릴 듣는다. 옆에서 보고 있자니 여간 답답한 게 아니다. 그래서 함므니가 종종 성화봉사다.

"너 이 계집애, 엄마한테 이를 거야! 늦게 일어난다고…."

그래도 녀석은 별 반응이 없다. 함므니가 공연히 또 그러는구나 싶은 모양이다. 그런데 함므니 잔소릴 듣고 있자면 녀석보다 내 심사가 뒤틀린다.

아침에 녀석은 내가 안마를 해 줘야 간신히 일어난다. 눈을 떴다가도 나만 보면 "나 안마!" 하고 돌아눕는다. 안마를 받고도 엎드려 모르는 척 일어나질 않는다. 들춰 안고 추스르고 돌아다녀야 간신히 눈을 뜬다. 밥은 함므니가 먹여 주어야 받아 먹는다.

그런데 한 입 받아 물고는 오물거리기를 열 나절이다. 함므니의 잔소리가 그래서 계속 터져 나온다. 식사 뒤 치카치카며 세수는 그냥 부지하세월이다. 머리를 빗기는 데도 시간이 걸린다. 그러고도 머리모양을 고쳐달라고 또 시간을 끈다. 마음에 들지 않으면 몇 번이고 고쳐야 한다. 함므니의 잔소리가 그래서 이어진다. 녀석이 등교채비를 하면서 벌어지는 일들이다. 내가 차로 등교를 시키면서 일렀다.

"혜리야! 너 정말 아침에 빨리빨리 할 수 없어! 함므니가 자꾸 짜증을 부리잖어…? 너 엄마한테 이른다고… 어떻게 할 거야?"

그래도 계집앤 말이 없다. 차창만 내다보고 있다. 내가 한 번 더 당부를 해 보았다.

"혜리야! 이제부턴 잘 해… 알았지?"

그런데 녀석이 계속 말이 없다. 무슨 생각을 하고 있는지 모르겠다. 제발 잘 했으면 좋겠는데….

2007. 10. 31(수) 5~15℃ 종일 옅은 안개, 해 가림

녀석의 머리에 이가 있다.

녀석의 머리에 이가 있다. 도대체 어떻게 된 건지 모르겠다. 녀석이 이걸 자랑이라고 떠들어대고 있다.

"할아버지! 나 이 생겼어요. 애들한테 자랑했어요."

창피한지도 모르고 애들한테 자랑을 했다고 한다. 함므니가 녀석의 입을 막으라고 소릴 질렀다.

"이놈의 계집애…! 그게 무슨 자랑이라고…!!"

저녁에 함므니가 녀석의 머리를 뽀득뽀득 감겼다. 그리고 헤어드라이로 열심히 말렸다. 서캐를 말려 씨를 없애 버려야 한다면서다. 내가 함므니에게 어째서 이가 생기는지를 물었다.

"아니 도대체 지금이 어느 땐데 이가 생긴다는 거야!"

함므니도 그 이유를 모른다고 하였다. 옆에서 듣고 있던 혜리가 지네 반 애들도 그렇다고 한다. 이가 이리저리 옮겨 다니는 게 분명하다.

이가 있다는 말을 듣고 함므니가 제 에미를 나무랐다. 얼마나 게으르면 머리에 이가 생기게 내버려두느냐는 것이다. 에미가 게을러서 그렇다는 말이다. 그런데 녀석은 요즘 계속 함믄네 집에만 있었다. 그러니 머리를 감지 않아서 서캐가 생기는 것도 아니다. 어디서 옮겨 온 것이 틀림없다. 함므니는 며칠 머리를 감겨 씨를 말려야 한다며 설레발이다. 그런데 녀석은 멋도 모르고 실실 웃고 있다.

2010. 7. 17. 낙산사 '의상대' 앞에서….(왼쪽부터 혜리, 함므니, 숙모, 하부지)

혜리가 3학년 여름방학 때,
제 삼촌 내외, 녀석, 함므니, 나, 이렇게 다섯이
속초 관광길에 나섰다.
여장은 속초 해안가 '대명콘도' 에 풀고서,
낙산사를 거쳐 홍련암을 들러 나오다가,
저 뒤 의상대를 배경으로 식구들이 모였다.
즐겁고 한가한 시간이다.
동해의 쪽빛 바다가 가슴을 일렁였다.

2007. 11. 2(목) 7~11℃ 종일 하늘이 높고 푸르고

함므니가 녀석의 머리를 또 감겼다.

함므니가 오늘 녀석의 머리를 또 감겼다. 머릿속의 이와 서캐를 잡기 위해서다. 며칠 간 감겼더니 이는 없어졌는데, 서캐가 여전하다고 한다.

그래서 계속 감기고 있다는 것이다. 계집앤 무슨 벼슬이라도 한 양 자랑이 대단하다. 이가 생겼다고 으스대기까지 하였다. 유치원에서도 애들한테 자랑을 했다고 한다. 창피한 일이라고 했더니 다른 얘들도 다 그렇다며 대수롭지 않은 반응이다. 그동안 다른 애들의 이가 부러웠다는 눈치이다. 웃기는 녀석이다.

2007. 11. 3(토) 6~14℃ 오전에 흐리고, 오후에 갬

녀석이 2주째 태권도장에 다니고 있다.

녀석이 두 주째 태권도장엘 다니고 있다. 오늘도 10시에 녀석을 도장에 데려다 주었다. 또래 애들한테 너무 눌려 지낸다면서 제 에미가 시킨 것이다. 도복을 입은 모습이 앙증맞다. 오늘 아침은 함므니가 집에 없어 내가 한참 바빴다. 아침준비며 녀석의 뒷바라지를 해야 해서다. 함므닌 새벽에 양양 낙산사로 성지순례를 떠났다.

녀석을 태권도장에 데려다 주면서 내가 일렀다.

"혜리야! 태권도 끝나면 오늘은 엄마네 집으로 가…! 할아버지는 결혼식장에 가야 돼…! 알았지?"

도장은 녀석의 집에서 아주 가까운 곳에 있다. 녀석이 염려 말고 얼른 돌아가라고 손짓을 하였다.

외출에서 돌아와 전화를 했더니 녀석이 받지를 않는다. 제 에미, 애비도 받지 않고, 집에는 아무도 없었다. 한참 뒤 녀석이 전화로 하는 말이다.

"할아버지! 내일 할아버지 집으로 갈게요. 그럼 끊어요…."

할 얘기가 아직 남아 있는데…, 녀석이 어느새 전화를 끊어 버렸다. 내일은 전화 거는 방법을 알려 주어야겠다.

2007. 11. 5(월) 6~14℃ 오전 흐리고, 오후 갬

"할아버지! 진우가 나 때렸어요."

녀석이 이틀만에 제 집에서 돌아왔다. 토요일 아침에 갔다가, 이틀을 자고 오늘 저녁에 돌아온 것이다. 제 에미, 애비, 혜준이까지 함께다. 녀석은 코다리찜과 김을 해서 저녁을 맛있게 먹었다.

저녁을 먹은 뒤 녀석이 내게 귓속말로 하는 소리이다.

"할아버지! 우리 반 진우가 내 얼굴을 이렇게 때렸어요! 우유팩으로…."

녀석의 손동작을 보니 왼쪽 눈 옆 이마를 때렸다는 것이다. 살펴보니 맞은 상흔이 옅게 있는 듯하였다. 순간 섬뜩한 생각이 들었다. 잘못하다간 다칠 수도 있었겠다는 생각이 들었다. 다치지 않은 게 다행이라는 생각이 들

었다.

말을 듣고 있는데 등허리에 식은땀이 흘렀다. 선생님에게 알려서 다시는 그런 일이 없도록 해야 하겠다. 계집애가 착하니 별 일이 다 생기는구나 싶었다.

2007. 11. 8(목) 7~17℃ 아침 안개, 오후 맑음

"혜리야! 물치카 하고 자, 알았지!!"

저녁 10시, 녀석이 밥을 달라고 한다. 배가 고파 잠이 오지 않는다면서다. 함므니가 귀찮은지 내게 차려 주라고 하였다.

"할아버지! 혜리가 밥을 먹겠대요. 계란프라이 부쳐서 줘요!"

녀석이 계란프라이와 밥을 맛있게 먹었다. 함므니가 만든 식혜도 벌컥벌컥 마셨다. 그리고 하는 소리이다.

"아…! 이제 살겠다."

식사 뒤 함므니의 잔소리가 시작되었다. 얼른 이를 닦고 자라는 것이다. 그런데 녀석이 들은 체 만 체다. 이불 위에 쓰러져 자는 척이다. 이에 충치가 먹어 벌써 몇 개를 씌웠는데…. 의사가 자기 전에 꼭 이를 닦으라고 했는데…. 그런데 녀석이 닦지 않고 그냥 자겠다고 한다. 내가 녀석에게 듣기 싫은 소리를 하였다.

"혜리야! 너 이빨 썩으면 마귀할멈 돼… 그래도 괜찮어…!"

녀석이 그래도 들은 체 만 체다. 그러자 함므니가 또 잔소리를 했다.

"그럼 물치카 한 번만 더 하고 자! 알았지!"

녀석이 그제서야 화장실로 뛰어갔다.

2007. 11. 9(금) 7~17℃ 오전에 맑고 차차 흐려짐

"혜리야! 이제 혼자 밥 먹어!!"

아침에 녀석을 유치원에 데려다 주면서 내가 일렀다.

"혜리야! 이제 너 혼자 밥 먹어! 함므니한테 먹여 달래지 말구! 함므니가 자꾸 잔소리하잖어! 할아버지 그거 듣기 싫어!"

그런데 녀석은 아직도 함므니가 주는 밥을 받아먹는다. 내버려두면 먹지를 않는다. 그래서 어쩔 수 없이 먹여준다. 그런 날은 언제나 지각을 한다. 그래서 내가 또 잔소리를 하게 된다.

"혜리야! 네 집에서는 너 혼자 먹잖아! 엄마한테 먹여 달래지 않구…, 그런데 왜 함므니 집에선 먹여 달라는 거야…?"

그랬더니 이게 하는 소리이다.

"엄마는 무서워서 그렇지요. 그리구 엄마는 아침에 늦게 일어나요. 어제는 내가 아침 8시에 엄마 깨웠어요."

말을 듣고 보니 아차 싶은 생각이 들었다. 학교에 갈 시간에 제 에미가 일어나지 않는다는 것이다. 상황이 이런데, 아침을 해서 먹여 보낼 수 있겠는가! 이러다 애 건강 해치는 거 아닌지 모르겠다. 녀석의 말에 함므니가 황당하다는 눈치이다. 우두커니 서서 시선의 초점을 잃고 있다.

2007. 11. 10(토) 7~12℃ 종일 흐리고 스모그

녀석이 조금씩 철이 들어가고 있다.

아침 식탁에서 함므니의 말이 녀석이 철이 들었다고 한다. 어쩌면 그런 소릴 할 수 있느냐 면서 놀랍다는 것이다. 어제 저녁 잠들기 전 녀석이 함므니에게 했다는 말이다.

"함므니! 난 아빠가 자랑스럽다구 생각해요. 그리구 대단하다구 생각해요. 몸이 아파도 일찍 일어나서 공장에 가서 돈 벌어 오잖아요. 누가 깨우지 않아도…, 아침밥도 안 먹구…."

함므니는 녀석의 말을 듣고 깜짝 놀랬다고 한다. 생각 없이 지나는 것 같은데 아닌 모양이다. 그런 생각을 다 하다니…, 꽤 컸구나 싶었다.

오전 10시, 녀석이 오늘 태권도 연습을 하는 날이다. 녀석을 제 집에 데려다 주면서 내가 일렀다.

"혜리야! 오늘 태권도를 마치고 엄마하고 집에서 놀아…! 함믄네 집에 오고 싶으면 나중에 할아버지한테 전화해…!"

녀석을 제 집에 두고 함므니와 난 삼성동 봉은사엘 다녀왔다. 저녁에 집에 돌아오니 녀석이 아직 제 집에 있었다.

2007. 11. 11(일) 3~14℃ 종일 흐리고 쌀쌀

이 때문에 함므니가 요즘 난리다.

요 며칠 녀석의 머리 이 때문에 함므니와 제 에미가 난리다. 어제는 함므니가 머리를 감기고 드라이를 해 주더니…, 오늘은 제 에미가 감기고 빗질과 드라이를 해 주었다. 하루도 거르지 않고 매일 머리를 감기고 말리고 있다. 녀석의 머리에서 이가 나왔기 때문이다.

어제 함므니의 말이다. 머리를 감기고 드라이를 하는데 이가 한 마리 나오더라는 것이다. 오늘 제 에미는 두 마리, 그리고 서캐를 잡았다고 한다. "이제 다 잡았다면서 박멸을 시켰다" 고 하였다.

도대체 어찌된 일인지 모르겠다. 이가 생길 이유가 없는데…, 생활환경, 관리상태가 나쁜 것도 아니고…, 오늘 제 에미는 드라이와 참빗질까지 해 주었다. 엄마들이 게을러서 생기는 게 아닌지 모르겠다. 어떻게 관리를 하길래 이가 생긴다는 것인지…. 글쎄…, 알다가도 모를 일이다.

2007. 11. 12(월) 5~14℃ 종일 흐리고 썰렁

집에서 종일 녀석과 씨름을 했다.

하루 종일 집에서 녀석과 씨름을 하며 보냈다. 아침에는 늦잠을 자는 녀석을 안마로 깨우고…, 깨운 뒤에는 밥을 먹여 유치원엘 보내고…, 오후 3

시에는 유치원에 가 녀석을 데려오고…, 오후 4시부터는 발레학원에 가 레슨을 시키고, 6시부터는 미술학원에서 그림을 그리게 하였다. 종일 이렇게 녀석과 함께 지내자니 정말 너무 바빴다. 아침 8시, 함므니가 녀석을 깨우라고 채근이었다. 내가 녀석의 팔다리를 주무르며 잔소릴 하였다.

"혜리야! 얼른 일어나! 벌써 8시야! 저기 시계 좀 봐! 늦게 일어나면 함므니가 또 잔소리 해…, 듣기 싫어…!"

그래도 녀석은 몸을 돌아누우며 일어날 생각을 않았다. 참다 못해 함므니가 밥상을 들고 녀석의 곁으로 갔다. 내가 급하게 녀석을 흔들어 깨웠다. 그제서야 녀석이 눈을 비비고 일어나 밥을 먹기 시작하였다. 그리고 고양이 세수하듯 물을 찍어 바르고 유치원엘 갔다.

유치원으로 가는 차 안에서 내가 또 잔소리를 했다.

"혜리야! 너 맨날 그렇게 늦게 일어나면 어떡해…! 벌써 9시잖어! 학교 늦었어…, 선생님이 뭐라고 그래…!"

그랬더니 녀석이 하는 소리이다.

"아닌데요! 9시부터 10시까지는 노는 시간인데요!"

글쎄, 이러니 여기다 대고 더 무슨 소릴 더 하겠는가!

시간이 지나면 어떻게 좀 나아지겠지….

2007. 11. 14(수) 7~13℃ 아침에 안개, 오후에 갬

"나 오늘 졸업사진 찍었어요."

혜리가 제 집에 갔다가 하루만에 돌아왔다. 녀석이 저녁을 먹으며 하는 말이다.

"할아버지! 나 오늘 졸업사진 찍었어요."

"뭐…! 졸업사진…! 벌써…!"

내가 깜짝 놀라 눈을 크게 뜨고서 말했다.

"벌써 졸업사진이라니…?"

어느새 시간이 그렇게 많이 흘렀나! 유치원에 입학한 지 엊그제 같은데…, 곰곰 생각해 보니 벌써 아홉 달이 지났다.

"할아버지! 나 사진 네 번 찍었어요."

"독사진, 그룹사진, 단체사진, 그리고 전체 사진이에요."

그러고 보니 내년이면 녀석이 벌써 8살이 된다. 그리고 3월이면 초등학교에 입학을 한다. 세월이 빠르다는 걸 새삼 느끼게 된다. 함므닌 오늘도 녀석의 머리를 감기고 말렸다. 이가 생기지 않을까 걱정이 돼서다.

2007. 11. 17(토) 2~10℃ 종일 흐리고 해 가림

해열제를 먹인다며 난리법석을 떨었다.

녀석의 감기가 오늘도 계속되고 있다. 새벽에는 잠에서 깨어 숨을 쉴 수 없다며 울고불고 난리였다. 함므니가 잠에서 깨어 상황을 살피느라 여념이 없다. 녀석은 가래가 끓고, 말도 잘 하질 못했다. 함므닌 해열제와 약을 먹인다며 법석을 떨었다. 나도 얼떨결에 잠에서 깨어 상황을 살피느라 정신이 없었다. 오늘은 녀석을 태권도장에 보내지 않았다. 고열에다 기침이 심해 감기를 키울 것 같아서다. 그러나 오후 태권도 연습에는 다녀오도록 하였다.

저녁나절, 녀석이 뭐라고 쓴 메모지 한 장을 내게 내밀었다. '혜리일기'에 옮겨 쓰면 재미있을 거라고 하면서다. 살펴보자니 무슨 내용인지 알 수 없었다. '엄마는 다이어트 중…, 피자먹기, 자전거 타기, 돌아가기…' 아마도 '짱구는 못 말려' 를 보고 쓴 게 아닌가 싶었다. 할아버지가 일기를 쓰는 걸 보고 저도 써 보고 싶어서 그런 모양이다. 글도 잘 모르면서…, 웃기는 녀석이다.

2007. 11. 18(일) -4~10℃ 첫 추위, 손이 시리고 쌀쌀

파마 머리를 스트레이트로 풀었다.

녀석이 파마 머리를 스트레이트로 풀었다. 저녁나절 제 에미가 미용실로 데리고 가서다. 파마는 녀석이 지난 2년 동안 해 오던 머리모양이다.

머리를 풀고 나니 모습이 이상해 보였다. 얼굴이 작고 홀쭉하고 낯이 설었다. 함므닌 감기 때문이라는 해명이었다. 내가 보기엔 아닌데…. 얼굴과 머리가 정말 작아 보이는데….

전형적인 시대의 미인이라는 생각이 들었다. 녀석이 제 머리를 이리저리 가르며 거울을 들여다보았다. 어느새 멋을 부리고 있구나 싶었다.

녀석에겐 이상한 버릇이 하나 있다. 제 동생 혜준이와 함께 지내는 걸 싫어한다는 것이다. 제 에미가 혜준이를 두고 가겠다고 하자 이게 짜증이었다. 두고 가지 말고 데리고 가라는 것이다. 녀석이 인상까지 써가면서 항변이었다. 저 혼자만 함믄네 집에 있겠다는 것이다. 이것들이 함께 있는 시간이 적어서 그런 게 아닌가 싶었다.

그러자 제 에미가 엉뚱한 소리이다. 혜준이를 함믄네 집에 두고, 혜리를 데리고 가겠다는 것이다. 그러자 녀석이 주춤하며 에미 눈치를 살폈다. 결국 제 에미는 혜리, 혜준이를 두고 밤늦게 돌아갔다.

2007. 11. 19(월) -5~10℃ 종일 흐리고 쌀쌀

"할아버지! 나 이제 유치원 졸업해요!"

오후 3시, 발레를 다녀오던 녀석이 하는 소리이다.

"할아버지! 나 이제 유치원 졸업해요. 그리고 초등학교에 들어가요…."

어느새 그렇게 많은 시간이 흘렀나 싶었다. 녀석이 치킨 가게로 가면서 계속하는 말이다.

"할아버지! 나~ 학교에 가고 싶지 않은데… 놀고 싶은데…."

내가 녀석의 손을 뿌리치며 듣기 싫은 소릴 하였다.

"이 계집애! 그럼… 너 이담에 어떻게 살어…! 다른 애들은 다 학교에 다니는데…, 할아버지두 대학교 다니구… 대학원두 다녔는데…!"

그랬더니 녀석이 빙그레 웃으면서 하는 소리이다.

"아니예요. 할아버지… 그냥 장난으로 그런 거예요."

녀석이 요즘 학교에 다니는 게 귀찮은 모양이다. 억지로 일어나고, 밥을 먹고, 서둘러 학교로 가야 해서인가 보다. 녀석과 난 이런 얘기를 나누며 '치킨' 집을 들러서 집으로 왔다.

녀석이 '치킨' 집에서 사 온 닭다리 3개를 먹었다. 한 개는 제 동생 혜준이에게 준다며 남겼다.

저녁 8시, 녀석이 제 동생 혜준이와 싸우다 한참을 울었다. TV를 보는데 혜준이가 귀찮게 해서 잘 볼 수 없다면서다. 비키라고 소리를 질러도 듣지를 않으니까 울기 시작하였다. 동생한테 그러면 되느냐고 했더니 울음소리가 더욱 커지는 거였다. 보통 때 같으면 곧 멈출 텐데, 오늘은 아니었다.

함므니와 내가 어르고 달래도 소용이 없었다. 녀석이 이렇게 한참을 울다가 제풀에 지쳐 잠이 들었다.

잠든 녀석을 살펴보니 얼굴이 벌겋게 달아 있다. 동생과 함께 있는 게 귀찮은 모양이다.

2007. 11. 20(화) 0~5℃ 새벽에 눈, 아침에 갬

올 들어 첫 눈이 내렸다.

올 들어 첫 눈이 내렸다. 베란다 밖을 내다보니 솔가지 위에 흰 눈이 쌓여 있다. 녀석의 등교 때문에 길을 나서자 길이 미끄러웠다. 얼음이 얼어 빙판이 졌는데 운전이 조심스러웠다. 첫 눈을 조심해야 한다며 살살 차를 모는데, 큰길을 나서자 차들이 거북이 걸음이었다. 신호 대기 앞에 차들이 길게 늘어서 있었다. 9시 등교가 늦어질 듯하였다. 학교에 도착하니 녀석이 냅다 교실로 뛰어 들어갔다.

오후 5시, 함므니가 만든 김치를 가지고 녀석의 집엘 갔다. 외출준비 중이던 녀석이 나를 보더니 따라나서겠다고 한다. 제 에미와 외출을 마다하고 함므네 집으로 오겠다는 것이다. 녀석이 몇 권의 책을 들고서 함므네 집으로 왔다. 제 집에 간 지 하루 만이다.

제 에미가 챙겨준 책은 영어 동화책이다. 녀석이 잠들기 전 이걸 읽어 주라는 것이다. 그래서 읽어 주려는데, 이게 말을 듣질 않는다. 억지로 읽어줄 수도 없고…, 그냥 내버려두었다.

2007. 11. 21(수) 0~6℃ 간밤에 눈, 아침에 갬

깨어 보니 오늘도 눈이 내렸다.

깨어 보니 오늘도 눈이 내렸다. 적설량이 4~5㎝ 정도로 어제의 배는 되는 듯하였다. 녀석이 오늘 아침에도 함므니 애를 태웠다. 세수하고, 밥 먹고, 학교 가는 일을 게을리 해서다. 함므니는 오늘도 잔소릴 하였다.

옆에서 듣자니 속이 상했다. 제발 안 그랬으면 좋겠는데….

학교엘 가려고 밖엘 나가 보니 눈이 차에 수북히 쌓였다. 난 이걸 치우느라 한참 애를 먹었다. 길도 미끄러워 조심운전을 해야 했다.

내가 운전을 하면서 녀석에게 긴한 당부를 하였다.

"혜리야! 너 함므니한테 잔소리 듣기 귀찮지 않아! 할아버지는 귀찮아…, 짜증나고…, 듣기 싫어…, 좀 잘 할 수 없어! 함므니가 너…, 엄마한테 이르면 어떻게 할 거야…?"

가만히 듣고 있던 녀석이 하는 소리이다.

"알았어요. 이젠 정말 잘 할게요."

글쎄… 제발 그랬으면 좋겠다.

녀석은 오늘 저녁에도 제 에미가 읽으라는 책을 읽지 않았다. 읽기가 싫은 모양이다. 내가 읽고 해석하고 따라 읽히려는데 하지를 않는다. 겨우 한 번 따라 읽고는 테이프를 밀쳐 버렸다.

책의 제목은 'Learn to read, Read to learn' 이었다. 문장이 짧고 재미있어 이해하기가 쉬웠다. 테이프까지 있어 해석하고 들으면 재미가 있다. 미국 '창조 교수 인쇄소' 에서 어린이를 위해 만든 것이다. 내일은 살살 꼬셔

서 다시 읽혀야겠다.

2007. 11. 24(토) 4~11℃ 새벽녘 비, 오전 흐리고 오후 개고

제 집에 간 녀석이 전화를 했다.

오전에 고향 동네에 가서 시제를 올렸다. 오후에는 정자동에서 '테니스'를 두어 세트 쳤다.

저녁 7시, 집에 돌아오니 제 집에 간 녀석이 전화를 했다. 함므니가 받았는데, "얼른 와 데려가라"는 것이다. 제 집에 간 지 하루 만이다. 서둘러 제 집엘 갔더니 녀석이 벌써 출발 준비를 하고 있었다.

집으로 오는 차안에서다. 녀석이 사우나를 가자고 한다. 그러더니 잠시 뒤 어느새 잠을 자고 있다. 길이 막혀 시간이 지체되자 잠이 든 모양이다. 집에 도착해서도 녀석은 계속 잠을 잤다. 어쩔 수 없이 안고 들어가 뉘었더니, 이것이 자정이 가깝도록 내쳐 자고 있다. 밤새 그냥 잘 모양이다.

2007. 11. 26(월) 4~10℃ 새벽녘 비, 낮에 갬

종이와 연필을 달래 제 소개 글을 썼다.

녀석이 무언가를 쓰고 싶어한다. 유치원을 다니더니 글을 좀 아니까 그

러는 모양이다. 저녁 8시, 내가 식탁에서 글을 쓰고 있는데…, 녀석이 저도 글을 쓰겠다며 종이와 연필을 달라고 하였다. 내가 매일 무언가를 쓰는 게 보기에 좋았던 모양이다. 종이와 연필을 주었더니, 이게 무언가를 한참 써 내려갔다. 곁눈질로 훔쳐 보니, 글의 내용이 이랬다.

〈나의 소개 글〉

나는 서혜리입니다.
나는 7살입니다.
나는 독정초등학교 병설유치원을 다님다.
나는 할머니 집에 삽니다.
나는 달리기를 싫어합니다.
나는 어린이입니다.

위 내용은 녀석이 쓴 내용을 그대로 옮긴 것이다. 글에 철자법이 틀린 곳이 보인다. 다닙니다를 '다님다'로 잘못 쓰고 있다. 그런데 띄어쓰기와 철자는 모두 맞게 썼다. 글 말미에 마침표까지 찍었다. 벌써 글을 쓰다니…, 대견하다는 생각이 들었다.

내가 초등학교 2학년이었을 때다. 난 학교에서 나머지 공부를 한 적이 있다. 글을 잘 읽고 쓰지 못해서다. 그땐 많은 애들이 그랬다. 그래서 수업을 마치고 뒷동산에 올라가 나머지 공부를 하였다. 글을 못 읽는 여러 명 아이들과 함께…. 그 때와 견주어 요즘 애들은 참 대단하다는 생각이 든다. 글을 읽는 건 물론이고 짧은 글까지 쓰고 있으니, 격세지감이라 할 수 있다. 녀석이 초등학교에 입학도 하기 전에 글을 읽고 쓸 수 있으니 말이다.

녀석이 요즘 많은 동화책을 마치 구연하듯 읽고 있다. 공부의 상황, 학습의 풍토가 이렇게 달라지고 있다. 어린애들은 어른들의 사고와 행동을 모방한다고 한다. 녀석에게 귀감을 보여야 하는 이유가 여기에 있지 싶다. 가끔 녀석이 책을 읽으며 저를 봐 달라고 조를 때가 있다. 종종 귀찮아 도망을 치는데, 이런 것부터 고쳐야겠다.

2007. 11. 28(수) −2~8℃ 오전 맑고, 오후 구름

"할아버지, 지금 빨리 데리러 오세요!"

저녁 7시 반, 어제 제 집에 간 녀석이 전화를 했다. 밝고 명랑한 녀석의 목소리가 전화기에서 흘러 나왔다.

"할아버지! 나 집인데요~ 지금 빨리 데리러 오세요!"

함므니에게 알렸더니 빨리 가서 데려오라고 한다. 서둘러 제 집엘 갔더니, 이게 달려나오며 하는 소리이다.

"할아버지! 혜준이가… 나한테 야~! 그랬어요!!"

제 동생이 저한테 야…! 했으니 나보고 혼을 좀 내 주라는 것이다. 이게 어리광을 부리고 있구나 싶었다.

집으로 오는 차안에서 녀석이 하는 소리이다.

"할아버지! 나~ 나~ 오늘 유치원에 가지 않았어요."

"왜~?"

"아침에 내가 기침을 해서요…."

집엘 왔더니 녀석이 함므니와 뒤엉켜 포옹을 하고 있다. 헤어진 지 하루 만인데… 마음들이 이렇게 애틋하다. 함므니는 낮에 사온 체육복을 녀석에게 입혀 보면서…, 색깔이며 크기를 이리저리 점검하느라 여념이 없다. 입가에는 함박 미소를 머금고서다.

2007. 11. 30(금) −2~8℃ 종일 맑고 밝고

녀석이 생일 파티에 갔다.

오후 3시, 녀석을 데리러 유치원엘 갔다가 범준이 엄마를 만났다. 범준이는 혜리와 같은 유치원에 다니는 남자아이다. 범준이 엄마는 혜리며 몇 애들과 함께 생일파티에 간다고 하였다. 파티가 끝나면 혜리엄마가 데려가기로 했다고 한다. 내가 그런 줄도 모르고 학교엘 갔다가 헛 걸음을 한 것이다. 나는 혜리를 범준이 엄마에게 맡기고 집으로 돌아왔다.

오후 5시, 혜리에미에게서 전화가 왔다. 녀석의 태권도가 6시에 끝나니 시간에 맞춰 데려가라는 것이다. 시간에 맞춰 갔더니 녀석이 피구(避球)로 마무리를 하고 있었다. 먼발치서 바라보니 녀석의 얼굴에 땀이 흐르고 있었다. 도복(道服) 허리에는 노란 띠가 둘러져 있었다. 얼마 전까지만 해도 하얀 띠였는데, 며칠 새 바뀐 모양이다. 사범에게 물어보니 태권도 시작 벌써 두 달째라고 한다. 밥을 잘 먹지 않고, 마음이 허약해서 시켰는데…, 아직도 밥은 잘 먹지를 않는다. 마음이 강인해진 것 같지도 않다.

2007. 12. 1(토) -2~8℃ 구름 많고 꾸물꾸물

함므니가 볶음밥을 만들어 주었다.

어느새 12월이다. 올 한해가 어느새 이렇게 지나가고 있다. 세월이 빠르다는 걸 새삼 느끼게 된다. 함므니가 아침에 녀석에게 준다며 볶음밥을 만들었다. 소고기와 양파 당근 감자 파를 잘게 썰어 넣고 밥을 볶은 것이다. 맛을 보니 그럴싸하였다. 녀석이 잘 먹을 것 같은 생각이 들었다.

함므니는 계란을 부쳐 오므라이스도 만들었다. 그리고 녀석을 흔들어 깨워 상을 차렸다. 녀석이 이걸 보더니 눈이 휘둥그레져 하는 말이다.

"할머니는 옛날 음식만 잘 만드는 줄 알았는데…, 이런 음식도 잘 만드네요. 엄마는 이런 거 못 만드는데…."

옆에서 듣고 있던 함므니가 싱글벙글 웃으며 하는 소리이다.

"네 엄마는 그런 거 안 해 봐서 못해…!"

잠시 뒤 녀석이 오므라이스에 '케찹'을 뿌리는데, 그 모습이 멋이 있어 보였다. 이게 맛과 멋을 즐기고 있구나 싶었다. 다른 땐 먹여 주어야 간신히 먹더니…, 오늘은 소리 없이 혼자서 잘 먹고 있다.

2007. 12. 2(일) −3~8℃ 종일 흐리고 꾸물꾸물

"아니 왜 안 보내, 보낸다더니…!!"

녀석이 밤 10시가 넘도록 제 집에서 오지 않고 있다. 제 에미가 저녁 8시에 보내준다고 하더니….

내가 답답해서 전화를 했더니 혜리가 소릴 질렀다.

"할아버지! 나 지금 빨리 데리러 오세요."

"혜리야! 네 아빠보고 데려다 달라고 그래…."

"안 돼요. 아빠는 안 데려다 준대요."

내가 속이 상해 제 애비를 바꿔서 소릴 질렀다.

"애가 간다고 그러잖어…? 왜 안 보내…!"

그랬더니 이것이 어물쩍하며 하는 소리이다.

"잠시 뒤 데리고 가겠습니다."

그런데 밤 11시가 넘도록 오질 않는다. 답답해서 내가 또 전화를 하려는데…, 옆에서 보고 있던 함므니가 잔소리이다.

"도대체 왜 그래…! 왜 그렇게 못 참어? 체통 좀 지키지…."

머리에 열이 나고 속이 상했다.

그런데 11시가 훌쩍 넘자 이번엔 함므니가 전화를 걸었다.

"아니…, 왜 안 보내…! 보낸다더니…!!"

"네 금방 데리고 가겠습니다." 혜리애비의 대답이다.

녀석이 이로부터 20분쯤 뒤 제 애비와 함께 돌아왔다. 혜리애비, 오기만 하면 혼을 낼까 했는데, 이것이 혜리만 현관에 내려놓고 어느새 사라졌다.

무슨 소릴 들을까 봐 제 집으로 냉큼 돌아간 모양이다.

서재의 나를 본 혜리 녀석, 냅다 달려오며 하는 소리이다.

"할아버지! 혜리 왔어요. 나도 인터넷에서 영어공부하고 싶어요."

녀석의 말은 인터넷에서 '회화공부' 를 하고 싶다는 것이다.

'플리스 캄 헬프 미!' 뭐 그런 내용들이다.

녀석이 자정이 넘도록 놀다가 잠이 들었다.

2007. 12. 3(월) 0~4℃ 바람이 불고 쌀쌀

"이제부터 함므니 말 잘 들을 거예요."

오후 4시, 녀석과 미술학원으로 가는 차안에서, 혜리삼촌이 얼굴을 찌푸리며 하는 말이다.

"어유…! 구린내…! 너 이 계집애 방귀 뀌었구나!"

녀석이 깔깔 웃으며 하는 소리이다.

"응…, 뀌었어. 속이 시원해…!"

제 삼촌이 창문을 열며 하는 소리이다.

"너 이 계집애…! 얼른 똥 싸야겠다!"

냄새에 둔감한 나도 견딜 수 없었다. 내가 창문을 열며 한 마디 하였다.

"어휴! 이 계집애, 정말 난다… 나!"

녀석이 파안대소하며 좋아서 어쩔 줄 몰랐다.

밤 8시 반, 미술학원에서 돌아온 녀석이 하는 소리이다.

"할아버지! 나 이제부터 함므니 말 잘 들을 거예요. 밥두 잘 먹고요…."

뜬금없는 소리를 왜 하나 싶어 내가 물었다.

"혜리야! 왜…? 누가 뭐라고 했어…?"

"아뇨! 그냥 그렇게 할 거예요."

누가 뭐라고 한 것도 아닌데 이상하다 싶었다. 미술 선생님이 무슨 말끝에 그런 말을 한 건가…?

녀석이 늦은 밤, TV를 보는 내게 다가와 같은 소릴 하였다.

"할아버지! 이제부터 나 함므니 잘 도와드릴 거예요. 조금 전에 베개도 꺼내 드렸어요. 안경도 씌워 드렸고요…."

이게 무슨 계기가 있었나 싶었다.

2007. 12. 4(화) −4~5℃ 맑고 하루 종일 쌀쌀

"할아버지! 나 이제 밥도 잘 먹을 거예요!!"

녀석이 아침 등교 중에 어제의 이야기를 또 꺼냈다.

"할아버지! 나 이제부터 할머니 말 잘 들을 거예요. 정말이에요."

어제에 이어 오늘도 같은 소리다. 이유가 궁금해서 물어보았다.

"혜리야! 왜…? 누가 뭐라고 했어?"

"아니요. 그냥 그렇게 할 거예요."

녀석이 계속해서 하는 말이다.

"할아버지! 나 이제 밥도 잘 먹을 거예요. 뭐든지 혼자서 할 거예요."

"너 오늘 아침에도 함므니가 먹여 줬잖아!"

"혼자 먹으려고 했는데… 함므니가 먹여 줬어요."

변명 같은데, 그럴지도 모르겠다는 생각이 들었다.

오후 4시, 함므니와 건강검진을 받는데 녀석이 전화를 했다.

"할아버지! 어디예요?"

"응…, 제생병원이야. 이제 다 끝났어."

함므니와 난 위 내시경을 마치고 처방을 받는 중이었다.

"혜리야! 왜…? 무슨 할 말이 있어?"

"그런데, 할아버지… 나 맛있는 거 사 주세요."

"어떻게 사 줘… 이렇게 멀리 떨어져 있는데…."

망설이던 녀석이 알았다며 전화를 끊었다.

함믄네 집에 오고 싶은 게로구나 싶었다.

2007. 12. 6(목) −3~3℃ 종일 흐리고 저녁 눈발

자정이 넘도록 컴퓨터 놀이를 했다.

저녁 8시, 제 집에서 녀석이 전화를 했다. 제 에미와 함께 있기로 했는데…, 아침 등교 때 엄마와 함께 지내라고 했는데…, 함므니가 전화를 건네주며 얼른 받아 보라고 한다.

"혜리야! 왜…?"

"응… 할아버지! 난데요… 나 유치원에 갔다가… 미술학원에 갔다가…

이제 끝났어요. 저녁두 먹었구요. 근데 할머니 집에 가서…."

함므니 집에 오고 싶다는 것이다.

"그럼 지금 데리러 가…!"

"네…."

"알았어…. 금방 갈게."

얼른 차를 몰아 제 집으로 갔더니, 녀석이 달려나왔다. 그래서 집으로 차를 모는데 녀석이 배가 고프다고 한다.

"저녁을 먹었다면서…?"

"그래도 배가 고파요."

"그럼 어떡해…? 얼른 집에 가서 밥 먹자!"

이 때다. 녀석이 닭다리를 먹고 싶다고 한다. 츄리닝 차림이어서 주머니에는 돈이 한푼도 없다. 치킨 아줌마에게 사정을 했더니, 외상으로 가져가라고 한다. 튀긴 닭다리 8개…, 녀석이 이걸 맛있게 먹었다. 밥은 먹을 생각도 않고…, 녀석은 자정이 넘도록 컴퓨터 놀이를 하다가 잠이 들었다.

2007. 12. 7(금) -1~5℃ 종일 맑고 따뜻

녀석이 아침 내내 잔소릴 들었다.

등교 채비를 하다가 녀석이 아침 내내 잔소릴 들었다. 맨날 듣는 소리여서 이젠 노여움도 타지 않는다. 간신히 밥을 먹은 녀석이 옷을 입으며 하는 소리이다.

"할머니는 좋겠다…."

무슨 소리인가 해서 내가 물었다.

"왜…? 할머니가 왜 좋아…?"

"할머니는 맨날 쉬니까."

집에만 있는 함므니가 부러운 모양이다. 학교에 가기 싫다는 표현을 이렇게 하는구나 싶었다. 내가 껄껄거리며 녀석의 마음을 떠보았다.

"왜…? 학교에 가기 싫어? 그럼 너 이담에 어떻게 살 거야…!"

이게 멋쩍은지 피식 웃었다.

오늘은 하루 종일 녀석과 행동을 같이 했다.

아침에는 유치원 등교…, 오후에는 가서 데려오고…, 4시에는 놀이수학을 갔다 오고…, 5시 반에는 한 시간 동안 태권도 레슨을 하고….

녀석 때문에 하루 종일 꼼짝을 하지 못했다.

2007. 12. 8(토) -2~3℃ 종일 맑고 쌀쌀

'상팔담' 사진을 벽에 붙여 달라고 한다.

제 집에 가야 할 녀석이 종일 함믄네 집에서 놀고 있다. 태권도를 마치고 제 집으로 가야 하는데 함믄네로 온 것이다. 제 에미는 집으로 오라고 여러 차례 당부를 했는데…, 녀석은 태권도를 마치고 돌아와 아래층 예원이와 함께 놀고 있다.

저녁 7시, 녀석이 라면을 맛있게 먹었다. 밥은 잘 먹지 않으면서…, 국수는 가끔 잘 먹는다. 녀석은 된장국에 칼국수를 넣어 끓인 걸 그렇게 좋아한다. 밥을 먹을 땐 늑장을 부리는데 이걸 먹을 땐 아니다.

밤 9시, 녀석이 그림 '상팔담' 을 벽에 붙여 달라고 한다. 너무 멋지다며 붙여 놓고 보겠다면서다. 이 그림은 내가 2004년 금강산에 갔다가 현대아산으로부터 선물로 받아 온 것이다. '선녀와 나무꾼' 의 전설이 얽혀 있는 절경 중의 절경이다. 금강산에서 이걸 바라보는 마음은 참으로 가슴이 벅찼었다.

굽이쳐 흐르는 협곡…, 그 협곡에 파여 있는 여덟 개의 푸르고 둥근 초록빛 연못…, 물길이 태초부터 겁의 세월을 흘러 내렸음을 보여주고 있다.

얼마나 오랜 세월 물이 흘렀기에 바위에 연못이 생겼을까! 현대로부터 받아 온 그림은 이것 말고도 몇 개가 더 있다. ▶봉래산 만물상 ▶개골산 귀면암 ▶금강산 망양대 ▶풍악산 집선봉… 등이다. 녀석은 이것들 가운데 상팔담이 제일 멋지다고 한다.

이걸 벽에 붙이는데 녀석이 계속 테이프를 잘라 내게 건네 주었다. 녀석이 그림이 떨어지지 않게 잘 붙이라고 닦달이었다. 그림을 다 붙이고 났더니 녀석이 한숨을 길게 내쉬며 하는 소리이다.

"할아버지! 보세요…, 방이 정말 훤하잖아요!"

계집애라서 감정이 예민하구나 싶었다.

2010. 12. 16. 혜리와 함므니의 아침식사….

시드니 항 남쪽 20㎞지점 '스탠포드 노스라이트 호텔',
모닝콜 뒤, 샤워를 하고 식당엘 갔더니,
호주인들의 전통적인 아침식사가 준비되어 있었다.
빵, 토스트, 버터, 치즈, 소시지, 베이컨, 햄, 구운 버섯, 프라이, 콘…,
그리고 과일과 쥬스, 따끈한 커피까지…,
한국 사람들을 의식했음인지 식단 한 쪽 끝에
김치, 된장국, 쌀죽, 나박김치 등이 놓여 있었다.
혜리와 함므니, 모두 맛있게 식사를 하고 있다.
하부지는 사진을 찍느라 자리를 비웠다.

2007. 12. 10(월) −1~5℃ 오전 맑고, 오후 흐림

"할아버지! 메기의 이야기가 진짜예요?"

등교 준비로 녀석과 함므니가 아침 내내 설전을 벌였다. 함므니는 빨리 밥을 먹으라고 종주먹이고…, 녀석은 요리조리 핑계를 대기에 바빴다. 옆에서 보자니 답답하고 짜증이 났다. 녀석은 식사뿐만 아니라 치카치카며 세수도 늑장이었다. 참다못한 함므니가 끝내 짜증을 부렸다.

"너…, 이 계집애! 정말 이럴 거야! 학교에 안 가! 선생님한테 일러!!"

안 되겠다 싶어 내가 끼어들었다. 그런데 상황은 마찬가지였다. 이게 한술 더 떠 이번엔 아예 학교엘 가지 않겠다고 한다. 이유를 물으니 지네 반 '지호' 라는 애가 때린다는 것이다. 자세히 물어보니 벌써 두 번째라고 한다. 지난 목요일 한 번, 그리고 다음날 한 번…. 태권도 학원에서 상을 받았다고 했더니, 거짓말이라고 하면서 그러더라고 하였다. 담임과 상의를 해보아야 되겠다 싶었다. 결국 녀석은 학교엘 가지 않았다.

녀석이 학교를 빠지자 담임이 전화를 했다. 그런데 녀석이 받지를 않는다. 잠시 뒤, 반 친구가 전화를 했는데 역시 받지를 않는다. 할 말이 궁색해서 그럴 거라는 생각이 들었다.

이후 녀석은 계속 TV에서 눈을 떼지 않았다. 그러다 갑자기 나를 바라보며 하는 말이다.

"할아버지! '메기' 의 이야기는 진짜 있었던 거예요?"

이게 갑자기 웬 '메기' 이야기를 꺼내나 싶었다. '메기의 추억' 은 녀석이 어렸을 때 나와 둘이서 늘 부르던 노래이다.

"그럼…, 있었던 애기지…. 왜…?"

"어떤 사람이 '메기' 를 사랑했대요?"

"그래… '존슨' 이라는 사람이…."

"왜 그런 노래를 불렀대요? '메기' 가 죽었대요?"

그래서 난 노래에 얽힌 이야기를 들려 줄 수밖에 없었다. 내가 기억을 더듬어 '메기' 에 대한 사연을 들려주었다.

"남자친구 존슨이 '메기' 를 사랑했대…, 존슨은 캐나다에서 태어났고 시인이었데…, '존슨' 은 선생님이고, '메기' 는 학생이었는데…, 둘이는 결혼을 했대…. 그런데 1년 뒤 '메기' 가 결핵으로 죽었데….

'존슨' 은 '메기' 를 잃고서 그 아픔을 잊기 위해 그 내용을 시(詩)로 썼대…. 그리고 친구 'A · Butterfild' 에게 작곡을 해 달라고 부탁했대…. '존슨' 은 이 노래를 '메기' 와 같이 놀던 언덕에서 부르곤 했대…."

녀석이 내가 설명을 하는 동안 내 얼굴에서 시선을 떼지 못했다. 너무 흥미가 있었던 모양이다. 어느새 녀석이 이렇게 컸구나 싶었다.

메기의 이야기를 나누고 나서 내가 녀석의 담임을 찾아갔다. 선생님이 깜짝 놀라며 내게 자초지종을 물었다. 내가 사정을 간단히 설명하고 선생님에게 당부를 하였다. 녀석이 학교엘 오면 잘 다독여 달라고…. '지호' 에게도 잘 설명해 달라고…. 선생님이 그렇게 하겠노라고 하였다.

2007. 12. 11(화) 1~6℃ 흐리고 흐릿한 이슬비

유치원엘 가지 않겠다고 고집을 부렸다.

저녁 8시, 녀석이 계속 유치원엘 가지 않겠다고 고집이다. 식탁에서 제 에미와 티격태격하는데, 뜻을 굽히지 않고 있다. 제 에미는 달래고 녀석은 버티고…, 서로는 한치의 양보도 없었다. 저러다 저녁도 못 먹지 싶어 내가 끼어 들었다.

"우선 저녁부터 먹어라…!"

저녁을 먹은 뒤에도 녀석은 버티기를 계속하였다. 어제부터 이렇게 고집이다. 원인은 '지호' 가 때린다는 것이다. 지난 목요일과 금일일, 두 차례 그랬다고 한다. 내가 담임을 찾아가고, 담임과 지호가 전화를 했는데도…, 녀석이 아직 마음을 풀지 않고 있는 것이다.

" '희지' 라는 애가 저를 놀이에서 뺐다" 는 이야기도 하였다. 글쎄… 복합적인 원인이 작용하고 있는 게 아닌가 싶었다. 겨울방학은 오는 18일로 닷새 밖에 남지 않았는데….

"그것도 못 참느냐? 그럼 학교를 어떻게 다니느냐?"

이렇게 여러 차례 타일러도 소용이 없다. 녀석은 하루만 더 놀고 모레부터 가겠다고 하였다. 달래다, 달래다… 그렇게 하라고 마무리를 지었다. 고집을 피우는 것도 정서에 흠이 될 것 같아서…. 너무 곱게 키워서 그런 게 아닌가 싶기도 하다.

2007. 12. 13(목) −1~4℃ 종일 흐리고 쌀쌀

오늘은 약속대로 유치원엘 갔다.

오늘은 약속대로 녀석이 유치원엘 갔다. 어제까지는 안 가겠다고 고집을 피우더니…, 아침에 옷을 입히며 내가 녀석에게 슬그머니 물었다.

"혜리야! 너 어제 왜 유치원에 안 가려고 그런 거야? 혹시 종일반 선생님 때문에 그런 거 아니야? 엄마하고 무슨 일이 있었다면서…?"

말이 떨어지기 무섭게 녀석이 하는 소리이다.

"맞아요. 그 선생님이…" 하면서 고개를 끄덕였다.

역시 그랬구나 싶었다. 제 에미가 혜리가 맞은 걸 두고 담임과 설왕설래했다고 한다. 담임이 혜리에게 상황을 설명하도록 일방적으로 독촉을 해서라고 하였다. 제 에미가 보기에 선생님이 윽박지르는 것 같아 기분이 좋지 않았다고 한다. 가뜩이나 기가 죽어 있는 애에게 설명을 하라고 독촉을 하다니…. 그래서 지도문제를 놓고 담임과 의견을 주고받았다는 것이다. 담임의 자존심이 상했을 수도 있겠다 싶었다. 내가 녀석을 안심시켰다.

"혜리야! 괜찮아…, 할아버지가 선생님한테 잘 말할게…."

이런 말을 주고받으며 옷을 입혀서 등굣길에 나섰다. 학교 운동장에 도착하자 녀석이 차에서 내려 교실로 뛰어갔다. 걱정이 돼 뒤를 쫓아갔더니, 대수롭지 않다는 듯 교실로 들어갔다. 애들을 키우는 게 참으로 어렵구나 싶었다. 밤 9시, 미술공부를 마친 녀석을 학원으로 가 데리고 왔다.

밤 11시, TV를 보던 녀석이 배가 고프다며 밥을 달라고 하였다. 밥을 차리는 건 문제가 아닌데 반찬이 걱정이 돼서 내가 물었다.

"혜리야! 뭘 해 먹을래…? 계란프라이…? 구운 김…? 계란탕…? 어떤 거? 말해 봐…!"

그런데 녀석이 모두 다 싫다고 한다. 잠시 뒤 녀석이 냉장고를 뒤지며 하는 소리이다.

"할아버지! 여기 '만두' 튀겨 주세요. 우동도 끓여 주구요…?"

녀석의 말대로 몇 가지를 만들어 주었다. 튀김 만두, 계란프라이, 소시지 말이 밥 그런 거…. 녀석이 이걸 먹으며 하는 소리이다.

"할아버지! 정말 맛있어요. 꼭 '뷔페' 같아요…! 할아버지두 잡수세요."

그래서 하나를 집어 먹어 보니 정말 맛이 있었다. 분위기도 좋고, 맛도 좋고…, 그냥 그럴싸하였다.

2007. 12. 17(월) −1~4℃ 오전 흐리고 오후 갬

"할아버지, 교실로 따라오지 마세요!!"

아침 9시, 독정초등학교 병설유치원 운동장…, 녀석이 차에서 내려 교실로 뛰어가며 하는 소리이다.

"할아버지! 나 혼자 갈게요. 할아버진 얼른 집으로 가세요."

저를 따라 교실로 오지 말라는 것이다. 녀석의 요즘 행동이 대부분 이렇다. 내가 저를 따라 교실로 갈까 봐 걱정이 되는 모양이다.

유치원을 마치고 오후의 발레는 삼촌과 다녀오기로 하였다. 내가 오늘 오후에 망년회가 있어서다. 대학 졸업 후 첫 직장 동료들과의 송년 모임이

다. 거의 30년 만에 보는 얼굴들이다.

저녁 9시 반…, 모임에서 돌아오는데 녀석이 전화를 했다.

"할아버지! 어디예요?"

"으…응, 여기 '정자역', 금방 집에 갈 거야."

"할아버지 어디 갔다 오는 거예요?"

"으응… 친구들 만나고 오는 거야."

녀석이 뭐가 그리 궁금한지 자꾸만 꼬치꼬치 물었다. 집에 돌아와 함므니에게 전화를 걸도록 했는지 물어보았다. 아니라는 것이다. 하지 말라고 해도 굳이 하더라는 것이다. 이게 할아버지를 걱정하는 나이가 되었나 싶었다.

2007. 12. 18(화) -1~4℃ 오전 흐리고, 오후에 갬

유치원 겨울방학이 시작되었다.

어제는 '싼타행사', 오늘은 '겨울방학식' 이 있는 날이다. 엊그제 입학한 것 같은데 벌써 그렇게 되었다. 아침에 등교하여 알아 보니 별도의 방학식이 없다고 한다. 수업을 마치는 시간에 종례로 대신한다는 것이다.

오후 3시, 학교엘 가 보니 녀석이 막 교실 문을 나서고 있었다. 꿈지락거리다 한 발 늦었구나 싶었다. 가방엔 녀석이 학교에서 공부하던 것들이 가득 들어 있었다. 내가 녀석의 가방을 받아들며 말을 걸었다.

"혜리야! 이제 유치원 안 가도 되네…! 늦잠도 자구…."

녀석이 멀뚱하니 시선을 고정시키고는 대답이 없다. 우리는 선생님과 눈인사를 하고 교실 문을 나섰다. 녀석의 유치원 생활이 이렇게 끝이 나고 있었다. 녀석과 난 지난 10개월 동안 늘 등 · 하교를 함께 해 왔다.

2007. 12. 19(수) -2~5℃ 오후 들어 점차 흐려짐

방학 첫날부터 녀석이 게으름이다.

17대 대통령 선거가 있는 날이다.

어제 방학을 한 녀석이 오늘부터 겨울휴가에 들어간다. 녀석은 방학 첫날부터 게으름을 피우고 있다. 아침 10시가 넘어서야 간신히 일어나고…, 그러고도 한참을 소파에 누워 빈둥거리고…, TV와 '닌텐도 게임놀이' 로 시간 가는 줄 모르고…, 세수를 할 생각도, 밥을 먹을 생각도 하지 않는다. 함므닌 말을 듣지 않는다고 벌써부터 잔소리이다.

녀석의 방학은 내년 2월 10일까지 무려 53일 간이다. '가정통신문' 에 그렇게 적혀 있다. 통신문에는 지켜야 할 일과 각종 계획들이 들어 있었다.

저녁 6시, 녀석이 '사우나' 에 가 목욕을 했다. 함므니, 녀석, 삼촌… 이렇게 셋이서다. 외출에서 돌아오니 현관에 노란 쪽지가 붙어 있었다. 혜리가 내게 보라고 써 붙인 것이다.

"할아버지! 우리들 사우나에 가요."

할아버지가 걱정이 돼서 써 붙인 듯하다. 내가 뒤따라가 사우나에서 녀석을 만났다. 사우나를 마치고 우린 근처 갈비집에서 저녁을 먹었다. 식사

중 대통령선거 개표방송이 실시간으로 발표되고 있었다. 9시가 넘자 '이명박 후보 당선확실' 이라는 자막이 화면에 떴다. 10년 '좌파정권' 이 막을 내리는 순간이었다.

2007. 12. 22(토) 1~9℃ 종일 맑고 따뜻

밤 12시, 배가 고프다며 밥을 달라고 한다.

밤 12시…, 녀석이 배가 고프다며 밥을 달라고 한다. 잘 자리인데…, 함므니는 그냥 자라고 성화봉사다. 이게 잠도 안 오고, 배도 고프고 그래서인 듯하다. 밥 대신 간식이 어떠냐고 했더니 그렇게 하겠다고 한다.

냉장고를 뒤져보니 간식 거리가 여기저기 쌓여 있다. 가래떡, '햄 소시지', '고향만두', 재어 놓은 삼겹살…, 이런 것들. 이걸 '프라이팬' 에 굽고 튀기니 녀석이 맛있게 먹었다. 소파에 비스듬이 누워 TV를 보면서다.

아침엔 11시가 넘도록 일어나지 않아 흔들어 깨웠다. 제 에미가 12시까지 보내 달라고 했는데…. 녀석은 이렇게 늦게 일어나서도 투덜댔다.

"할아버지! 나 졸려요…. 피곤해서 못 일어나겠어요. 그냥 내버려두세요! 내가 알아서 일어날게요."

이러는 녀석을 마사지를 해 주며 간신히 깨웠다. 제 집에 가기 싫어서 그럴 거라는 생각을 하면서다. 결국 녀석은 이날 제 집에 가지 않았다. 제 에미에게 가지 않겠다고 양해를 구하고서다.

녀석이 요즘 가끔 장난삼아 잠투정을 한다. 한밤중 잘 시간인데….

함므니는 자야 한다고 야단이고, 녀석은 안 자겠다고 보챈다. 함므닌 이게 귀찮아 또 잔소리이다.

녀석이 재미가 있다는 듯 투정을 부리며 키득거린다. 그러던 녀석이 저도 모르게 어느새 잠이 들었다. 함므니 속을 뒤집어 놓고 나서다.

2007. 12. 27(목) 2~12℃ 종일 흐리고 포근

"할아버지! 이거 선물이에요?"

그제 '크리스마스' 날, 제 집에 간 녀석이 낮 12시에 전화를 했다.

"할아버지! 나 지금 데리러 오세요. 나 이직 아침 안 먹었어요."

12시가 넘었는데 아직 아침을 안 먹다니! 엄마를 바꾸라고 했더니, 교인들 때문에 바꿀 수 없다고 한다. 교인들이 심방을 온 모양이다.

잠시 뒤 녀석이 또 전화를 걸어 하는 소리이다. 얼른 와 데려가라는 것이다. 단숨에 차를 몰아 녀석을 데려다 밥을 먹였다. 등심을 굽고, 콩나물국, 된장찌개를 새로 끓여서다. 녀석이 내가 떠 주는 밥을 열심히 받아먹었다. 제 집에서는 혼자 먹으면서 내 집에서는 먹여주어야 한다. 식사 뒤 녀석이 내게 하는 말이다.

"할아버지! 할아버지 생일이 언제예요?"

"할아버지 생일…! 지났는데…, 그저께… 왜…?"

녀석이 깜짝 놀라 토끼 눈을 하고서 나를 바라보았다. 내 생일이 아직 여러 날 남은 걸로 알았던 모양이다. 녀석이 난감한 표정을 짓더니, 제 방에

서 뭔가를 들고 와 내게 내밀며 하는 소리다.

"할아버지! 이거 선물이에요. 받으세요."

살펴보니 노란 '포스트 잇' 에 글씨를 써서 만든 '쿠폰' 이었다.

쿠폰에는 '안마', '발 마사지', '발 씻어주기' 같은 것이 들어 있었다. 녀석이 이런 것들 중 아무거나 하나 고르라고 한다. 그러면 지가 봉사를 하겠다는 것이다. 그러면서 뭔가 하나를 얼른 고르라고 채근이었다.

망설이다 '안마' 라고 쓴 '쿠폰' 을 집었더니, 이게 안마를 시작하였다. 고사리 손으로 어깨며 등을 주무르는데, 보통 시원한 게 아니다. 녀석이 봉사를 더 하겠다며 '발 마사지' 까지 해 주겠다고 하였다. 할아버지에게 생일 선물을 꼭 하고 싶었던 모양이다.

될 일이 아니어서 그만 두라고 하였다.

2007. 12. 31(월) −9~2℃ 종일 흐리고 해 가림

"너무 늘어놓아서 미안해요!"

황금돼지해 정해년(丁亥年)이 저물고 있다. 두 시간 뒤면 무자년(戊子年) 새해가 밝아온다. 함므니는 해넘이와 해돋이 기도를 한다며 불국사로 떠났다. 나는 퇴직자들의 망년모임에 다녀오느라 오후 3시에 돌아왔다.

혜리 계집애, 요즘 얼마나 늘어놓는지 오늘 내게 욕을 먹었다. 두 달 전인가, 한 번 크게 정리를 했는데 그새 또 엉망이다. 온갖 것들을 어찌나 늘어놓는지 정신이 하나도 없다.

외출에서 돌아와 이런 것들을 정리하는데 진땀이 났다. 그간 그렇게 잔소릴 해도 녀석은 계속 늘어놓았다. 두어 시간쯤 치우고 나니 방안이 훤해 보였다. 발레를 다녀온 녀석이 미안한지 내게 귓속말을 하였다.

"할아버지! 너무 늘어놓아서 미안해요. 이제 안 그럴게요."

그래도 미안한 걸 아니 다행이라는 생각이 들었다.

함므니가 불국사엘 가서 저녁은 간식으로 대충 때웠다. 가래떡을 굽고, 만두를 튀기고, 치킨을 주문해서다. 녀석이 닭다리 4개를 혼자서 다 먹었다. 저녁밥은 배가 부르다며 더 이상 먹지를 않았다.

밤 9시, '뉴스'를 보고 있는데, 녀석이 놀아달라고 한다. "심심해 죽겠다"며 얼굴을 잔뜩 찌푸리고서다. 어쩔 수 없이 한 시간 동안 구슬치기를 하며 놀아주었다. 그 뒤로 녀석은 제 방으로 가 인터넷놀이를 하였다.

내년에는 녀석이 초등학교에 입학을 한다. 그땐 녀석이 제 집에서 학교를 다녀야 한다. 녀석이 이게 은근히 걱정이 되는 모양이다. 청소를 하는 내 옆으로 다가와 하는 소리이다.

"할아버지! 나 초등학교에 입학하면 주말에만 여기 올 거예요."

지금은 주일 내내 함믄네 집에 있다가 주말에만 제 집엘 간다. 녀석의 걱정을 덜어주기 위해 내가 등을 다독이며 말했다.

"혜리야! 함믄네 집에서 다니다…, 엄마네 집에서 다니다 그래…. 지금처럼 말이야…! 알았지?"

녀석이 알았다며 고개를 끄덕였다.

2
2008. 1 ~
2008. 3

2008. 2. 7. 프랑스 루브르 박물관….

녀석이 '루브르 박물관' 벽에 걸린 작품 앞에서 찍은 것이다.
이날 녀석은 프랑스의 대표적인 관광지들을 둘러보았다.
'루브르 박물관, '새느 강변', '노트르담 성당', '콩코드 광장',
'개선문', '에펠탑', 그런 곳들….
'루브르 박물관' 은 세계 3대 박물관 중의 하나,
'새느 강변' 은 전 세계 예술인들의 꿈과 낭만의 거리,
'상제리제 콩코드' 광장은 세계적 패션과 문화의 거리이다.
녀석이 보고 배우는 것들이 많았으면 좋겠다.

2008. 1. 1(화) −9~2℃ 종일 흐리고 해 가림

무자년 새해가 밝았다.

새해 새 아침이 밝았다. 정해년(丁亥年)이 가고 무자년(戊子年) 새해가 밝은 것이다. 이 시간 함므닌 경주 토함산(吐含山)에 가 있다. 새해 소망을 빌기 위해서다. 아침 방송은 새해의 안녕과 발전을 비는 염원 일색이었다.

녀석은 11시가 지나서야 간신히 일어났다. 거실로 나오며 함므니를 찾다가 눈물을 질금거렸다.

"함므니 경주에 가셨잖아!"

그랬더니 이게 아침에 온다고 했다며 성질을 부렸다. 등심을 굽고, 계란 '프라이' 를 했는데도 잘 먹지를 않는다. 속이 상해 소리를 질렀더니, 배가 아프다고 핑계를 댔다.

낮 12시, 제 애비가 전화를 해도 녀석이 받지를 않는다.

"무슨 일이냐…?" 며 의심을 하는 눈치이다. 오후 5시에도 제 애비가 전화를 했는데, 역시 받지를 않았다. "외식을 하러 나가자는 전화였다" 고 해도 싫다고 한다. 경주에서 돌아온 함므니가 나가자고 해도 말을 듣지 않았다. 한참을 다툰 뒤에야 우린 비로소 외식을 할 수 있었다. 집 근처 '전통북경요리 전문점' 에서다.

녀석은 '탕수육' 과 잡탕밥, 짜장면을 먹겠다고 하였다. 중국 음식이어서인지 녀석이 맛있게 먹었다. 새해 첫날이 이렇게 지나가고 있었다.

2008. 1. 2(수) -8~2℃ 종일 맑고 쌀쌀

〈1〉 녀석이 가끔 함므니를 놀린다.

요즘 녀석이 가끔 함므니를 놀린다. 함므니가 잔소리를 하면 그 말을 따라 흉내를 낸다. 함므니가 이래저래 스트레스를 받아 소리를 지른다. 녀석이 성질을 부리는 함므니에게 매달려 새새댄다. 미운 일곱 살이라고 하더니 그래서인지 모르겠다.

방학인데 녀석이 제 집엔 갈 생각을 않는다. 가끔 제 애비의 전화도 받지를 않는다. 오늘도 제 애비가 두 번 전화를 했는데, 그 때마다 요리조리 핑계를 대며 받지를 않았다. 받아보라고 소리를 질러도 막무가내다. 어쩔 수 없이 제 애비가 전화를 끊었다. 오전에 한 번, 오후에 또 한 번 그랬다.

녀석은 제 애비가 오겠다고 하자 오지 말라고 소리를 질렀다. 함므니하고만 살아서 함므니 집이 편하고 좋은 모양이다.

녀석은 가끔 제 에미보다 함므니에게 더 떼를 쓰고 고집을 부린다. 제 에미는 무서워서 아예 그럴 생각을 하지 않는다. 제 집 근처 태권도장엘 갔다가도 그냥 돌아온다.

〈2〉 친구 생일을 준비한다며 수선을 떨었다.

저녁나절이다. 녀석이 친구 생일이라며 카드를 준비한다고 부산이었다. 종이를 가져와 '해피 버스데이 투 유'를 써 달라고 하면서, 글자는 대문자 소문자 두 가지로 써 달라고 한다.

그래서 써 주었더니 이게 소문자로 카드를 쓰겠다고 한다. 내가 펜으로 써 주었던 것을 '워드'로 쳐서 다시 빼 주었다. 녀석이 이걸 카드에 잘 옮겨 쓰도록 하기 위해서다. 그런데 뒤에 보니 녀석이 만든 카드는 한글이었다. 카드에는 '생일 축하해!'라고 쓰여 있었다. 영어로 쓰기가 어려워 한글로 썼다는 것이다. 녀석은 선물을 준비하는 데에도 많은 신경을 썼다. 선물상자에 무얼 담을까 망설이다가 내게 물었다.

"할아버지! 이거 넣어도 될까요? 할아버지가 사다준 장갑인데…."

그러더니 흠칫 가슴을 조이며 혼잣말을 하였다.

"안 돼…, 이건 할아버지가 사준 선물이니까…!"

그래서 내가 한 마디 하였다.

"혜리야! 선물은 상대방 마음에 들어야 하는 거야!"

나중에 살펴보니 녀석이 상자에 예쁜 지갑을 넣었다. 내가 준 선물, 장갑을 주기가 마음에 걸렸던 모양이다. 포장된 상자에는 예쁜 리본이 하나 매어 있었다. 이러는 사이 방안이 온통 아수라장이 되었다. 녀석이 카드와 선물을 준비하느라 수선을 떨어서다. 이걸 정리하느라 난 한참 시간을 보내야 했다.

2008. 1. 3(목) -4~4℃ 종일 맑고 따뜻

"아빠가 나 혼냈어! 인사 안 했다고!!"

미술공부 때문에 제 집에 간 녀석이 오후 6시에 전화를 했다.

"할아버지! 나 이따 데리러 오세요. 밤 9시 미술학원으로요."

"혜리야! 왜 아직 미술학원에 안 갔어?"

"지금 가려고요…."

"알았어. 그럼 이따가 데리러 갈게."

"그럼 끊어요."

녀석이 전화를 끊으며 밝은 표정이었다.

밤 9시, 녀석을 데리러 갔더니 보이질 않는다. 제 애비에게 물었더니 대답이 없이 시무룩하다. 무슨 일이 있었나 싶어 내가 물었다.

"왜…? 애한테 뭐라고 했구나…?"

"네…. 좀 뭐라고 했습니다."

녀석의 방으로 갔더니 이게 문을 걸어 잠그고 열어주질 않는다. 살살 달래가지고 들어가 보니 녀석이 고개를 숙인 채 말이 없다. 내가 덥석 안으며 이유를 물었더니…, 아빠한테 혼이 났다는 것이다.

"으응… 아빠가, 나… 혼냈어. '잘 다녀왔습니다' 하지 않았다고…, 잘 다녀온 거 잘 알면서… 괜히…."

녀석의 불평을 내가 나무랐다.

"왜 안 했어? 당연히 해야지…!"

"다 알잖아요. 그러면서 왜요…?"

잘 다녀온 줄 알면서… 왜 그런 걸 묻느냐는 것이다. 안 되겠다 싶어 녀석을 데리고 서둘러 집으로 돌아왔다. 집에 돌아와 곰곰 생각해 보니 제 애비도 성질이 날 만하다는 생각이 들었다.

그저께 정월 초하룻날이다. 녀석이 제 애비의 전화를 받지 않았다. 일부러 빈둥대면서…. 제 애비가 오후에 들르겠다고 해도 녀석이 이를 말렸다.

그저께는 외식을 하자고 해도, 안 가겠다고 고집을 부렸다. 이 참 저 참, 성질이 나서 그랬을 거라는 생각이 들었다. 오늘 녀석을 나무란 것도 그런 일 때문이 아닌가 싶었다. 내가 녀석을 붙들고 살살 달랬다.

"혜리야! 이제 아빠한테 인사 잘 해…! 알았어?"

녀석이 고개를 끄덕였다. 글쎄…, 두고 볼 일이다.

2008. 1. 4(금) -3~6℃ 오전 흐리고 오후 햇빛

녀석의 도자기를 버렸다가 혼이 났다.

녀석이 만든 물건을 잘 살펴보지도 않고 버렸다가 혼이 났다. 낮 11시…, 녀석이 지가 만든 도자기가 없어졌다고 울상이었다.

"할아버지! 내가 만든 도자기 못 봤어요?"

"무슨 도자기…? 나 못 봤는데…!"

"내가 미술학원에서 만든 도자기 말이에요…."

난 무얼 가지고 그러는지 알 수 없었다. 그저껜가…, 청소를 하다가 점토로 된 뭔가를 버리긴 했는데…, 혹시 그걸 가지고 그러나…? 이때 옆에 있던 함므니가 하는 말이다.

"그거 할아버지가 버렸잖아…, 청소할 때…!!"

글쎄 난 기억이 없는데…, 내가 버리다니…, 난 그런 거 모르겠는데…."

그러자 함므니가 쓰레기통에서 깨진 석고 하나를 들고 왔다.

살펴보니 하얀 점토로 만든 서 있는 모양의 흰 토끼였다. 내가 지난 번

청소를 하다가 지저분하다며 버렸던 것이다. 녀석이 이걸 보더니, 깜짝 놀라며 그냥 대성통곡이었다. 닭똥 같은 눈물을 뚝뚝 떨어트리며 흐느끼는 거였다. 이를 어쩌나…, 진땀을 흘리고 있는데, 녀석의 울음이 더욱 커졌다. 녀석의 울음은 이후 30분 동안이나 계속되었다. 녀석의 이마에서 어느새 진땀이 흘러내렸다. 안 되겠다 싶어 내가 달래기 시작하였다.

"혜리야! 할아버지가… 점토 사다 줄게. 다시 만들어…!"

"이따가 '놀이수학' 갈 때 거기 문방구에서…."

그래도 녀석이 계속 울었다. 참으로 난감한 일이다.

놀이수학을 마친 뒤 문구점에 들러 점토를 샀다. '포스트 잇', '크레파스', '샤프펜슬' 도 함께다. 녀석이 비로소 마음이 풀린 듯 미소를 지었다. 녀석이 이걸로 다시 토끼를 만들겠다고 한다. 물건을 잘못 건드렸다가 혼이 난 하루였다.

2008. 1. 5(토) −2~6℃ 오전 안개, 오후 갬

혼자서 머리를 감겠다고 우긴다.

녀석이 벌거벗은 모습을 보이기 싫은 모양이다. 저녁나절인데 욕실에서 혼자 머리를 감겠다고 우긴다. 혼자서 머리를 감다니…!! 지금껏 혼자선 감아 본 적이 없는 녀석이 아닌가. 언젠가 제 집에서 혼자 감고는 내게 혼이 난 적이 있다. 그런데 오늘 또 혼자서 감겠다고 난리이다. 나보고는 물만 받아주고 얼른 나가라는 것이다.

"목욕탕에 같이 있으면 창피하다"는 것이다. 잠시 그러다 말겠거니 했더니 아니다. 계속 혼자서 감겠다고 고집이다.

"할아버지는 이제 참견하지 말라!"는 것이다. 어쩔 수 없이 물만 받아주고 얼른 밖으로 나왔다. 나오지 않으려고 미적거리다 등을 떠밀리고서다. 그런데 얼마 뒤 이게 머리를 깨끗이 감고 나오는 게 아닌가. 도대체 어찌된 일인가! 그간 내가 가지고 있던 생각이 한낱 기우가 아니었던가! 내가 녀석을 안고 뽀뽀를 하며 한참 난리를 쳤다.

오늘은 녀석이 또 다른 특이한 행동을 보였다. 오늘부터 제 방에서 혼자 자겠다는 것이다. 설마 그러랴… 싶어 그렇게 하라고 했더니…, 아 글쎄 이게 저녁 8시부터 이부자리를 펴고 혼자서 자는 거였다. 공연히 그러다 말겠거니 했더니 아니다. 잠시 뒤 문을 열어보니 이게 코를 골고 있다. 머리맡에는 자명종시계, 팔에는 짱구인형을 안고서다. 이걸 들여다보며 할머니와 내가 한참을 깔깔대며 웃었다. 그런데 한밤중에 깨어서는 다시 잘 생각을 않는다. 다시 재우는 데 한참 승강이를 벌여야 했다.

2008. 1. 7(월) 0~3℃ 종일 안개, 해 가림

"할아버지! 지금 데리러 오세요!"

오전 10시, 어제 제 집에 간 녀석이 전화를 했다.

"할아버지! 지금 데리러 오세요!"

"왜…? 엄마 좀 바꿔 봐!"

"안 돼요. 엄마 지금 외출 준비 중이에요."

이게 피아노 학원 때문에 출근 채비를 하고 있구나 싶었다. 나는 더 이상 묻지 않고 당장 녀석과 혜준이를 데리러 갔다.

방학인데 녀석의 과외는 아직 계속되고 있다. 오늘은 '발레'와 태권도 연습이 있는 날이다. 그런데 녀석의 발레 모습이 참으로 깜찍하다. 허리에 손을 얹고 발을 구르는데, 마치 오뚝이처럼 보였다. 고사리 주먹을 휘두르며 지르는 기합소리가 장내를 흔들었다.

저녁 8시, 저녁식사 시간…. 녀석이 밥을 먹다가 TV를 보기 시작하였다.

"밥을 먹다가 무슨 짓을 하느냐?"고 했더니…, "중요한 장면이어서 꼭 봐야 한다"는 것이다. MBC TV의 일일 연속극 '아현동 마님'이었다. 녀석은 신랑 신부의 '드레스'에 관심이 많았다.

"할아버지! '드레스'는 사는 거예요… 빌리는 거예요?"

"사기도 하고, 빌리기도 하지… 왜?"

"할아버지! 난 이담에 살래요."

"그래…, 알았어…! 할아버지가 사 줄게!"

녀석이 보기에 '드레스'가 멋져 보였던 모양이다. 녀석은 식이 끝날 때까지 TV를 지켜보았다. 계집애라서 생각이 다르구나 싶었다.

2008. 1. 11(금) -1~3℃ 흐리고 오전 내내 눈

TV를 보다가 소리내어 엉엉 울었다.

TV에서 '드라마' 를 보던 녀석이 소리내어 울기 시작하였다. 정서가 넉넉해서일 거라는 생각이 들었다. 우는 녀석을 보고 있자니 나도 모르게 눈물이 날 것 같았다. 녀석을 울린 드라마는 'MBC TV' 의 '못 생긴 당신' 이었다. 우는 모습이 안타까워 채널을 돌리려 했더니 녀석이 아니라고 한다. 노부부의 말년을 사실적으로 그린 우리 주변의 흔한 이야기이다.

암에 걸린 할머니가, 할아버지에게 매일 죽여 달라고 조르는데…, 병원비도 없고, 도와줄 사람도 없고, 기댈 곳도 없고…. 사는 것이 괴로워 남에게 폐를 끼치기 싫어서라는 것이다. 완강히 버티던 할아버지가 결국 어느 날 부인을 죽인다. 누워 있는 할머니의 코를 베개로 막아 숨을 거두게 하는 것이다. 할아버지가 슬픔을 가누지 못하고 대성통곡을 하였다.

죽어가는 할머니는 고개를 젖히고 편안한 모습이다. 할아버지는 살인죄로 감옥에 갇히게 된다. 할아버지를 아는 사람들이 교도소로 면회를 갔는데, 교도소 안이 갑자기 눈물바다가 되어 버렸다. 면회 온 사람, 할아버지 모두가 크게 울었다. 화면에는 노인들의 일생이 주마등처럼 펼쳐지고 있었다.

옆에서 보고 있는데 녀석이 계속 눈물을 흘리고 있다. 가끔 고개를 돌려 나를 피하려는 몸짓을 하고 있다. 끝내 녀석이 슬픔을 가누지 못하고 소리내어 울기 시작하였다. 내가 녀석의 머리를 감싸 안으며 위로의 말을 해 주었다.

"혜리 우는구나…! 슬퍼서…! 울지 마…!!"

그러자 녀석이 더욱 소리내어 슬피 울었다. 곱게 자라 정서가 풍부해서일 거라는 생각이 들었다.

오늘은 올 겨울 들어 세 번째 눈이 내리고 있다. 새벽부터 오전 11시까지 거의 10㎝나 내렸다. 낮 12시, 난 녀석과 혜준이를 데리고 눈사람을 만들었다. 두 것들이 추위도 잊고 눈 위를 겅중거리고 돌아다녔다.

2008. 1. 15(화) −7～−2℃ 종일 맑고 쌀쌀

〈1〉 다시 오겠다더니…, 소식이 없다.

오늘 다시 오겠다던 녀석이 저녁이 돼도 소식이 없다. 테니스를 치고 오다가 전화를 걸었더니 무덤덤한 반응이다. 전화가 왔으니 그냥 받는다는 그런 태도다. 괜히 걸었나 싶은 게 섭섭하였다. 저녁을 먹었는지 궁금해서 물어보았다.

"혜리야! 저녁 먹었어? 맛있게…?"

"네…, 맛있게 먹었어요. 배가 터지게요."

함믄네 집에선 억지로 먹더니…, 제 집에선 맛있게 먹었다고 한다. 언제 올 거냐고 했더니 일요일이라고 한다. 그러니까 앞으로도 닷새가 더 남아 있다. 날짜를 알고 그러는지 정말 궁금하였다. 녀석이 집에 없으니 마음이 그냥 허전하다.

〈2〉 녀석이 동시를 썼다…, 아직은 어린데….

녀석이 동시를 썼다. 아직 시를 쓸 나이가 아닌데…. 올 들어 여덟 살, 만 일곱 살이다. 그 나이에 시를 쓸 수 있는 건지? 누구로부터 배운 것도 아닌데…. 며칠 전 녀석이 써서 벽에 붙여 놓은 시이다.

〈동시〉

바구니
엄마 손 잡고
시장 가자
내 엄마

아주 단순한데, 맥이 이어지고 있다. 바구니와 엄마, 그리고 시장… 손잡고 가잔다. 어떤 상황에서 썼는지…, 발상이 무엇인지는 모르겠다. 옆에 있으면 물어보고 싶은데 녀석이 지금 제 집에 가 있다.

녀석이 이 시를 쓴 건 며칠 전이다. 벽에 무언가를 써 붙여 놓았는데, 처음엔 그냥 지나쳤다. 그러다가 어느 날 자세히 보니 동시라고 쓰여 있었다. 시(詩)의 구절마다에는 시정(詩情)이 잡혀 있었다. 묘한 생각이 들어 다시 읽어보니 녀석의 생각이 잡힐 듯하였다. 비로소 시상을 정리했구나 싶은 생각이 들었다. 생각이 여기에 이르기까지는 녀석이 시를 쓴 지 며칠이 지나서였다. 녀석의 마음을 읽지 못한 채 한참이 지난 게 안타까웠다. 이렇게 감각이 없으니… 어디 어른 노릇할까 싶은 생각이 들었다.

2008. 1. 16(수) -9~-3℃ 바람이 불고 종일 쌀쌀

초등학교 취학통지서가 나왔다.

녀석의 초등학교 취학통지서가 나왔다. 벌써 나왔다는데, 난 오늘에서야 보았다. 녀석이 보고 싶어 제 집엘 갔다가 알게 된 것이다. 3월에 학교에 입학하게 된다는 건 알고 있었지만…. 막상 확인을 하고 나니, 벌써 세월이 그렇게 많이 흘렀나 싶은 게 가슴이 일렁였다. 태어난 지 엊그제 같은데…! 취학통지서에는, 모레가 예비소집일이다. 이걸 보니 어릴 적 국민학교 입학 때 내 모습이 어른거렸다. 당숙부를 따라 꼬마들이 산길을 걷던 모습 말이다. 생각해 보니 엊그제 같은데 벌써 이렇게 할아버지가 되어 있다. 내가 입학에 대한 녀석의 생각을 물어보았다.

"혜리야! 혜리가 오는 3월 초등학교에 입학하네…!"

그랬더니 녀석이 달갑지 않다는 반응이다.

"할아버지! 나 학교에 가기 싫은데…. 나 한글 다 알잖아요…?"

"에이, 이 계집애! 그게 다 아는 거야! 배울 게 얼마나 많은데…! 그럼 너 이담에 돈 못 벌어…."

그러자 이게 큰 소리이다.

"할아버지! 나 돈 많어… 지갑에…! 한 번 보여줄까?"

녀석의 말이 어찌나 우스운지 내가 한참을 껄껄 거렸다.

잠시 뒤 내가 녀석을 데리고 함믄네 집으로 돌아왔다. 현관을 들어서는데 녀석이 큰 소리로 함므니에게 하는 소리이다.

"함므니! 나, 혜리 왔어요!"

2008. 1. 18(목) -8~-2℃ 종일 맑고 쌀쌀

예비소집으로 학교에 가는 날이다.

며칠 간의 강추위로 한강이 얼어붙었다는 소식이다. 화면 속의 한강이 강가는 얼고 한가운데는 살얼음이다. 오늘은 녀석이 예비소집으로 학교에 가는 날이다. 녀석은 늦어도 오전 10시까지 등교를 해야 한다. 그래서 난 녀석을 9시 반까지 제 집에 데려다 주고, 녀석이 학교에서 돌아올 때까지 제 집에서 기다렸다.

오전 11시, 학교에 갔던 제 에미가 입학안내서를 들고 돌아왔다. 예비소집 의식이 있었느냐고 했더니 없었다고 한다. 소집 체크를 마치고 안내서만 들고 돌아왔다는 것이다. 안내서에는 입학식이 3월 3일 오전 10시로 되어 있었다. 녀석이 드디어 초등학생이 되는구나… 싶었다.

오늘 신문에는 신입생 엄마들의 걱정거리가 실려 있었다. 한글 받아쓰기는 물론, 바르게 쓰기까지 연습을 시켜야 하고…, 미술숙제가 많은 1학년을 위해 미술교육을 받아야 하고…, 혼자서 옷을 입고 벗을 수 있는 능력을 길러 주어야 하고…, 젓가락질도 할 수 있도록 미리 지도를 해 주어야 한다는 것이다.

줄넘기나 훌라후프, 인라인 스케이트도 탈 수 있어야 하고…, 입학하자마자 알림장을 읽고 일기를 쓸 수 있어야 하고…, 특히 1학년에 집중되는 미술숙제에 대비해야 하고…, 체육시간에 혼자 옷을 갈아입을 수 있어야 한다는 것이다.

점심을 먹으려면 젓가락질도 할 수 있어야 하고…, 줄넘기는 급수시험

에도 대비해야 한다는 것이다. 제 에미에게 이런 걸 귀띔해 주어야겠다. 벌써부터 준비는 하고 있는 것 같기는 한데….

2008. 1. 20(일) 1~3℃ 종일 맑고 따뜻

10시가 되도록 일어나질 않는다.

녀석이 10시가 되도록 일어나지를 않는다. 제 에미는 교회 때문에 11시까지 데려다 달라고 했는데…, 소릴 질러 간신히 깨워 준비를 하는데 이게 말썽이다. 치카치카며 세수, 밥 먹고 옷 챙겨 입는 걸 계속 늑장이다. 이걸 참고 견디자니 여간 속이 상하는 게 아니다.

허둥지둥 준비를 마치고 제 집엘 가며 내가 잔소릴 했다.

"혜리야! 너 조금 있으면 초등학생 돼…! 이렇게 계속 늑장을 부리면 어떻게 해…!! 초등학교는 유치원하고 달러…. 늦으면 선생님이 뭐라고 그래…. 계속 말 안 들으면 선생님이 야단쳐…. 할아버지도 그랬어…! 어떻게 할 거야? 그럼 너 학교에 가기 싫어질 거 아냐! 혜리야! 네 엄마도 문제야. 맨날 늦게 일어나잖아…! 그럼 밥을 어떻게 해줘…?"

이렇게 많은 잔소릴 하였다. 알아듣건 말건, 녀석의 나쁜 습관이 고쳐질까 해서다. 가끔 백미러로 살펴보니 녀석이 걱정이 된다는 눈치이다. 못된 습관이 매일 조금씩 바뀌었으면 좋겠다. 녀석이 오늘은 제 집에서 잘 모양이다. 밤 11시가 넘었는데 아직 소식이 없다.

2008. 1. 21(월) −6~2℃ 종일 흐리고 바람

새벽부터 눈이 펄펄 내리고 있다.

새벽부터 눈이 펄펄 내리고 있다. 베란다로 내다보니 차들이 거북이 걸음이다. 어제 제 집에 간 녀석이 걱정이다. 가서 데리고 와야 하는데, 눈이 많이 내려서…. 제 에미는 오전 중 피아노 학원엘 나가야 한다.

이런 걱정을 하고 있는데 혜리애비가 전화를 했다. 공장을 가는 중인데, 혜리 · 혜준이를 데려갔으면 하였다. 출근을 하면서 보니 길이 미끄러워 운전이 어렵다고 한다. 빙판 길인데 이것들을 어떻게 데려오나…, 걱정이 되었다. 그런데 차를 몰고 나가 보니 다행히 대부분 도로가 녹아 있었다. 두 것들을 데려오는데 어려움이 없었다.

집에 돌아온 녀석들, 하루 종일 헤헤 호호 잘도 놀고 있다. 혜리는 오후 4시, 발레 레슨을 하고 돌아왔다. 오늘 레슨에는 아래층 예원이도 함께 갔다. 두 것들이 손을 잡고 학원을 오가며 좋아서 어쩔 줄 몰랐다.

저녁 8시, 녀석과 근처 마트를 헤매고 돌아다녔다. 녀석이 갑자기 아이스크림이 먹고 싶다고 해서다. 그런데 녀석이 먹고 싶다는 아이스크림이 어디에도 없다. 전문점에 들러서도 구경만 하면서 돌아다녔다. 녀석이 먹고 싶은 샌드위치 크림이 없어서다. 샌드위치 크림은 전문점뿐만 아니라 이마트에도 없었다. 나온 것이 벌써 모두 팔렸다는 것이다. 아이스크림이면 됐지… 꼭 샌드위치여야만 하는지 모르겠다.

그런데 녀석은 샌드위치가 아니면 먹지 않겠다고 한다. 녀석과 난 어쩔 수 없이 그냥 돌아왔다. 물만두와 밀크아이스크림을 사 가지고서다.

2008. 1. 22(화) -1~3℃ 종일 진눈깨비, 쌀쌀

"할아버지, 그만 하세요! 나 다 알아요!"

녀석의 겨울방학이 아직 계속되고 있다. 지난해 18일 시작했는데, 오는 2월 8일까지이다. 사립이 아니고 공립병설유치원이어서 방학이 길다. 사립은 2주간의 방학을 마치고 벌써 개학을 했다.

녀석은 방학중에도 계속 발레 레슨을 받고 있다. 오늘은 태권도 레슨까지 있는 날이다. 날씨는 아침부터 계속 진눈깨비가 내리고 있다.

오후 1시, 태권도장으로 가면서 내가 말했다.

"혜리야! 제발…."

이렇게 말을 시작하는데…, 녀석이 내 말을 가로 막았다.

"할아버지! 그만 하세요. 나…, 다 알아요…!"

"다 알다니? 할아버지가 무슨 말을 하려고 했는데…?"

"할머니 말 잘 들으라는 거지요…!"

녀석의 예측이 정확하였다. 방금 그 말을 하려는 참이었다. 어떻게 그렇게 잘 알 수 있을까? 세수며 밥 먹는 거…, 옷 챙겨 입는 거…, 녀석이 말을 안 들으면 함므니가 골치가 아프다.

요즘 녀석이 가끔 함므니를 놀린다. 뭐라고 하면 그 소리를 따라 흉내를 내고…, 소릴 지르면 박장대소를 하고 깔깔거린다. 함므니를 놀리고 있구나 싶었다. 제 에미한테는 무서워서 감히 못하면서…, 함므니한테는 믿거라 하고 그런 행동을 하고 있다. 웃기는 녀석이다.

2008. 1. 23(수) −3~1℃ 바람이 불고 쌀쌀

녀석 키우기가 점점 힘이 든다.

녀석이 커 가면서 돌보기가 점점 힘이 든다. 함므니와 나, 힘이 부친다는 걸 조금씩 느낀다. 제 에미나 애비 같으면 가끔 나무라기라도 할 텐데…, 우린 그럴 수도 없고…. 잠을 재우고 깨우는 일, 세수를 시켜 밥을 먹이는 일…, 옷을 입히고, 학원엘 보내는 일…, 책을 읽히고 공부습관을 들이는 일…, TV시청과 인터넷이며 게임을 줄이는 일…, 옷을 입고 벗어서 정리를 하는 일…, 돌아다니며 온통 난장판을 벌이는 일…, 어느 것 하나 통제가 잘 되지 않는다.

소릴 지르고 성질을 부리면 몰골이 말이 아니다. 듣는 녀석도 정신이 사납기는 마찬가지일 테다. 이런 일을 반복하자니 온통 신경이 어수선하다. 여덟 살…, 한창 말썽을 부릴 때라서 그런가 보다.

한 가지 이상한 일이 있다. 제 집에만 가면 녀석이 딴 사람이 된다는 것이다. 함믄네 집에서의 행동과 제 집에서의 행동이 너무 다르다. 제 집엘 가면 모든 일을 알아서 한다. 잠을 자는 일, 세수하고 밥 먹는 일, 옷을 챙겨 입는 일까지…. 그런데 함믄네 집에만 오면 제멋대로이다. 요걸 좀 조정을 시켜야 하는데…, 가끔 제 집엘 보내 제 에미에게 교육을 받도록 해야겠다. 오늘부터 그래야 하겠다.

2008. 1. 24(목) -9~-3℃ 종일 맑고 쌀쌀

"할아버지! 나 집에 혼자 있어요!!"

날씨가 몹시 차갑다. 강원도와 전방…, 눈보라와 강풍까지 몰아치고 있다. 눈이 허벅지까지 차올라 산행이 어렵다고 한다. TV에서는 등산이며, 바깥출입 자제를 당부하고 있다.

낮 12시, 테니스를 치다가 쉬는데 녀석이 전화를 했다.

"혜리야! 왜…?"

"할아버지! 나~ 집에 혼자 있어요. 무서워요…."

목소리가 겁에 질려 있다.

"뭐~! 혼자 있어…! 엄마는…!!"

"엄마요…? 친구 집에요. 11시 반에 온다고 하구선 안 와요."

"지금 몇 신데…."

"12시 넘었어요."

이거 야단났구나 싶었다. 어린 걸 두고서 혼자 쏘다니다니…. 녀석이 얼마나 겁에 질려 있을까…? 내가 녀석을 안심시켰다.

"그래, 알았어. 할아버지 곧 갈게… 잠깐만 기다려…!!"

전화를 끊고 곧바로 녀석의 집으로 차를 몰았다. 순식간에 제 집에 도착하니 녀석이 현관에 나와 있었다. 내가 안아 등허리를 쓰다듬어 주었다.

제 에미는 오후 1시가 넘어서 간신히 돌아왔다. 혜리 동생 혜준이를 데리고서다. 내가 소리를 버럭 질렀다.

"넌…, 도대체 어떻게 된 거냐…? 어린 걸 혼자 두고 어딜 쏘다니는 거야!

나가려면 둘 다 데리고 나가던지…!! 그러다가 무슨 일이 생기면 어쩔려구…!"

"금방 오려고 그랬죠."

"금방 오다니! 그런 사람이 한 시간이 넘도록 안 와…!"

난 녀석을 데리고 곧바로 집으로 돌아왔다. 태권도와 미술학원엔 그 뒤 다녀왔다.

2008. 1. 25(금) −10∼−1℃ 맑고 종일 쌀쌀

혜리가 혜준이보다 어리광이다.

혜리가 제 동생 혜준이보다 어리광이다. 나이는 세 살 위인데 하는 짓은 다소 어리다. 할머니 할아버지하고만 살아서 그런지 모르겠다. 혜준이는 약고 야무진데, 녀석은 그렇지 못하다. 곧 초등학교에 입학을 하는데…, 괜찮을지 모르겠다. 어떻게 보면 응석을 부리는 것 같기도 하고….

오전 10시, 거실에서다. 혜리가 제 동생이 못살게 군다고 내게 일렀다.

"할아버지! 혜준이가 나 여기 때렸어요. 그리고 꼬집었어요."

얼굴을 찡그리며 아픈 표정이다. 혜준이는 내 얼굴을 빤히 쳐다보면서… 혹시 야단을 치지 않을까…, 걱정하는 눈치이다. 이러니 녀석…, 너무 순진한 게 아닌지 모르겠다. 오후 3시, 두 것들이 주방에서 소꿉놀이를 하고 있었다. 살펴보니 혜준이가 엄마, 혜리가 딸 노릇을 하고 있다.

"엄마! 시장 다녀오세요. 내가 집을 볼 테니까요…."

"그래…! 엄마 다녀올게…."

녀석들의 역할이 바뀌어 있다. 그런데도 이것들, 아랑곳하지 않고 잘 놀고 있다. 내가 가까이 갔더니…, 혜리가 나가라고 소리를 지른다. 가까이 오지 말라는 것이다. 쑥스러워서 그러는 모양이다.

오후 7시, 녀석들이 가게 놀이를 하고 있다. 이번엔 혜리가 주인이고, 혜준이가 손님 노릇을 하고 있다. 혜준이가 물건을 사러 오면 혜리가 무얼 살 건지를 물었다. 아까 소꿉놀이 때와는 딴판이다. 혜리가 제 동생을 다스리고 있는 것이다. 놀이라서 그렇게 행동을 하였는지 모르겠다.

2008. 1. 26(토) −7～3℃ 종일 맑고, 한 낮 따뜻

"함므니! 배고파요, 밥 더 주세요!!"

오늘은 녀석이 하루 종일 집에만 있었다. 매일 해 오던 태권도며 발레는 하지 않았다. 제 에미에게 전화로 일정을 물으려다 그만 두었다. 일주일에 하루는 푹 쉬게 하고 싶어서다. 대신 아래 층 예원이를 불러 종일 함께 놀게 하였다. 두 것들이 닌텐도 놀이를 하며 즐겁게 보냈다.

재미있게 놀아서 그런지 녀석이 저녁밥을 맛있게 먹었다. 보통 때보다 서너 배는 먹는 듯하였다. 볶음밥, 물만두, 계란 덮밥, 아이스크림…, 그러고도 샤워를 한 뒤 또 밥을 달라고 하였다.

"함므니! 나 배고파요. 밥 더 주세요."

함므니는 이게 무슨 일이냐며 놀라는 표정이다. 그러면서 기분이 좋은

지 녀석의 엉덩이를 투덕여 주었다.

"우리 혜리 많이 먹고 얼른 커야지…!"

함므니가 녀석을 끌어안으며 환하게 웃었다.

2008. 1. 27(일) −3~2℃ 오전 쌀쌀, 오후 따뜻

녀석이 종일 집에만 있었다.

오늘도 녀석이 종일 집에만 있었다. 보통 때 같으면 교회엘 갔을 텐데 오늘은 아니다. 어쩐 일인지 제 에미도 교회에 가자고 부르지 않는다. 며칠 푹 쉬게 하고 싶었던 모양이다.

저녁 6시, 외출에서 돌아오니 녀석이 컴퓨터 놀이를 하고 있었다. 순간 종일 저렇게 놀았으면 어쩌나 하는 생각이 들었다. 컴퓨터 놀이라는 게 시력, 사고력, 건강을 모두 해치기 때문이다. 공연히 습관을 나쁘게 들이는 게 아닌가…, 걱정이 되었다.

녀석의 관심을 돌리기 위해 내가 한 가지 제안을 하였다.

"혜리야! 우리 이마트에 갈까? 빵또아, 물만두 그런 거 사러…."

그러자 녀석이 눈웃음을 치며 좋아하였다. 사실은 녀석이 오늘 아침부터 냉장고에서 빵또아를 찾았다. 빵또아는 빵 속에 아이스크림을 넣어 만든 일종의 샌드위치이다. 그런데 잠시 뒤 녀석이 가겠다던 마트엘 안 가겠다고 한다. 눈치를 보니 옷을 갈아입기가 싫어서 그러는 듯하였다. 이게 소파에 비스듬이 누워서 하는 소리이다.

"할아버지! 혼자 가서 사 오세요. 빵또아, 그런 거요…."

내가 어쩔 수 없이 차를 몰고 가 이걸 사 왔다. 녀석이 눈 깜짝할 사이 빵또아 두 개를 먹었다. 종일 무척 먹고 싶었던 모양이다.

2008. 1. 28(월) −5~3℃ 바람이 불고 쌀쌀

쓰기 놀이 공책을 사다 주었다.

오늘 녀석에게 '쓰기 놀이공책'을 사다 주었다. 한글 자·모음과, 알파벳 쓰기를 시키기 위해서다. 녀석의 글 쓰는 모습이다. 틀리는 곳이 많다. 글씨를 쓰는 순서와 모양이 모두 틀린다. 곧 초등학교에 입학하게 되는데 안 되겠다 싶은 생각이 들었다.

쓰기 공책을 사다 주니 녀석이 너무 좋아하였다. 당장 공책을 펼치더니 곧 쓰기 연습을 시작하였다. 공책은 자음과 모음을 하나씩 쓰도록 되어 있었다. 점선을 따라 쓰다 보면 어느새 멋진 글자가 되었다. 글씨의 체를 익히는데 좋은 공책이라는 생각이 들었다. 일반 공책에 쓸 때는 글자가 크고 작고 제 멋대로였는데…, 쓰기 공책을 따라 쓰니 전혀 그렇지 않았다.

녀석은 영어 알파벳도 곧잘 따라서 썼다. 처음엔 잘 따라 쓸 수 있을지 걱정을 했는데…. 녀석은 대문자 소문자를 생각보다 곧잘 따라서 썼다. 녀석은 자신이 신기했던지 따라 쓰기를 계속 하였다.

한참을 쓰던 녀석이 공책을 신주단지 모시듯 챙겨두었다. 내일 또 쓸 요량인 듯하였다. 진작에 사다줄 걸…, 아쉬운 생각이 들었다.

2008. 1. 29(화) -3~3℃ 오전 쌀쌀 오후 따뜻

수두 때문에…, 어제오늘 집에만 있었다.

녀석이 어제오늘 집에만 있었다. 수두 때문에 바깥출입을 할 수 없어서다. 녀석은 종일 TV를 보면서 닌텐도 놀이를 하였다. 그런데 이것이 가끔 할머니 말에 어깃장이다. 집에만 있자니 심심해서 역반응을 보이는 모양이다. 수두는 어제오늘 약을 먹였더니 많이 누그러졌다.

저녁나절, 녀석이 어릴 때 찍은 제 사진에 설명을 붙였다. 네다섯 살 때 롯데월드에서 찍은 것들이다.

녀석이 붙인 사진 설명에는 웃기는 것들이 많다. 롯데월드 분수대 앞에서 제 애비와 뽀뽀를 하며 찍은 사진인데, '분수대의 못 생긴 뽀뽀…' 라는 설명을 붙였다. 제 삼촌과 이상한 모자를 쓰고 찍은 사진에는…, '삼촌과 혜리… 쓰레기통을 덮어쓰다' 라고 적었다. 마이크를 잡고 찍은 사진에는…, '서혜리… 가수가 되다' 라고 썼다. 웃기는 계집애가 아닌가!

2008. 1. 30(수) -5~-2℃ 바람이 불고 쌀쌀

"할아버지! 나 고등학교에 안 갈래요!!"

계집애가 점심을 먹으며 뚱딴지같은 소릴 하였다.

"할아버지! 나~, 고등학교에 안 갈래요."

"왜…!"

"밤 10시까지 공부하기 싫어서요!"

요것이 TV에서 뭔가를 본 모양이다. 그러면서 밤 10시까지 어떻게 공부를 할지 걱정이 되었던 모양이다. 그간 녀석은 힘이 든다며 유치원엘 가지 않겠다고 여러 번 떼를 썼었다. 내가 알아듣도록 설명을 해 주었다.

"혜리야! 네가 고등학교에 다닐 때는 밤 10시까지 공부 안 해…, 그 땐 공부시간이 지금보다 훨씬 줄어들 거야…."

그래도 녀석은 믿으려 하지 않았다. 시무룩한 표정을 지으며 걱정이 된다는 눈치이다. 밤 10시까지 공부한다는 것이 끔찍한 모양이다. 오후 5시, 오늘은 제 집에서 영어과외가 있는 날이다. 그런데 이게 가지 않겠다고 고집이다. 달래도 발버둥을 치며 싫다고 한다. 그래서 살살 달랬다.

"혜리야! 할아버지가 기다렸다가 너하고 다시 올게."

그랬더니 안심이 되는지 이게 냉큼 따라 나섰다. 차 속에서 내가 긴한 당부를 하였다.

"혜리야! 영어공부 열심히 해…!

그래야 이담에 잘 살어…. 선생님두 될 수 있어…. 아니면 너 이담에 못 살어…!"

그러자 이게 머리를 감싸며 하는 소리이다.

"할아버지! 이제 그만 하세요. 또 그 소리…."

난 녀석이 영어공부를 마칠 때까지 기다렸다가 함께 돌아왔다. 집으로 돌아오면서 녀석이 오늘 공부한 것을 되짚어 보았다.

"웨어 이스 더 버드?"

"인 더 추리."

"웨어 이스 더 버터 훌라이?"

"언더 훌라우어."

녀석이 배운 내용을 머리에 잘 담고 있었다.

제 집에 갈 때보다 기분이 훨씬 좋아 보였다.

2007. 1. 31(목) -7~0℃ 바람이 불고 쌀쌀

수두 때문에 집에만 있었다.

녀석이 벌써 며칠째 집에만 박혀 있다. 수두 때문에 발레, 태권도, 미술 학원엘 갈 수 없어서다. 어제 잠시 제 집에 들러 영어공부를 한 것이 전부다. 녀석이 오늘은 함므니 하부지와 사우나엘 다녀왔다. 함므니는 녀석의 몸에서 국수 때가 밀린다고 하였다. 그간 집에서만 씻겨서 잘 닦이지 않아서라고 하면서다.

사우나를 마친 뒤 식구들이 근처 '아귀탕' 집에서 외식을 했다. 그런데 녀석이 잘 먹지를 않는다. 그래서 함므니가 녀석에게 닭다리를 사다가 구워주었다.

저녁나절, 팬티를 갈아입다가 녀석에게 들켰다. 녀석이 얼결에 보고는 하는 소리이다.

"할아버지! 거기서 갈아입으면 어떻게 해요…!"

바라보니 녀석이 손으로 눈을 가리고 있었다. 계집애가 어느새 숙녀가 된 모양이다.

2008. 2. 1(금) -8~1℃ 날이 쌀쌀하고 손이 시림

닌텐도 놀이만 해서 걱정이다.

계집애가 요새 신바람이 났다. 수두를 핑계로 아무 데도 가지 않고 종일 집에서만 놀아서다. 함므닌 이것이 '닌텐도' 만 한다며 걱정이 태산이다. 운동이 부족하지 않을까, 시력이 나빠지지 않을까…, 그런 걱정이다.

'닌텐도' 는 일종의 게임기로 인터넷의 게임놀이와 비슷하다.

아이들이 여기에 빠지면 도대체 헤어나질 못한다. 게임기 안에는 수십 개의 프로그램이 깔려 있다. 아이들이 이 프로그램에 빠져 혼을 뺐기고 있는 것이다. 함므니는 이걸 말리겠다며 벌써부터 성화봉사다. 그런데 함므니의 잔소리가 녀석에겐 문제가 되지 않는다. 저녁을 먹으라고 그렇게 소리쳐 불러도 들은 체 만 체다. 속이 상해 내가 소릴 질렀다.

"혜리야!! 너 이 계집애…! 너… 정말 이럴 거야…!!"

그러자 이게 겁을 먹은 듯 흠칫하며 제 방으로 가 버렸다. 잠시 뒤 문을 열고 살펴보니 이게 계속 닌텐도 놀이를 하고 있다. 내가 더 참지 못하고 다시 우악스럽게 소릴 질렀다.

"혜리야!! 너, 정말 이럴 거야…!! 그럼 이거 갖다 버려…!!"

"너…, 안경 써도 괜찮어! 미인 안 돼도…, 괜찮어!"

녀석이 비로소 '닌텐도' 를 끄고 밖으로 나와 저녁을 먹었다.

2014. 1. 18~22. 미국령 괌, 수영장에서

녀석의 예중 입학을 축하한다며 '괌' 으로
가족 나들이를 가서 찍은 것이다.
혜리, 혜준이, 그리고 이종 4촌 윤시우 녀석…,
셋이서…, 멋진 포즈를 취하고 있다.
환하게 웃는 모습들이 마냥 예뻐 보인다.

2008. 2. 2(토) −5~2℃ 종일 맑고 비교적 따뜻

닌텐도 놀이를 하다가 눈물을 흘렸다.

밤 11시, 녀석이 '닌텐도' 놀이를 하다가 눈물을 흘렸다. 놀라서 이유를 물으니…, '닌텐도' 놀이에서 다른 마을로 이사를 갔는데, 다시 오려고 해도…, 길을 찾을 수 없어 돌아오지를 못해서 그런다는 것이다. 눈에는 눈물이 고여 있고, 이마에는 진땀이 질게 배여 있다. 놀이 속의 동물 '고매스'가 어디론가 사라져…, 이걸 찾으러 '로맨틱' 마을, '오리무중' 마을로 찾아다니다…, '죽전마을' 로 다시 돌아오려는데 올 수가 없다는 것이다.

녀석은 아무리 달래도 울음을 멈추지 않았다. 지나치게 감성적이라는 생각이 들었다. 눈물을 닦아주고, 머리를 감싸 안아줘도 울음을 그치지 않는다. 게임 속의 일이어서 별 일 아닐 성싶은데 그렇지가 않은 모양이다. 이것이 흐느껴 울면서 눈물을 주루룩 흘렸다. 함므니 할아버지한테 돌아올 수 없으니…, 그럴 거라는 생각이 들었다. 내가 녀석의 마음을 달래 주려고 여러 가지 꾀를 내 보았다.

"혜리야! 식혜(食醯) 줄까?"

"아니요…."

"그럼, 수정가 줄까?"

"아니요…."

"그럼… 가래떡 구워 줄까?"

"네……."

녀석이 비로소 마음을 풀려나 싶었다. 우린 가래떡을 구워 테이블에 앉

아서 맛있게 먹었다. 그런데 녀석이 아직도 눈물을 흘리고 있다. 내가 손으로 닦아주자 녀석이 흐느끼며 하는 말이다.

"할아버지! 나 이제 '닌텐도' 안 가질래요. 버릴래요…."

이게 또 무슨 소리인가…? 그 좋아하는 닌텐도를 버리다니…! 녀석이 마음의 상처가 너무 심했나 보다. 돌아올 수 없으니 왜 아니겠는가!

2008. 2. 3(일) −5~1℃ 흐리고 쌀쌀, 바람

아침부터 녀석이 또 닌텐도 놀이이다.

늦은 아침인데 녀석이 또 '닌텐도' 놀이를 하고 있다. 이걸 보고 내가 한마디 하였다.

"혜리야! 너 어제 '닌텐도' 버린다고 했잖아…, 그런데 또 해…!!"

"아니예요. '닌텐도' 를 버린다는 게 아니예요. '닌텐도' 에 들어있는 프로그램 '동물의 숲' 을 버린다는 거예요. '고매스' 를 찾으러 갔다가 길을 찾을 수 없어서…."

녀석의 말을 내가 잘못 이해했던 것이다. '닌텐도' 가 아니라 '칩' 속의 프로그램을 버린다는 걸 말이다. 그러면 그렇지…, 그럴 수가 없지 싶었다.

점심때는 이게 유럽여행을 가지 않겠다고 해서 애를 먹었다. 제 에미, 애비가 모레, 일주일 예정으로 유럽여행을 가는데…, 녀석이 따라가지 않겠다는 것이다. 이게 가지 않겠다고 울고불고 난리이다. 이유를 물으니, "그냥 가기 싫다" 는 것이다. 함므니 할아버지가 가지 않으니 저도 가지 않겠

다는 심사인 듯하다. 아무리 달래도 발버둥을 치며 계속 울기만 하였다. 어쩔 수 없이 내가 "그럼 가지 말라"며 다독여 주었다.

저녁나절 제 에미에게 이 사실을 알렸더니 이게 웃으며 하는 소리이다.

"그 계집애…, 괜히 그래요. 출발해서 30분만 지나면 언제 그랬느냐… 그래요. 우리 집에 오면, 언제나 엄마 집이 제일 좋다고 해요…."

녀석의 행동이 대수롭지 않다는 반응이다. 애들은 워낙에 적응이 빠르니 그럴 수도 있겠다 싶었다. 출발을 할 때까지 아무 소리 말아야겠다.

2008. 2. 4(월) −5∼2℃ 맑고 바람이 불고, 쌀쌀

여행을 가지 않겠다고 울고불고 난리다.

녀석이 저녁 내내 진땀을 흘리며 울었다. 어찌나 슬피 우는지 딱해서 볼 수가 없었다. 몸을 만져 보니 이마와 등허리에 진땀이 흥건하다. 제 에미 애비가 저를 데리고 유럽여행을 떠난다고 해서다. 녀석이 따라가지 않겠다고 계속 울고불고…, 난리를 치고 있는 것이다. 옆에서 보다 못해 함므니가 제 에미에게 소릴 질렀다.

"왜 너희들이나 다녀오지, 애까지 데려가려고 그래…!! 저렇게 안 간다고 떼를 쓰는데…!!"

드디어 제 에미와 함므니…, 모녀간의 싸움이 벌어졌다.

"엄마는 왜 애 버릇을 그렇게 들여요! 어떻게든지 가도록 해야 되는 거 아니예요?"

"애가 안 가겠다잖어…?"

옆에서 보고 있던 내가 답답해서 끼어들었다.

"그래… 너희들이나 다녀와…, 그게 좋겠다. 혜리는 더 크거든 데려가고…."

그러자 이번엔 혜리애비가 고집이었다.

"안 됩니다, 아버님! 그러면 몇 백만 원 손해를 봅니다. 비행기 값이며 '호텔' 예약이 이미 끝이 났습니다."

문제는 혜리이다. 녀석은 갈 생각이 조금도 없다. 벌써 반 시간 이상 울고불고 난리이다. 눈물 콧물, 진땀을 뻘뻘 흘리면서…. 보기에 너무 딱하다. 한참을 울던 녀석이 슬픈 표정을 지으며 하는 말이다.

"그럼…, 할아버지도 같이 가요. 그럼 나두 갈 거예요…."

그러자 이번엔 제 에미가 참지 못하고 성질을 내며 난리였다. 이를 지켜보던 녀석이 안 되겠다 싶은지 가겠다고 백기를 들었다. 그래서 녀석과 난 여행가방을 챙기기 시작하였다. 녀석은 할아버지를 두고 떠나는 게 너무 서운한 모양이다. 옷가지를 싸다 말고 슬그머니 다가와 하는 소리이다.

"할아버지! 나~, 할아버지 사진 하나 가지고 가도 돼요? 할아버지는 내 사진 가지고 계세요."

녀석이 서랍을 뒤져 제 사진 한 장을 꺼내 내게 주었다. 내가 얼른 받아 지갑 속에 넣었다. 그랬더니 이게 하는 소리이다.

"할아버지…, 내 생각해야 돼요…. 나두 할아버지 사진 보면서 할아버지 생각할 거예요." 이건 마치 연인들이 주고받는 소리가 아닌가.

녀석의 말을 듣자니 눈물이 쏟아질 것 같았다. 녀석이 할아버지를 정말 좋아하는구나…!!

짐을 싸면서 녀석이 유럽에 다녀온 뒤의 일을 걱정하였다. 오는 3월…, 초등학교에 입학하게 되는데 그땐 제 집에 가야 하기 때문이다. 녀석이 이런 걸 생각하며 하는 말이다.

"할아버지! 엄마는 맨날 늦게 일어나요. 밥두 안 해 줘요."

내가 딱한 생각이 들어 얼른 녀석의 말을 가로챘다.

"혜리야! 넌 초등학교에 다닐 때도 함믄네 집에 있을 거야…. 두고 봐. 그렇게 될 테니…. 염려 마…!" 여기엔 내 생각이 숨어 있었다.

녀석이 마음이 놓이는지 깊은 숨을 쉬었다. 그리고는 내일 여행을 떠나야 한다며 일찍 잠자리에 들었다.

2008. 2. 5(화) −6~0℃ 종일 맑고 쌀쌀

제 에미 애비와 유럽여행을 떠났다.

오후 2시, 녀석이 인천공항으로 떠났다. 제 에미 애비와 셋이서다. 동생 혜준이는 아직 어려서 데려가지 않기로 하였다. 여행지는 유럽 4개국…, 영국, 프랑스, 스위스, 이태리. 오늘 저녁 홍콩을 거쳐 영국으로 갔다가…, 8박9일의 여행을 마치고 오는 13일 오후 귀국하게 된다.

녀석이 아침 10시에 일어나 오늘 여행을 걱정하였다.

"할아버지! 오늘 헤어지네요…."

"혜리야! 괜찮아…, 기껏해야 일주일인데 뭐……!"

그런데 녀석이 아직도 가기 싫다며 속을 태우고 있다. 이런 녀석의 마음을 달래주려고 내가 샘을 부리는 듯 말했다.

"혜리는 좋겠네…! 유럽 여행두 가구…. 할아버진 아직 그런데 못 가 봤는데…."

그런데 녀석이 내 이런 말을 들으려 하지 않는다. 그냥 답답하고 불안한 모습만 계속 보이고 있다. 그러다가 아침 10시, 녀석이 마음을 다잡은 듯하였다. 여행을 떠나기 전 태권도 승급심사를 받아야겠다는 것이다. 그래서 우리 둘이는 서둘러 도장으로 가 승급심사를 받았다. 오전 11시부터 12시 사이이다. 승급심사를 마치고 나오는 녀석에게 내가 농담을 걸었다.

"혜리야…! 오늘 혜리 허리띠 색깔이 달라졌네…!! 흰 띠가 청색 띠가 됐네…!!" 그랬더니 녀석이 얼른 하는 소리이다.

"아니예요. 초록 띠에서 청색 띠가 된 거예요."

녀석이 도장을 나와 엘리베이터를 타면서 또 여행걱정이다.

"할아버지, 나 여행가고 싶지 않은데…! 그냥 할아버지하고 집에 있구 싶은데…!"

딱한 생각이 들어 내가 녀석의 머리를 감싸 안으며 말했다.

"혜리야! 그런 여행 아무나 가는 거 아니야!! 엄마가 혜리를 사랑하기 때문에 방학에 데리고 가는 거야! 아무 소리 하지 말구 다녀와…."

난 녀석이 집을 나서기 전 얼른 자리를 피했다. 떠날 때 울고불고 난리를 칠 것 같아서였다. 내가 집을 나오며 혜리에게 작별인사를 하였다.

"혜리야! 잘 다녀와…! 이따 가기 전에 또 전화하자!!"

그런데 이후 난 녀석과 작별인사를 나누지 못했다. 녀석이 공항을 떠날 때 내가 테니스를 치고 있어서다.

뒤에 핸드폰을 열어보니 녀석의 전화가 두 번이나 와 있었다.

테니스를 괜히 오래 쳤구나 싶었다. 녀석의 전화도 못 받고….

2008. 2. 6(수) -6~-1℃ 섣달 마지막 날, 맑고 쌀쌀

혜리에미가 런던에서 전화를 했다.

오후 5시, 혜리에미에게서 전화가 왔다. 홍콩을 거쳐 런던에 도착한 지 세 시간쯤 되었다고 한다. 국제전화여서 자주 끊기고 소음이 심해 잘 들리지 않았다. 혜리는 잘 지내고 기분도 좋다고 한다. 제 에미와 떨어진 혜준이도 제 에미와 멀쩡하게 통화를 했다. 울고불고 난리를 칠 것 같아서 바꿔주지 않으려고 했더니…. 계집애가 제 에미가 어디서 무얼 하는지 궁금한 모양이다. 전화를 바꿔서는 제 에미에게 하는 소리이다.

"엄마! 거기 어디야…? 지금 거기서 뭐해…?"

내가 혜리와 통화를 하는 중에도 전화는 자주 끊겼다. 확인을 하고 넘어가려는데, 말이 연결되지 않았다. 내가 여러 차래 녀석의 안부를 물었다.

"혜리야! 잘 지냈어? 밥 잘 먹구…? 구경 잘 했어…?"

녀석도 내 말이 들리지 않는지 자꾸만 한 말을 되풀이 하였다.

그러다 이내 전화가 끊겨 더 이상 말을 이을 수 없었다. 스케줄에 의하면 오늘은 대영박물관, 버킹엄 궁…, 국회의사당, 웨스트민스터 사원, 런던을 둘러보고, 워털루 역으로 이동하여 거기서 파리로 간다. 녀석이 되도록 많은 걸 보고 돌아왔으면 좋겠다. 통화가 잘 되면 좋았을 텐데… 아쉽다.

2008. 2. 7(수) −7∼−2℃ 종일 맑고 바람 쌀쌀

설날인데 녀석이 파리에 가 있다.

정월 초하루…, 설날이다. 이런 날 혜리가 집에 없으니 쓸쓸하다. 때때옷에 절이라도 하면 세뱃돈이라도 좀 줄 텐데….

녀석에게선 종일 소식이 없었다. 이제나 저제나…, 전화를 기다리는데…, 오지를 않는다. 제 에미가 걸어주지 않아서인지 모르겠다.

여행 '스케줄' 에는 녀석이 지금 파리에 가 있다. 스케줄에 의하면 종일 시내 관광으로 눈코 뜰 새가 없다. '루브르 박물관', '새느' 강변, '노트르담 성당', 콩코드 광장…, 개선문…, 에펠탑… 이런 곳을 다녀야 해서다.

'루브르 박물관' 은 세계 3대 박물관 중 하나다. '세느' 강변은 전 세계 예술인들의 꿈과 낭만의 거리이고, '샹제리제 콩코드' 광장은 세계적 '패션' 과 문화의 거리이다. 녀석이 이런 곳을 돌아보며 배우는 게 많았으면 좋겠다.

함믄네 집에 떨어져 있는 혜리동생 혜준이 녀석…, 어찌나 잘 먹고 잘 노는지 귀엽고 신통하다. 제 에미 애비 생각은 꿈에도 없다. 가끔 밤이 깊으면 함므니 품에서 제 에미를 찾는 게 고작이다. 그런데, 그것도 잠시, 곧 잊어버리고 헤헤거린다. 이참에 젖을 아예 떼었으면 좋겠다.

2008. 2. 8(금) −5~1℃ 다소 흐리고 쓸쓸

제네바의 녀석과 통화를 못했다.

정월 초 이튿날이다. 볼 일이 있어 밖엘 나갔다 왔더니…, "혜리에미에게서 전화가 왔었다"는 함므니의 말이다. 시간에 쫓겨 혜리 하고는 통화를 하지 못했다고 한다. 그런데 녀석의 소식을 알 수 없으니 종일 기분이 어수선하다. 통화를 못한 이유는 제 에미가 끊어서라고 한다. 혜리동생 혜준이 하고만 통화를 하고서…. 여행 스케줄을 보니 녀석이 지금쯤 제네바를 방문중이다. 파리 '리옹역'에서 '떼제베'를 타고 '제네바'에 도착해서다.

일정에는 '레만' 호수, '알프스'의 '몽불랑'을 보도록 되어 있었다. 현지 시간 오후에는 스위스에서 이태리 '밀라노'로 가게 된다. 그리고는 '마리아 탄생 성당'인 '두오모 성당', '스칼라 극장', '빅토리오 엠마누엘' 화랑 등을 둘러보게 된다. 녀석이 정신세계를 넓히는 계기가 되었으면 좋겠다.

2008. 2. 10(일) −5~4℃ 아침 쌀쌀, 한낮 따뜻

녀석이 아직 로마에 머물고 있다.

오후 여섯 시, 녀석에게서 소식이 왔다. 제 에미가 전화를 했는데, 아직 로마에 머물고 있다는 것이다. 테니스를 치고 저녁에 들어오니, 함므니가 일러주는 말이다.

"혜리하고 직접 통화를 했느냐" 고 했더니…, 그런데 잘 지냈느냐고 물어도 대답을 않더라" 는 것이다. 그러면서 "할아버지 안부를 묻더라…" 고 하였다. 제 에미와의 여행이 아마도 재미가 없는 모양이다. "통화 중 전화가 끊겨 더 이상 말을 할 수 없었다" 고 한다. 내가 집에 있었더라면…, 하는 아쉬움이 들었다.

'스케줄' 에는 녀석이 아직도 '로마' 에 머물고 있다. 지금쯤 '나폴리', '폼페이', '쏘렌토' 를 보고 있을지 모르겠다. '나폴리' 는 세계 제 3대 미항(美港) 중의 하나이다. '폼페이' 는 화산폭발로 이루어진 도시로 세계적인 명소이고…, '쏘렌토' 는 쪽빛 바다와 석양이 아름다운 휴양지로 알려져 있다.

스케줄에는 '로마' 에서 '나폴리' 까지는 버스로 3시간…, '나폴리' 에서 '폼페이' 까지 또 30분…, '쏘렌토' 에서 '로마' 까지 또 3시간 30분이 걸린다. 이 긴 여행을 녀석이 어떻게 잘 견딜지 모르겠다.

2008. 2. 12(화) −9~−5℃ 종일 바람이 불고, 쌀쌀

녀석이 내일 오후 귀국한다.

녀석에게서 어제오늘 소식이 없다. 돌아올 날이 가까워서 그런 모양이다. 스케줄에 의하면 녀석이 내일 오후에 돌아온다. 지난 월요일 출국한 지 꼭 여드레 만이다. 내일은 오늘보다 날씨가 훨씬 춥다는 기상청의 예보다. 녀석이 옷을 충분히 가지고 갔는지 모르겠다.

녀석이 오늘까지 3일째 로마에 머물고 있다. 이곳에서 녀석은 로마의 유적지며 시내를 돌아보게 된다. 바티칸 박물관을 비롯해, '시스타나' 예배당, '성베드로' 대성당…, '콜로세움', '포로 로마노', '진실의 입', '대전차 경기장' 등…. 이탈리아 최대의 관광 명소들이다.

녀석은 오늘 밤 자정 로마를 출발, 내일 새벽 홍콩에 도착한다. 홍콩에서 인천공항까지는 7시간 정도가 걸린다. 그러면 녀석이 내일 오후 5시, 집에 도착하게 된다. 참으로 오래간만의 만남이다.

2008. 2. 13(수) −9∼−5℃ 종일 바람이 불고 쌀쌀

혜리가 유럽여행에서 돌아왔다.

녀석이 오후 2시, 유럽 여행에서 돌아왔다. 오후 3시 전화가 왔는데 받아보니 혜리였다. 내가 소릴 질렀다.

"혜리니…!"

"네, 할아버지…! 그런데 왜 목소리가 그렇게 커요?"

"어디야? 언제 왔어? 거기 공항 안이야 밖이야?"

"지금 차 타고 가고 있어요."

공항을 빠져 나와 집으로 오고 있다는 말이다. 공항에서 집까지는 두 시간 남짓…, 그러니까 5시면 집에 도착하게 된다.

"혜리야! 얼른 와! 할아버지가 기다릴게…."

그런데 6시가 넘도록 돌아오지를 않는다. 전화를 해 보니 제 집에서 샤

워 중이다. 여행으로 지친 피로를 목욕으로 풀려는 모양이다.

저녁 8시, 녀석이 제 에미 애비와 함께 돌아왔다. 현관문을 들어서며 함므니를 소리쳐 부르더니, 매달려 얼굴을 비벼대고 난리였다. 오랜만에 보는 함므니가 그렇게 좋은 모양이다. 여드레만에 보는 녀석이 그간 꽤 자란 듯하다. 목소리를 높여 여행을 설명하는데, 의젓해 보였다. 모처럼 식구들이 함께 저녁식사를 했다. 혜리는 미역국과 구운 김을 해서 맛있게 먹었다.

2008. 2. 14(목) −7~2℃ 바람이 불고 종일 쌀쌀

그간 쉬던 유치원을 다시 나갔다.

어젯밤 녀석이 밤늦게까지 놀다가 잤다. 여행에서 돌아와 마음이 놓여서 그런 듯하다. 아침에는 11시가 넘도록 늦잠을 잤다. 시차적응 때문인 듯하였다.

오늘 녀석이 그간 쉬었던 유치원을 다시 나갔다. 유치원이 지난 11일 개학을 해서다. 일어나지 않으려는 걸 억지로 깨워 간신히 학교엘 보냈다.

녀석은 오늘 인라인 스케이트와 미술학원에도 가야 한다. 한동안 쉬다가 갑자기 나가자니 귀찮은 모양이다. 가지 않겠다고 한참 떼를 썼다.

아침에 녀석과 등교를 했더니 내일이 졸업식이라고 한다. 그래서 10시까지는 등교를 해야 한다는 것이다. 입학한 지 엊그제 같은데 벌써 그렇게 많은 세월이 흘렀다. 드디어 녀석이 초등학생이 되는구나 싶었다.

2008. 2. 15(금) -6~1℃ 종일 맑고 한낮 따뜻

혜리가 오늘 유치원을 졸업했다.

혜리가 오늘 유치원을 졸업했다. 그제 여행에서 돌아와 갑작스레 이루어진 것이다. 죽전(竹田), 단국대학교 앞, '독정초등학교 병설유치원' ….

아침 9시 반, 녀석을 학교에 미리 데려다 놓고…, 제 에미와 난 잠시 뒤 10시에 졸업식장엘 갔다. 식장은 벌써부터 졸업식 준비로 들떠 있었다.

강단 앞에는 졸업축하 현수막이 걸려 있었다. '경축! 독정초등학교 병설유치원 제3회 졸업식', 식장은 졸업하는 아이들과 엄마들로 북새통이었다. 꽃다발이 오가고, 카메라 '후레쉬' 가 여기저기서 터졌다. 식장 앞줄엔 아이들이, 뒤에는 엄마들이 줄지어 서 있었다. 아이들도 엄마들도 모두 상기된 표정이다.

교장선생님이 아이들을 하나씩 불러 졸업장을 주었다. 졸업장을 받아 든 아이들이 고개를 숙여 인사를 했다. 서른 다섯 명 아이들 모두가 졸업장을 받아 들었다. 녀석들이 상기된 표정으로 자리에 돌아와 앉았다. 졸업장이 주어질 때마다 엄마들이 박수를 쳐 격려해 주었다.

졸업장수여식 뒤 '개별상 시상식' 이 있었다. '만들기 상', '튼튼 상', '곤충 만지기 상', '친절 상', 종류가 많았다. 혜리 녀석은 '친절 상' 을 받았다.

10시 반에 시작된 졸업식이 11시를 넘어 모두 끝이 났다. 난 이 모든 과정을 '카메라' 에 담아 제 에미에게 주었다.

식을 마치고는 선생님에게 인사를 하고 교문을 나섰다. 오는 3월엔 녀석이 다시 이곳 독정초등학교에 입학하게 된다.

2008. 2. 16(일) -7~2℃ 계속되는 추위, 날씨 쌀쌀

"할아버지! 나 언제 유치원에 가요?"

녀석이 또 유치원에 가야 하는지 궁금한 모양이다. 아침에 일어나 슬그머니 내게로 오더니 하는 말이다.

"할아버지! 나~ 언제 유치원에 가요?"

"가긴 언제 가! 안 가는 거지. 졸업했잖아…. 이제 초등학교에 입학을 해야 학교에 가는 거야…!" 그러자 녀석이 좋아서 어쩔 줄을 몰랐다. 졸업 후에도 유치원을 계속 다니는 줄 알았던 모양이다. 녀석이 어제오늘, 계속해서 집에만 머물고 있었다. 그러자 심심했던지 내게 와 하는 소리이다.

"할아버지! 나 유치원에서 애들하고 놀고 싶어요…. 하루 종일 집에만 있으니까 심심해요. 아래층 예원이하고 놀면 안 돼요?"

종일 집에만 있으니, 왜 아니랴 싶었다. 그래서 아래층 예원이에게 전화를 걸었더니, 친구가 있어서 오지 못하겠다는 것이다. 그러자 녀석이 나와 놀자고 한다. 내일은 어디 집 근처 썰매 장이라도 다녀와야 하겠다.

2008. 2. 18(월) -5~3℃ 오전 쌀쌀, 오후 따뜻

감기가 걸렸는지 어지럽다고 한다.

녀석이 감기가 걸린 모양이다. 코가 막히고 머리가 흔들리고 어지럽다

고 한다. 여행에서 돌아온 날부터 골치가 아프다고 하더니…. 병원엘 갔더니 독감이라고 한다. 병원을 다녀온 녀석이 종일 누워만 있었다.

저녁나절 외출에서 돌아오니 녀석이 다가와 하는 소리이다.

"할아버지! 혜준이 좀 때려 주세요. 혜준이가 나 때렸어요."

도대체 이게 무슨 소리인가? 제 동생을 때려 주라니! 이것이 동생보다 어린 애 짓을 하고 있지 않은가! 동생이 일러야 하는데, 언니가 이르고 있으니…. 할아버지에게 응석을 부리는구나 싶었다.

녀석의 어린애 짓은 저녁때도 계속되었다. 제 동생이 식탁에 앉아 혼자 밥을 먹는데…, 녀석은 소파에 앉아 먹여 달라고 한다. 혜준이는 시금치며, 숙주나물, 고갱이 배추를 막 먹는데…, 녀석은 그러질 못한다. 응석받이로 키워서 그런 게 아닌지 모르겠다.

2008. 2. 19(화) -5~4℃ 오전 쌀쌀, 오후 따뜻

감기 때문에 이틀째 누워 있다.

녀석이 감기 때문에 종일 누워 있다. 어제에 이어 이틀째다. 녀석은 하루 종일 잠만 잤다. 아침에 잠깐 눈을 떴다가 오후 내내 잤다.

밥도 잘 먹지를 않는다. 옆에서 보자니 안타깝기 짝이 없다. 할므닌 해열제와 약을 먹인다며 난리법석이었다. 곧 있을 초등학교 입학이 걱정이 되어서 그러는 모양이다. 녀석이 밤 10시 내게 슬그머니 오더니 하는 소리이다.

"할아버지! 나…, 학교에 가서 시험 못 보면 어떻게 해요? 빵점 받으면…?"

내가 웃으며 말했다.

"그게 무슨 소리야? 왜 빵점을 받어 …!! 절대로 아니야…!!"

그래도 녀석은 마음이 편치 않은 모양이다. 학습의 반응이 아닌가 싶어 씁쓸한 생각이 들었다.

2008. 2. 21(목) −1~8℃ 봄날처럼 따뜻

감기가 심해 일어나지를 못한다.

녀석의 감기가 아주 지독하다. 아침 내내 일어나지도 못하고 걷지도 못하고…. 거짓말로 그러나 싶은 생각이 들 정도다. 얼른 보기엔 그냥 멀쩡한데…, 자세히 살펴보니 그렇지가 않다. 정말 아파서 쩔쩔 매고 있다.

아침 잠자리에서다. 녀석이 나를 불렀다. 팔 다리가 아프니 주물러 달라는 것이다. 처음엔 뭐… 별 거 아니겠지 했는데, 한참을 주물러도 녀석이 일어날 생각을 않는다. 팔 다리 허벅지가 너무 아파서 일어날 수 없다는 것이다. 순간 이를 어쩌나 싶은 게 정신이 없었다. 어쩔 수 없이 성지순례차 직지사로 떠난 할머니에게 전화를 걸었다. 할머니가 녀석의 약 처방을 알고 있어서다.

아침 식사 뒤 녀석이 약을 먹고 종일 잠을 잤다. 오전 11시에서 오후 3시까지, 다시 6시에서 밤 10시까지…. 점심과 저녁은 자느라고 먹지를 못했다. 지금 시간이 밤 10시… 녀석이 아직도 자고 있다. 이번 독감이 아주 지

독한 모양이다. 함므니도 삼촌도 감기에 걸려 쩔쩔매고 있다. 나도 콧물이 살살 흐르고 재채기가 난다. 아스피린이라도 좀 먹어 두어야겠다.

2008. 2. 23(토) −3∼1℃ 종일 바람이 불고, 쌀쌀

독감에서 완전히 벗어났다.

계집애가 독감에서 벗어난 모양이다. 아침에 보니 언제 아팠느냐는 듯 멀쩡하다. 걷기도 잘 하고 아프다는 소리도 하지 않는다. 비로소 독감에서 완전히 벗어난 듯하다.

감기에 걸린 지 꼭 엿새째 되는 날이다. 그런데 대신에 내 감기가 심해져 꼼짝할 수가 없다. 녀석은 남들이 좋아하는 외식을 가끔 싫다고 한다. 함므니가 어제부터 그렇게 일러도 듣지를 않는다. 저는 '아귀탕' 이 싫다고 하면서다. 함므니가 더 이상 참지 못하고 우격다짐을 하였다. 싫어도 그냥 가서 먹자는 것이다. 실은 나도 별로인데, 가자고 하니….

녀석과 난 따라가 들러리를 섰다. 녀석이 한두 번 맛을 보더니 수저를 놓았다. 맛이 없어서 먹지 못하겠다고 하면서다. 녀석은 간신히 탕에서 새우 몇 마리를 건져 먹었다. 녀석과 난 함므니의 눈치를 살폈다.

2008. 2. 24(일) -6~3℃ 갑자기 쌀쌀, 종일 가벼운 안개

녀석이 일주일 뒤 초등학교에 들어간다.

녀석이 오는 3월 3일 초등학교에 입학한다. 불과 일주일 밖에 남지 않았다. 그런데 여러 가지 걱정이 머리를 어지럽힌다. 무엇보다 입학 후 잘 적응을 할지 걱정이다. 일찍 자고 일찍 일어나는 일…, 치카치카며 세수를 하는 일…, 밥을 먹고 가방을 챙겨 등교를 하는 일….

글쎄…, 무리 없이 잘 할 수 있을 지 모르겠다. 녀석의 현재 행동에 비추어서 그렇다는 말이다. 잘 견디지 못하면 어쩌나…, 큰 걱정이다.

제 집에 가서 잘 견딜 수 있을지도 걱정이다. 초등학교에 들어가니 제 집에 가서 있을 만도 한데…, 녀석은 아예 그럴 생각이 없다. 마음에 부담을 느끼는 것 같지도 않다. 어떻게 되겠지…, 그런 생각을 하고 있는 듯하다.

녀석이 제 집에 가게 될 경우도 문제다. 제 에미가 이것 저것 잘 챙겨줘야 하는데…, 함므니 처럼…, 글쎄 걱정이다.

등 · 하교시 교통편도 문제다. 입학 후 당분간은 누군가 데리고 다녀야 하는데…, 이걸 제 애비가 잘 할 수 있을지…, 공장일 때문에….

지난 1년 간 유치원은 내가 데리고 다녔다. 초등학교에 들어가서도 내가 계속해야 할지…, 글쎄 더 두고 봐야 하겠다.

2008. 2. 25(월) −5~5℃ 날씨가 꾸물꾸물, 저녁에 눈

"할아버지! 나 학교에 가기 싫은데…."

저녁 10시, TV 앞에 누워있는 녀석에게 내가 말을 걸었다.

"혜리야! 이제 다음 월요일부터 학교에 가야 되네…!!"

그랬더니 녀석이 하는 말이다.

"할아버지! 나~, 가기 싫은데…."

"가기 싫다니! 그럼 너 이담에 바보 될 거야!!"

그러자 녀석이 이내 체념을 하는 눈치이다. 내친김에 내가 녀석의 마음을 더 들여다보았다.

"혜리야…! 이제…, 엄마네 집에 가 있어야 하는데…!"

그랬더니 녀석이 진짠지 가짠지 우는 시늉이다.

잠시 뒤 녀석이 하는 소리이다.

"할아버지! 나 할머니 집에서 다니면 안 될까?"

그래서 내가 얼른 동의를 하였다.

"그래…! 혜리야…! 그렇게 하자!"

내가 녀석을 부둥켜 안았다. 오늘은 혜리동생 혜준이가 아침나절부터 와 있다. 제 에미가 피아노 학원엘 나가야 하기 때문이다.

해가 질 무렵 제 에미, 애비가 모두 와 저녁을 먹었다. 그리고는 밤 10시, 뉴스가 끝나자 제 집으로 돌아갔다.

2008. 2. 27(수) −6~3℃ 종일 맑고 따뜻

녀석의 등교…, 마음이 불안하다.

녀석의 등교가 며칠 남지 않았다. 공연히 마음이 불안하다. 저 어린 것이 어떻게 감당할 수 있을가! 제 에미가 어렸을 땐 그런 걸 몰랐는데….

저 녀석은 걱정이 태산이다. 등 · 하교며 숙제, 공부, 식사, 자고 일어나는 일까지…, 모두가 걱정거리다. 차라리 내가 데리고 있으면 좋겠는데…, 제 에미 애비가 응할지! 혹시 내가 뒷바라지를 잘못하면 어쩌나…!

입학을 며칠 앞두고 공연히 마음이 불안하다. 기우일 것이 틀림이 없는데…, 어린 녀석이 어떻게 견딜지…. 녀석이 어제오늘 집에만 있다. TV를 보다가, '닌텐도' 놀이를 하다가, 튼튼영어를 하다가…. 학교입학이며 등교는 걱정도 하지 않는 눈치다. 저녁엔 제 집에 가서 '튼튼영어' 공부를 하고 돌아왔다.

2008. 2. 28(목) −2~10℃ 종일 맑고 따뜻

녀석이 곧 초등학교에 들어간다.

2월도 이제 하루 밖에 남지 않았다. 내일 하루만 지나면 벌써 3월이 된다. 그러면 녀석이 곧 초등학교에 입학하게 된다.

오늘은 녀석이 오래간만에 미술학원엘 다녀왔다. 거의 한 달 만이다. 유

럽여행과 독감 때문에 그간 다니지 못했다.

미술학원을 가기 전 내가 녀석에게 잔소리를 했다. "옷을 혼자 입어라…, 가방과 미술도구를 혼자 챙겨라…." 초등학교에 입학하기 전 미리 연습을 해 두기 위해서다. 그랬더니 이게 하는 말이다.

"할아버지! 나 함믄네 집에서 다니면 안 될까?"

"되지…! 그런데 엄마가 뭐라고 하면 어떡해…!"

"그래…, 그게 문제야…."

둘이서는 이런 일을 두고 두런두런 이야기를 나눴다.

미술학원을 가면서도 녀석과 난 계속 얘기를 했다.

"할아버지! 난 공부 못할까 봐 걱정이에요."

"난, 그런 거 걱정 안 해. 넌 공부 잘할 테니까.

할아버지가 걱정하는 건 네 엄마야. 늦게 일어나지, 학교에 안 데려다 주지…, 네 엄마 정말 그러면 어떡하니…?"

녀석과 난 쓸데없이 걱정만 하였다.

2008. 2. 29(금) 1~7℃ 종일 옅은 안개, 황사

녀석이 다섯 가지 다짐을 하였다.

녀석이 곧 닥칠 초등학교 입학이 걱정이 되는 모양이다. 저녁을 먹고 뭔가를 써서 보여주는데, 살펴보니 5가지 다짐이다.

첫째 일찍 자기, 둘째 일찍 일어나기, 셋째 혼자 세수하기, 넷째 10시까

지 공부하기, 다섯째 혼자 목욕하기. 모두 초등학교 입학과 관련된 것들이다. 누가 시킨 것도 아닌데 지가 혼자 알아서 쓴 것이다. 내일 모레가 입학이어서 부담이 되어서인 듯하다. 녀석이 이걸 안방, 건넌방, 서재에 하나씩 붙여 놓았다. 다짐을 굳게 하고 꼭 지킬 모양이다.

저녁 7시, 녀석이 학교 이야기를 다시 꺼냈다.

"할아버지! 나 학교에 가고 싶어요. 가서 친구들 많이 사귀고 싶어요. 그런데 수업이 끝나면 할아버지가 데리러 오세요! 난 '핸드폰' 안 가지고 다닐 테니까요. '독정초등학교' …그렇게 써 있는 곳으로 오세요."

녀석은 누가 학교 이야기를 꺼내면 민감한 반응이다. 저녁에 제 애비가 잠깐 들렀다가 학교 얘길 꺼냈다.

"이제 혜리가 곧 학교에 가네요…!"

그러자 녀석이 제 애비에게 하는 말이다.

"아빠! 그런 소리하지 마. 나 골치 아퍼…!"

2008. 3. 1(토) 1~7℃ 종일 햇빛 따뜻

함므니 집에서 학교에 다니겠단다.

혜리가 함므니 집에서 학교에 다닐 모양이다. 얼마 전까지도 제 집과 함므니 집에서 며칠씩 다닌다고 하더니….

오늘은 아주 함므니 집에서 다니기로 했다고 신바람이다. 외출에서 돌아오니 이게 뛰어나오며 하는 소리이다.

"할아버지! 나 함므니 집에서 학교에 다니기로 했어요. 함므니가 그렇게 말했어요. 이제부터 나 함므니 말 잘 들을 거예요."

녀석이 활짝 웃으며 어쩔 줄을 모른다. 기분이 너무 좋은 모양이다. 기분이 좋기는 나도 마찬가지이다. 함므니 눈치를 살펴보니…, 그렇게 하기로 한 듯하다. 내가 신이 나서 설레발을 떨었다.

"정말! 할머니가 최고다, 최고야!!"

"네…. 맞아요! 나 기분이 너무 좋아요. 얼른 학교에 갔으면 좋겠어요."

저녁나절, 제 에미 애비가 와서 같이 저녁을 먹었다. 이것들은 혜리 얘기를 듣고 그럴 수밖에 없다는 표정이다. 벌써부터 그렇게 하기로 마음을 다 잡은 모양이다. 녀석은 함므니 할아버지와 사는 게 그렇게 좋다고 한다. 그런데…, 뒷바라지가 어떨지 그게 걱정이다.

2008. 3. 2(일) 3~10℃ 흐리고 약한 황사

내일 초등학교에 입학을 한다.

오후 6시, '테니스'를 치고 돌아왔는데 녀석이 집에 없다. 연유를 물으니 교회 때문에 제 애비가 데리고 갔다는 것이다. 그런데 밤 9시가 넘도록 돌아오지를 않는다. 답답해서 전화를 했더니, 제 애비가 하는 소리이다.

"아버님! 혜리, 오늘 밤 여기서 재우면 안 되겠습니까?"

그런데 녀석의 생각은 제 애비와 다르다. 거기서 자기 싫다며 어여 와 데려가라는 것이다. 곰곰 생각해 보니…, 가서 데리고 와야 되겠다는 생각이 들었다. 내일 아침 입학식에 가야 하기 때문이다. 아침 일찍 일어나 등교채비를 서둘러야 하는데…, 글쎄…, 제 에미가 녀석의 마음에 들게 할지…, 함므니가 챙겨주는 게 아무래도 낫지 싶었다.

생각다 못해 얼른 가 녀석을 데리고 왔다. 돌아온 녀석이 가방이며, 신발주머니…, 크레파스…, 연필 지우개를 모두 챙겨 등교 채비를 하였다.

2008. 3. 3(월) 0~6℃ 오전 안개, 오후 갬

녀석이 초등학교에 입학을 했다.

녀석이 오늘 초등학교에 입학을 했다. 아침은 그래서 등교 채비로 한참 바빴다. 일찍 깨워 세수를 시키고 밥을 먹여 보내야 해서다.

그런데 녀석의 아침 행동이 평소와 별로 다르지 않다. 등교에 대한 부담을 갖지 않은 것도 아닌데….

녀석의 첫 등교는 '담임시간' 으로 시작되었다. 학급은 1학년 3반, 선생님이 아이들에게 번호와 자리를 알려주면서 다음부터는 늘 오늘 그 자리에 앉으라고 하였다. 이름표는 항상 목에 걸고 다니고…, 무얼 묻고 답할 때는…, "저는 몇 번 누구누구입니다" 하라고 일렀다.

녀석의 번호는 37번이었다. 선생님의 경력이 비교적 넉넉해 보였는데…, '우순복' 이라고 스스로를 소개하였다. 아이들 다루는 솜씨가 꽤나 세련되어 보였다. 11시부터는 시청각실에서 입학식이 있었다. 입학생은 모두 192명…. 남자가 107명, 여자가 85명이었다.

학급은 다섯 개 반으로 편성되었다. 담임선생님은 모두 여자였다. 교장선생님의 말이 담임배정에 많은 신경을 썼다고 하였다. 모두가 나이가 지긋하고, 경험이 많아 보였다. 녀석은 지가 졸업한 유치원의 초등학교에 신입생이 되었다. 입학생들 중에는 유치원을 같이 다니던 아이들이 여럿 있었다. 입학식이 끝난 뒤 녀석은 유치원 친구들과 같이 점심을 먹었다.

나는 녀석을 제 에미에게 맡기고 먼저 집으로 돌아왔다. 녀석은 오후 내내 제 친구들과 지내다 6시에 돌아왔다.

저녁을 먹은 뒤인데 녀석이 제법 어른 같은 소릴 하였다.

"할아버지! 나 이제부터 철이 들래요."

"어떻게…? 어디 보여줘 봐!!"

"다섯 가지 법칙 있잖아요…?"

그러니까 어제 지가 쓴 '일찍 자기' … 그런 거 말이다.

그걸 잘 지키겠다는 것이다. 글쎄…, 이번엔 진짜라고 하는데, 어디 두고 봐야겠다.

2008. 3. 4(화) −1～6℃ 종일 흐리고, 오후에 함박눈

"할아버지! 나 오늘 공부 재미있었어요!!"

누가 깬 것도 아닌데 녀석이 아침 일찍 일어났다. 학교에 갈 것이 걱정이 되어서인 듯하다. 그래서 말인데, 닥치면 다 하기 마련이라는 생각이 들었다. 등교 채비도 저 혼자 알아서 하였다. 치카치카며 세수, 밥 먹고 옷 입는

것까지 모두 말이다. 철이 든 것 같은 행동은 등교 뒤에도 계속되었다.

내가 차에서 내려 저를 돌보려 했더니, 이게 먼저 펄쩍 뛰어 내리는 거였다. 지가 알아서 하겠다는 것이다. 어쩔 수 없이 알아서 하도록 내버려두었다. 그랬더니 이게 냅다 교실로 뛰어 들어갔다.

이젠 꽤 컸구나 싶었다. 오늘 수업은 10시 30분에 모두 끝이 났다. 시간에 맞춰 데리러 갔더니, 녀석이 달려 나오며 하는 소리이다.

"할아버지! 나 오늘 공부 재미있었어요!"

걱정을 많이 했는데…, 다행이라는 생각이 들었다.

2008. 3. 5(수) -1~8℃ 맑고 바람이 선들선들

녀석이 빠르게 학교에 적응하고 있다.

녀석이 빠르게 학교에 적응을 하고 있다. 저녁에는 11시가 되기 전 잠에 들고…, 아침에는 8시가 되기 전 자리에서 일어난다. 잠에서 깨어서는 일찍 일어났다고 내게 알리고…, 이 닦기며 세수 등교 채비도 늑장을 부리지 않는다. 얼마 전 유치원에 다닐 때와는 딴판이다. 가끔 학교에 늦는다며 서두르기까지 한다. 아침에 학교에 등교를 해서도 마찬가지다. 나보고 아예 차에서 내리지 말라고 한다. 지가 혼자 알아서 하겠다는 것이다.

왜 그러냐고 했더니 그냥…이라고 한다. 누구에게 보호를 받기가 싫어서 그런 모양이다. 녀석이 이렇게 컸구나 싶었다.

2014. 2. 18. 10:30, 초등학교 졸업식

분당 판교 낙생초등학교 84회 졸업식
녀석이 가운을 입고
엄지손가락을 치켜들고
포즈를 취하고 있다.
저것이 언제나 크려나…,
늘 걱정을 해 왔는데
어느새 초등학교 졸업이란다.
지난 세월이 꿈만 같다.

2008. 3. 6(목) 1~6℃ 맑고 따뜻

제 담임을 만나는 게 싫다고 한다.

녀석이 내가 제 담임을 만나는 게 싫은 모양이다. 할 말이 있으면 제게 메모를 해 달라고 한다. 그러면 지가 전하겠다는 것이다.

담임을 만나려고 한 것은 '가정환경조사서' 때문이다. 학교에선 보냈다고 하는데, 녀석이 가져오질 않아서다. 담임은 내라고 하는데, 써 낼 '조사서'가 없다. 그래서 담임을 만나 '환경조사서'를 받아와야 한다. 그런데 녀석이 만나는 걸 부담스러워 하고 있다.

내가 알아듣도록 차근차근 설명을 했더니…, 비로소 고개를 끄덕였다. 그래서 1교시가 시작되기 전 담임을 만나 '조사서'를 받아가지고 왔다.

오후에는 제 에미가 학교에 가서 녀석을 데리고 왔다. 녀석이 초등학교에 입학한 뒤 처음 있는 일이다. 녀석은 오후 내내 제 에미와 제 친구 집에서 놀다가…, 저녁 8시 미술 레슨을 마치고 9시쯤 돌아왔다. 제 에미가 전화를 해서 내가 가 데려왔다.

2008. 3. 7(금) −1~9℃ 약한 황사, 맑고 바람

초등학교에 입학한 지 5일째다.

오늘로 녀석이 초등학교에 입학한 지 5일째다. 내일은 '토요휴업일'이

라 학교에 가지 않는다. 그러니까 오늘이 사실상 입학 일주일째가 된다.

이번주 일주일 동안…, 녀석의 행동에 많은 변화가 있었다. 등교 후 차를 교문 안에 세우지 말라고 하고…, 하교 때에는 교문 밖에서 기다리라고 한다. 그리고 교실로 가는 거, 차로 오는 걸 모두 혼자 하겠다고 한다. 유치원을 다니던 엊그제와는 사뭇 다른 행동이다. 선생님이 그렇게 하라고 했다는 것이다. 주위 시선에 대한 의식도 전 같지 않다. 선생님에 대한 어려움도 유치원 때와는 다르다.

조금씩 어린아이 수준을 벗어나고 있다는 생각이 든다.

2008. 3. 8(토) 0~10℃ 종일 맑고 따뜻

요 며칠 녀석이 꽤 자란 듯하다.

요 며칠 녀석이 꽤 자란 듯하다. 말과 행동이 모두 그렇다. 단 일주일 사이에 이렇게 달라질 수 있을까 싶을 정도다.

오늘은 초등학교 입학 후 첫 번째 맞는 '토요휴업일' 이다. 녀석이 집에서 쉬는 데 좀이 쑤시는 모양이다.

"할아버지! 나 너무 심심해요. 산책하고 싶어요."

"나 운동하고 싶어요. 테니스 쳐요!"

못 들은 척 딴전을 부렸더니 이게 또 하는 소리이다.

"할아버지! 나 학교에 가는 게 더 좋아요. 학교에선 애들하고 놀고 심심하지도 않아요."

집에서 쉬니까 심심하다는 말이다. 유치원 때와는 정말 다르다.

녀석이 어찌나 떼를 쓰는지 둘이는 산책길에 나섰다. 함께 아파트를 거닐다, 주차장에서 테니스를 쳤다. 자동차 '트렁크'에서 라켓과 공을 꺼내서다. 꼼짝 않고 서 있는 녀석 앞에 공을 떨어트려 주고…, 달아난 공을 잡으러 이리저리 뛰어다녔더니 등에 땀이 흘렀다.

녀석이 저도 땀이 난다며 이마를 짚어 보라고 한다. 짚어 보니 몸에 열이 나고 얼굴이 벌겋게 달아있다. 훤한 얼굴에 땀이 흐르니 보기에 참 좋다. 저녁에는 아래층 예원이를 불러 함께 놀도록 하였다.

2008. 3. 10(월) 4~14℃ 햇살이 따뜻, 봄 날씨

"할아버지! 나 학교 재미있어요!!"

초등학교에 입학한 지 2주째가 되는 날이다. 녀석이 학교가 재미있다며 싱글벙글이다. 듣던 중 반가운 소리이다. 12시 반, 녀석의 하교를 교문에서 기다리는데, 이게 냅다 뛰어와 차에 오르며 하는 소리이다.

"할아버지! 나 학교 재미있어요. 애들도 좋아요. 나쁜 애들은 친해져서 좋구요, 좋은 애들은 더 친해져서 좋아요."

학교가 재미있다니…, 듣기에 반갑다. 입학 후 적응을 못하면 어쩌나…, 한 걱정을 했는데…. 견디기 힘들어 쩔쩔매는 애들도 많다고 하는데….

하교 후 가방을 뒤져 보니 2장의 안내문이 들어 있었다. '건강조사서'와 '학교운영위원회 학부모위원' 선출 건이다. 종합안내장에는 교과서 9권도

보낸다고 쓰여 있었다.

교과서를 살펴보니 내용이 어렵고 까다로왔다. 1학년 교과서라고 믿기 어려울 정도이다. 녀석과 미리 예습을 해 두어야 하겠다.

2008. 3. 11(화) 3~14℃ 오전 안개, 종일 따뜻

"할아버지! 우리 선생님 참 좋아요!!"

녀석이 학교에 정말 잘 적응하고 있다. 어제도 그러더니 오늘도 또 그런 소리를 한다.

"할아버지! 나 학교가 재미있어요. 우리 선생님 참 좋아요!"

하교 때 데리러 갔더니 녀석이 차에 오르며 하는 소리이다. 정말 다행이다 싶었다. 녀석의 가방 속에는 오늘도 안내문이 들어 있었다. 선생님의 말을 녀석이 깨알같이 받아서 적은 것이다.

첫째, 동화책 가져오기, 둘째, 문의 사항은 담임선생님 핸드폰으로 하기, 셋째, 학교로 전화하지 않기, 넷째, 자기소개 발표 준비해 오기…, 등이었다. 녀석과 함께 내일 발표할 내용을 정리해 보기로 하였다. 내가 한 걱정을 하고 있는데, 녀석이 혼자서 중얼거렸다. 들어보니… 학년, 반, 번호, 이름, 주소, 취미… 그런 거였다. 그만하면 꽤 훌륭하다는 생각이 들었다. 할아버지보다 낫구나 싶었다.

2008. 3. 12(수) 7~17℃ 오전 안개, 오후 맑고 따뜻

"할아버지! 학교 정말 재미있어요!"

녀석이 하교 후 집으로 돌아오면서 하는 말이다.

"할아버지! 나… 학교 정말 재미있어요!"

여러 번 들어도 질리지 않는 소리이다. 들을 때마다 기분이 새롭다.

오후에는 시장에 가서 녀석의 책꽂이를 하나 사 왔다. 혼자 다녀오라는 함므니를 억지로 동행해서다. 규격은 가로 1m 20㎝, 세로 2m 정도다. 녀석이 늘어놓은 책이며 잡동사니를 정리하기 위해서다. 제 집에서 저녁 늦게 돌아온 녀석에게 이걸 알려 주었더니…, 녀석이 목소리를 가다듬어 낮은 소리로 하는 말이다.

"할아버지! 내일 나 학교 갔다 오면 정리하세요. 혼자서 하지 말고요…."

지 생각이 있는가 보구나 싶었다. 그렇게 하기로 하였다.

2008. 3. 13(목) 9~16℃ 종일 흐리고, 오후 한 때 비

녀석과 밤새껏 책꽂이 정리를 하였다.

녀석과 밤새껏 책꽂이 정리를 하였다. 저녁을 먹고 8시부터 11시까지다. 처음엔 엄두가 나지 않아 한참을 망설였다. 그 많은 걸 어떻게 정리하나… 걱정스러워서다. 녀석도 가끔 한숨을 내쉬며 짜증을 부렸다.

내가 책꽂이 정리를 시작한 것은 방이 너무 어수선해서다. 이게 얼마나 늘어놓았는지 정신이 하나도 없다. 책상 밑, 방 구석구석, 서가의 선반마다에 수북히 쌓여 있었다. 이걸 정리하는데 자정이 가깝도록…, 온통 정신이 하나도 없었다. 녀석이 가끔 제 멋대로 하겠다고 해서 다툼이 있었다.

어쨌거나 정리를 하고 나니 방안이 훤하고 기분이 상쾌하였다. 다시는 어지럽히지 말라고 종주먹을 댔다.

2008. 3. 14(금) 5~16℃ 맑고 완연한 봄 날씨

내친김에 녀석의 옷도 정리하였다.

어제오늘, 녀석의 책꽂이 정리를 마쳤다. 사실은 어제 마무리하려다 못하고 오늘서야 마친 것이다. 책이며 문구 장난감을 5단의 책장에 잘 정리했는데, 얼른 보기에 마치 문구점의 진열대를 보는 듯하였다.

내친김에 오늘은 녀석의 옷을 정리하기로 하였다. 등교 때마다 옷을 찾아 입히기가 너무 어려워서다. 그렇게 하자니 옷장이 필요해, 함므니와 녀석 나 셋이서 오후 내내 옷장을 보러 다녔다.

이마트, 리바트가구, 보르네오가구, 한샘가구…, 여러 곳을 다녀 보았으나 마땅한 게 없어 이마트에서 대충 하나를 골라잡았다.

녀석의 옷 정리는 시간이 많이 걸렸다. 옷실과 장롱에 옷이 너무 많이 걸려 있어서다. 생각다 못해 당장 입을 몇 벌만 꺼내 정리를 하고…, 나머지는 한 벌씩 세팅을 해서 걸어 두기로 하였다. 뒤에 세팅을 세어 보니 열댓

벌이 넘었다. 하루에 한 벌씩 입으면 몇 주일간 입을 옷이다. 정리를 하는데 글쎄 대여섯 시간이 넘게 걸렸다. 녀석도 땀을 흘리며 나를 도왔다.

정리를 하고 나니 마음이 홀가분하였다. 보기에 좋고…, 기분도 좋고…. 그동안 골치가 너무 아팠는데….

2008. 3. 17(월) 3~15℃ 오전 안개, 오후 갬

학교에 가져갈 액자를 만들었다.

저녁 10시, 녀석과 내가 학교에 가져갈 액자를 만들었다. 그림은 얼마 전 녀석이 미술학원에서 그린 저녁노을이다. 선생님이 4절지 크기의 그림을 액자에 넣어 오라고 했다고 해서다. 아이들 그림으로 환경정리를 하려나 싶었다. 액자는 제 에미가 퇴근할 때 사 가지고 왔다. 그림을 액자에 넣고 보니 멋이 있어 보였다.

녀석이 붙인 그림의 제목이다. '노을의 광경', 내 생각엔 '저녁노을' 이라고 하면 좋겠는데…. 그럼 노을의 광경을 모두 포함하는 말이 될 텐데…. 그런데 녀석이 '노을의 광경' 이라고 제목을 붙였다.

액자를 다 만들고 보니 구도가 그럴 듯하였다. 그림의 아래쪽은 바닷가 흰 모래, 위쪽은 일렁이는 푸른 바다, 그 위는 해무리…, 그리고 그 위쪽은 붉게 물든 뭉게구름이 둥실 떠 있다. 발상과 구도, 색채가 모두 조화를 이루고 있었다. 선생님의 지도를 받긴 했으나, 참 잘 그렸다 싶었다. 액자를 다 만들고 나니 녀석이 그렇게 좋아할 수 없다. 제 에미가 그림의 뒷면에

그림의 제목, 학년, 반, 이름을 썼다. '노을의 광경', 1학년 3반 37번, 서혜리…. 이걸 책상 위에 놓고 보니 그럴싸하였다. 녀석의 솜씨가 대단하구나 싶었다. 녀석은 커서 미술대학을 가겠다고 한다.

2008. 3. 18(화) 6~18℃ 맑고 바람 조금, 약한 황사

"할아버지! 내가 문 안 열어줬어요!!"

저녁 8시, '원어민회화' 를 하러 간 녀석을 데리러 갔더니…, 녀석이 내 얼굴을 보면서 상기된 표정으로 하는 말이다.

"할아버지! 내가 아까 낮에 영리하게 행동했어요. '씽씽마트' 아저씨가 초인종을 눌렀는데 내가 안 열어줬어요. 혜준이가 자꾸 울어서 내가 그쳐… 그쳐… 그랬어요. 여러 번 눌렀는데, 아무도 없는 척 가만히 있었어요. 오늘 학교에서 그런 거 배웠어요. 나 영리하게 잘했죠!"

"아! 그럼 잘했지. 우리 혜리 이제 다 컸네…!!!"

내가 녀석의 어깨를 다독이며 어루만져 주었다. 아무리 생각해도 참 잘했다는 생각이 들었다. 그러지 않아도 어린이 유괴로 어수선한 요즈음이다. 그나저나 제 에미는 뭘 하고 있었기에…?

"혜리야! 엄마는 뭐하고 있었어…!!"

"엄마요…! 엄마는 책을 가지러 101동에 갔었어요."

도대체 이것이 애들을 어떻게 보는 건가 싶었다. 두 것들만 두고 혼자서 돌아다니다니! 제 정신인가 싶었다.

혜리는 하교 후 영어공부 때문에 잠시 제 집에 있는 중이다. 내가 참지 못하고 제 에미에게 소릴 질렀다. 혜리에미는 잘못했다는 듯 반성하는 눈치를 보였다. 녀석과 난 밤 9시, 함믄네 집으로 돌아왔다.

2008. 3. 19(수) 7~16℃ 구름 조금, 약한 황사

밤늦게까지 녀석과 숙제를 했다.

밤 10시부터 11시까지 녀석과 숙제를 했다. 숙제는 두 가지, 하나는 태양의 모양을 여러 가지로 그려 보는 것이고, 또 하나는 주사위를 만들어 말판놀이를 하면서…, 집으로 돌아오는 길을 익히는 거였다.

해 그리기에서 녀석은 열여섯 개의 해를 그렸다. 그리고 녀석은 이 모든 해에 나름의 이름을 지어 놓았다.

'해바라기', '이글거리는 불', '지는 태양' … 하는 식이다. 우린 이름을 짓느라 한참 옥신각신하였다. 만들어진 이름은 이미 그려진 태양 아래에 써 넣었다. 녀석이 누군가 써 주기를 바랐으나 내가 말렸다. 자칫 의존심을 키워 줄 수 있어서였다.

주사위를 만드는 일은 시간이 많이 걸렸다. 먼저 주사위를 만들어야 하고, 면마다에 숫자를 써 넣어야 해서다. 우리는 이걸 만들어 말판을 쓰면서 학교에서 집으로 돌아왔다. 학교공부 때 이해를 돕기 위해서 집에서 미리 해 본 것이다. 녀석과 이렇게 시간을 보내고 나니 피곤이 몰려왔다. 이 시간 이후로는 녀석이 혼자 했으면 좋겠는데…, 아니다. 우린 밤늦게까지 숙

제를 했다. 저녁 11시부터는 녀석과 '튼튼영어' 공부를 하였다.

2008. 3. 20(목) 5~18℃ 종일 쾌청

종일 녀석과 행동을 같이 하였다.

날씨가 따뜻하다. 어느새 완연한 봄이다. 새싹들이 벌써 바깥나들이를 하고 있다.

온종일 녀석과 행동을 같이하였다. 등 · 하교를 같이 하고, 같이 음악학원엘 다녀오고…, 다녀온 뒤에는 함께 간식과 밥을 먹고…, 오후 6시에는 미술학원엘 갔다가…, 8시에 돌아오고…. 요즈음엔 거의 매일 이렇게 시간을 같이 보낸다. 그러다 보면 하루해가 너무 짧다. 밤 9시에는 제 식구들과 밖에 나가 외식을 하였다.

밤 10시, 녀석이 함므니가 돌아오지 않는다고 눈물을 질금거렸다. 함므니는 새벽에 성지순례차 청도로 가서 아직 돌아오지 않고 있다. "거의 다 왔다"는 함므니의 전화에도 녀석이 계속 볼멘소리이다. 처음엔 장난인가 했는데 눈물을 흘리고 있다. 제 삼촌이 안아주고 업어주고 별짓을 다해도 소용이 없다. 그러다 함므니가 돌아오자 이게 안기고 매달리고 난리였다. 마치 이산가족이라도 만난 듯 말이다.

2008. 3. 21(금) 5~20℃ 구름, 완연한 봄 날씨

예원이와 사방치기를 하며 놀았다.

오후 3시, 녀석이 아래층 예원이와 사방치기를 하며 놀았다. 아래층 예원이가 다음 주 분당으로 이사를 간다고 해서다. 혜리와 예원이, 이것들 어릴 적부터 위 아래층에서 가깝게 지내왔다. 그동안 정이 들어서 헤어지면 어떻게 하느냐고 끌탕들이다.

사방치기를 하던 녀석들이 잠시 뒤 놀이터로 갔다. 나도 뒤를 따랐는데, 이것들이 놀이터에서 한 시간 이상을 재잘대며 놀았다. 그네를 타다가, 시소를 타다가, 미끄럼틀, 목마를 타다가…, 오래간만에 만나서 그런지 지칠 줄 몰랐다. 한 시간 이상을 놀던 녀석들이 손을 잡고 집으로 돌아왔다.

밤 10시, 친구들과 술을 마시는데 녀석이 전화를 했다.

"할아버지! 어디예요? 나 심심해요. 얼른 들어오세요…."

"혜리야! 할아버지 지금 친구들하고 술 마시고 있어…. 함므니하고 놀아. 아니면 책을 보던지…."

그런데 이상하다. 이 시간 이후 술맛이 통 나질 않는다. 아무리 마셔도 취하지도 않고…, 녀석이 눈앞에 어른거려 다른 생각도 없다. 밤 11시 서둘러 돌아왔더니 녀석이 벌써 자고 있다. 아뿔싸…, 한 발 늦었구나!

2008.3. 22(토) 6~16℃ 구름, 저녁에 가랑비

함므니와 사우나를 다녀왔다.

오늘은 노는 토요일, '놀토' 다. 녀석과 난 사우나를 다녀오기로 하였다. 함므니도 함께다. 나는 생각이 없었으나 함므니가 녀석을 데리고 가기가 힘이 든다고 해서…, 따라 나서게 된 것이다. 장소는 녀석이 좋아하는 '남영스파랜드 사우나', 수지 동천동의 대형 목욕탕이다. 함므니는 늘 다니던 곳이 아니라며 시큰둥한 표정이다. 오전 11시부터 오후 3시까지 긴 목욕이었다. 녀석은 목욕탕에만 가면 제 세상이다. 온갖 곳을 다 돌아다니며 모든 걸 집적거린다. 식당이며, 놀이방, 각종 기기실, 찜질방, 휴게실 등…. 찜질방에선 바닥이 뜨겁다며 내 배 위에서 시간을 보냈다.

휴게실에서는 '식혜' 며 '육계장', 음료수를 마시며 땀을 식혔다. 윤기 나는 머리, 해맑은 얼굴, 자연스런 모습이 보기에 참 좋다. 녀석이 참으로 행복해 보인다. 우린 오후 3시가 훨씬 넘어서 집으로 돌아왔다. 오전 11시부터 4시간에 걸친 긴 목욕이었다.

2008. 3. 23(일) 5~17℃ 오전 흐리고, 오후 가랑비

동화책 5권을 사다 주었다.

녀석이 모처럼 제 집엘 갔다. 일요일이어서 제 에미 애비와 교회엘 가기

위해서다. 오전 11시, 제 집엘 데려다 주고 오려는데 이게 하는 소리이다.

"할아버지! 나~ 이따 저녁에 데리러 오세요!"

집으로 돌아오는 길에 문고에 들러 동화책 몇 권을 샀다. 녀석의 독서력을 높이고, 정서를 순화시켜 주기 위해서다. 자투리 시간에 읽는다며 가지고 다니는 책을 보니…, 내용이 딱딱하고 지루하였다.

서점을 돌아다니다 보니 다섯 권의 책이 손에 들려 있었다. '콩쥐팥쥐', '견우와 직녀', '효녀 심청', '알라딘의 램프', '이솝이야기' …. 그러고 보니 앞의 3권은 전래동화, 뒤의 2권은 명작동화다. 대충 넘겨 보니 읽기에 재미있을 거라는 생각이 들었다.

밤 9시, 제 집에서 돌아온 녀석이 이걸 보더니 깜짝 놀란다.

"어디서 났느냐" 며 좋아하였다.

"할아버지가 샀지…, 우리 혜리 주려고…!!"

"할아버지! 나 이거 내 생일선물 할 거예요!!"

녀석이 기분이 좋은지 싱글벙글이었다.

그러던 녀석이 동화책을 얼른 읽고 싶어하였다. 녀석이 '견우와 직녀', '효녀 심청' 을 꺼내 들었다. 그러면서 하는 말이다.

"할아버지! 나 이거 다 읽으면 또 사 줄 거예요?"

"그럼…! 사 주구 말구…! 읽기만 해…!!"

녀석이 기분이 좋은지 환한 미소를 지었다.

2008. 3. 24(월) 3~12℃ 오전 안개, 바람 쌀쌀

"동화책 또 사다 줄 거예요?"

어제 동화책을 사다 준 건 정말 잘한 일인 것 같다. 녀석이 어제오늘 책만 들고 돌아다닌다. 오늘도 '콩쥐팥쥐', '효녀 심청' 을 들고 다니며 읽고 있다. 책을 읽으며 이게 어제 하던 소릴 또 하였다.

"할아버지! 이거 다 읽으면 또 사다 줄 거예요?"

내가 얼른 말했다.

"그럼! 사 주지…! 사 주고 말고! 뭘 읽고 싶은데…?"

'토끼와 자라', '웅가대장 동이', '사자 똥이 뿌직', '성냥팔이 소녀', '엄지공주' …, 그런 거….

가만히 들어보니 이것들은 동화책 뒤에 실려 있는 명작의 내용들이다.

"에~이…, 이 계집애! 이제 그만해! 다 읽고 또 말해…."

그랬더니 이게 얼굴을 들고 비시시 웃었다. 책을 읽겠다니 너무 기분 좋은 일이 아닌가!

2008. 3. 25(화) 3~9℃ 종일 바람, 쌀쌀, 오후 비

녀석이 함므니 말을 잘 듣지 않는다.

요즘 녀석이 함므니 말을 잘 듣지 않는다. 그래서 함므니가 종종 짜증을

낸다. 유치원 땐 덜 하더니, 요즘은 아니다. 조용하라면 더 떠들고, 늘어놓지 말라면 더 늘어놓고…, 밥을 먹으라면 TV를 보고…, 얼른 옷을 입으라면, 늑장을 부리고…. 그래서 함므니가 가끔 소릴 지른다.

"이놈의 계집애! 그럼 너, 네 집에 가…! 가서 엄마하고 살어! 난 힘들어 너 못 키워!!"

그래도 녀석은 들은 척, 만 척이다. 노여움이라도 타면 밉기라도 할 텐데…, 함므니가 너무 좋아서… 그러는 것 같다. '미운 일곱 살' 이라더니…, 정말 그런 모양이다.

2008. 3. 26(수) 3~10℃ 종일 흐리고 쌀쌀

녀석을 데리고 병원을 다녀왔다.

오후 3시, 녀석을 데리고 병원을 다녀왔다. 감기가 들어 기침이 잦고 먹은 걸 자꾸 토해서다. 의사의 말이 유행성 감기라며 며칠 뒤 다시 오라고 한다. 돌아오는 길에 녀석이 책 이야기를 또 꺼냈다. 그제 사 달라던 동화책을 오늘 사 달라는 것이다.

그래서 녀석, 함므니, 나 셋이서 문고엘 들렀다. 그저께 녀석이 사 달라던 책들은 명작동화다. '웅가대장 동이', '성냥팔이 소녀', '엄지공주', '사자 똥이 뿌직' …, 이런 것들….

병원을 다녀온 뒤 난 종일 녀석과 함께 지냈다. 저녁나절에는 제 집에 들러 영어공부를 하고…, 한 시간을 기다려 다시 함믄네로 집으로 돌아왔다.

종일 녀석과 함께 놀자니 저녁나절엔 머리가 휑했다.

2008. 3. 27(목) 5~8℃ 종일 흐리고, 바람 쌀쌀

생일 초대장 때문에 부산을 떨었다.

녀석의 생일 초대장 때문에 한참 부산을 떨었다. 복잡해서 안 하겠다고 하더니 갑자기 차리겠다고 한다. 지네 반 아이들 38명 모두를 초대하겠다는 것이다. 생일이 내일 모레인데, 갑자기 준비를 하자니 정신이 없다.

미술레슨 때문에 오후 제 집엘 갔다가 들은 소리이다. 다행히 '초대장'은 이미 준비가 되어 있다고 한다. 다음이 초대장의 내용이다.

〈초대장〉

'혜리 생일에 초대합니다.
3월 29일(토) 1시부터~3시까지….
누리에뜰 104동 1203호'

○○에게

그런데 이 초대장을 혜리가 직접 돌려야 한다. 어린 게 이걸 모두에게 어떻게 돌린단 말인가!! 나누어 줄 여유 있는 시간도 없을 텐데…, 선생님이라면 애들을 불러 하나씩 줄 수도 있겠지만…, 내가 걱정스러워 초대장을

분단별로 나누어주도록 하였다. 이걸 분단별, 번호별, 자리별로 묶어서 등교 때 녀석에게 주었다. 그래도 걱정스러워 난 돌리는 방법까지 일러 주었다. 그러자 녀석이 손사래를 치며 하는 말이다.

"할아버지! 나 이제 다 알아요. 쉽게 할 수 있어요."

참으로 다행이라는 생각이 들었다. 더 이상 설명을 하지 않아도 된다니…! 비로소 마음이 편안해지는 것 같았다.

2008. 3. 28(금) 3~9℃ 흐리고 바람 쌀쌀

"혜리야! 생일 초대장 잘 돌렸어?"

아침에 녀석을 학교에 내려주며 내가 일렀다.

"혜리야! 생일 초대장 잘 돌려…! 애들 번호 순서대로 책상 위에 하나씩 올려 놔…! 아니면 혼란스러워…! 알았지?"

녀석이 고개를 끄덕이며 차에서 내렸다. 하교 때 녀석을 차에 태우며 내가 물었다.

"혜리야! 초대장 잘 돌렸어?"

그랬더니 의외로 엉뚱한 대답이다.

"아니…! 할아버지…! 지네들이 그냥 막 가져갔어요. 내가 잘 돌리려고 했는데 벌써 가져갔어요."

그 상황이 머릿속에 그려졌다. 어린것들이 몰려 들어 제 것을 찾으려 수선을 피웠을 것이다.

"혜리야! 오히려 잘 됐네! 지네들이 와서 가져갔으니까?"

"맞아요, 할아버지! 어쩔 수 없었어요."

밤 11시, 모임에서 돌아오니 녀석이 하는 말이다.

"할아버지! 나 책 많이 읽었어요."

일전에 사다 준 세계 명작동화를 거의 다 읽었다는 것이다. 책을 읽으면 내가 좋아하는 걸 녀석이 벌써 알고 있다.

2008. 3. 29(토) 5~12℃ 종일 궂은 가랑비, 쌀쌀

녀석의 생일을 멋지게 치뤘다.

녀석을 데리러 학교에 갔다가 길이 어긋나 한참을 쩔쩔맸다. 줄지어 나오는 녀석들을 아무리 살펴봐도 녀석이 없는 거였다. 이를 어쩌나…, 콩튀듯 팥튀듯 헤매고 있는데…, 어떤 엄마가 녀석을 내게 데려다 주었다.

얼마나 당황했는지…, 비로소 마음이 진정되었다. 어떻게 된 거냐고 물었더니, 내가 저를 못 봤다는 것이다. 아이들이 우산 속에 묻혀 나와 찾을 수 없었던 것이다.

녀석의 일곱 번째 생일은 아주 멋지게 치러졌다. 반 아이들 서른여섯 명이 와서 축하를 해 주었다. 함므니와 난, 제 집에 가서 오전 내내 생일파티를 도왔다. 원래는 내일 모레인데, 그 날이 월요일이어서 오늘 치른 것이다. 생일파티를 마친 녀석이 저녁에 함믄네 집으로 돌아왔다. 제 집에서 돌아온 녀석이 생일파티에 대한 자랑이 대단하였다.

"할아버지! 우리 반 애들이 두 명만 빼고 다 왔어요. 아주 재미있게 놀고, 맛있게 먹고…, 그랬어요. 친구들이 선물도 많이 사 왔어요. 할아버지! 내일은 우리 식구끼리 외식해요. 할아버지가 사 주세요!!"

내가 즐거운 마음으로 그러자고 하였다. 녀석은 오늘도 책 두 권을 더 읽었다고 자랑이었다.

"할아버지! 나 오늘도 책 읽었어요…, 정말 감동이에요!"

"그게 뭔데…?"

"'성냥팔이 소녀' 요. 그리고 '엄지공주' 요."

재잘대는 녀석이 그렇게 예뻐 보였다.

2008. 3. 30(일) 3~9℃ 종일 흐리고 쌀쌀

밖에서 식구들만의 생일파티를 했다.

저녁 7시 반, 녀석과 밖에서 생일파티를 했다. 녀석이 함므니에게 생일파티를 열어 달라고 해서다. 지네 식구와 내 식구, 모두 일곱 명이서다. 제 에미 애비, 혜리, 혜준이, 함므니, 삼촌, 나…. 파티는 '그린피그', 목장 직송 생돼지 왕갈비집에서 열었다.

일요일 저녁의 갈비집은 손님들로 만원이었다. 음식 맛도 좋고 식당 분위기도 그럴싸하였다. 우리는 왕갈비와 냉면, 된장찌개로 저녁을 먹었다. 녀석의 요구로 술과 음료수를 주문해서 '축배' 도 들었다. 어제는 제 친구들과의 '파티', 오늘은 집안 식구들과의 파티다.

녀석이 기분이 좋은지 계속 싱글벙글이었다.

분위기가 무르익을 즈음 녀석이 내 귀에다 속삭였다.

"할아버지! 식사 끝나고 우리 이마트게 가요. 가서 생일 선물 사 주세요."

"에이, 이 계집애…! 벌써 선물 많이 샀잖아…! 책꽂이, 홍의장군(영양제), 명작동화, 그런 거…, 그런데 또 무슨 선물이야…!!"

"그래도 그렇지, 내 생일이잖아요!!"

그래서 녀석과 난 식사를 마치고 이마트엘 갔다. 그런데 녀석의 시선이 장난감과 빙과류에 멈추어 있었다. 드디어 녀석이 몇 가지를 집어 들었다. '애완 로봇', '고양이 인형 토미', '아이스크림 빵 쿠키오' …, 그러고 나서 천천히 발길을 돌렸다. 이러다간 살림이 거덜날지 모르겠다.

2008. 3. 31(월) 3~12℃ 종일 흐리고, 바람, 쌀쌀

녀석의 일기를 오늘로 마쳐야겠다.

오늘로 녀석의 일기를 마쳐야겠다. 일기를 써 온 지 꼭 일곱 해 만이다. 이제 모든 걸 녀석의 기억으로 넘겨야겠다. 오랫동안 써 오던 일기를 멈추자니 마음이 허전하다. 무얼 잃어버린 것 같고 쓸쓸하다. 그간 함께 해 온 날들을 돌아보니 눈물이 날 것 같다.

이담에 녀석이 여기 이 글을 재미있게 읽었으면 좋겠다. 함므니 할아버지도 많이 기억해 주면 더욱 좋을 테다. 녀석은 나서 지금까지 함므니 할아

버지와 함께 살았다. 지난 7년 동안을 하루같이 함께 해 온 것이다.

녀석이 함므니 할아버지와 함께 살면서 갖게 되는 문제들이다. 사고와 행동, 습관 통제를 어떻게 하느냐 하는 것이다. 자고 일어나는 것, 세수하고 밥을 먹는 것, 등 · 하교하는 것…. 정서와 생활습관을 어떻게 잘 키우느냐 하는 것도 문제다. 모든 걸 제 맘대로 하려고 해서, 통제가 되지 않을 때가 있었다. 그래서 가끔 목소리가 높아지고, 말과 행동이 거칠어지기도 하였다. 함므니 할아버지여서 어려움이 없어서였는지 모르겠다.

녀석의 진짜 생일은 3월 31일, 바로 오늘이다. 그저께의 생일 파티는 편의상 그렇게 했을 뿐이다. 함께 한 오늘의 등 · 하교는 그래서 다른 때와 좀 다르다. 하교 땐 녀석이 배가 고프다며 먹을 걸 사 달라고 해서…, 근처 일식집 '우마이 몽'에 들러 '돈가스'를 사 주었다. 녀석이 허기가 져서 그런지 허겁지겁 맛있게 먹었다.

내일부터는 학교에서 배식(配食)이 시작된다. 방과 후 매일 한 시간씩 원어민 영어수업도 있다. 하교 뒤엔 바이올린과 미술 레슨이 있고, 집에서 영어공부도 해야 한다.

일기를 끝내자니 앞으로 이런 것들을 누가 살피려나…, 그런 괜한 걱정이 들었다. 정말 아쉽다.

함므니 하부지와 혜리 이야기 ❸

"하부지! 눈사람 만들자!!"

지은이 / 윤영섭
펴낸이 / 김재엽
펴낸곳 / 한누리미디어
디자인 / 지선숙

121-840, 서울시 마포구 잔다리로 35(서교동) 서원빌딩 2층
전화 / (02)379-4514, 379-4519
Fax / (02)379-4516
E-mail/hannury2003@hanmail.net

신고번호 / 제300-2006-61호
등록일 / 1993. 11. 4

초판발행일 / 2014년 4월 15일

값 13,000원

※잘못된 책은 바꿔드립니다.
※저자와의 협약으로 인지는 생략합니다.

ISBN 978-89-7969-476-5 04810
ISBN 978-89-7969-473-4 (세트)